公关迷城

代锡海 著

国际文化出版公司
·北京·

图书在版编目（CIP）数据

公关迷城 / 代锡海著. -- 北京：国际文化出版公司，2023.4
　ISBN 978-7-5125-1484-3

Ⅰ.①公… Ⅱ.①代… Ⅲ.①长篇小说-中国-当代 Ⅳ.①I247.5

中国版本图书馆CIP数据核字(2022)第256034号

公关迷城

作　　者	代锡海
选题策划	品　雅
责任编辑	侯娟雅
出版发行	国际文化出版公司
经　　销	全国新华书店
印　　刷	固安县保利达印务有限公司
开　　本	880毫米x1280毫米　　32开
	9印张　　　　　　　　205千字
版　　次	2023年4月第1版
	2023年4月第1次印刷
书　　号	ISBN 978-7-5125-1484-3
定　　价	49.80元

国际文化出版公司
北京朝阳区东土城路乙9号　　邮编：100013
总编室：（010）64270995　　传真：（010）64270995
销售热线：（010）64271187
传真：（010）64271187-800
E-mail: icpc@95777.sina.net

小说中故事纯属虚构,请勿对号入座。

目 录

一　邮件陷阱	001
二　深夜电话	013
三　紧急救火	016
四　幕后黑手	028
五　代理战争	038
六　危机四伏	042
七　疑者恒疑	049
八　捕鲸行动	056
九　借力打力	062
十　痛失客户	065
十一　祸不单行	069
十二　硬币两面	077

十三	潜伏计划	**088**
十四	她的香水	**098**
十五	一声惊雷	**109**
十六	初识肖风	**121**
十七	他乡偶遇	**125**
十八	古堡宴会	**128**
十九	出海惊魂	**133**
二十	两份邀请	**138**
二十一	小试牛刀	**144**
二十二	两位朋友	**156**
二十三	备选计划	**163**
二十四	再起风波	**178**
二十五	成功立足	**189**
二十六	财富诱惑	**194**
二十七	提前启动	**200**
二十八	双雄对决	**210**
二十九	鸿鹄加码	**216**
三十	思加失联	**222**

三十一	火力全开	230
三十二	战况胶着	235
三十三	人血馒头	240
三十四	授人以柄	246
三十五	死亡威胁	254
三十六	匿名举报	260
三十七	向左向右	268

一　邮件陷阱

虽然依旧是寒冬，但午后的阳光洒在脸上，让罗素素感觉温暖如春。她慢慢闭上眼睛，试着小心翼翼地朝前走出几步。就在某一个时刻，她想要放下所有的工作、所有的生活烦恼，将自己的身体放空，然后定格在一瞬间，让自己的灵魂永远悬浮于阳光照射在内心的一片空间里。

罗素素也说不清她为什么要这么拼命加班工作。有一次她连续一星期去外地出差，每天睡眠时间不足六小时，只是为了一个不得不去谈的临时项目，客户的项目预算如同鸡肋，食之无味，弃之可惜。

可为什么还要接这个项目呢？罗素素曾好几次问自己这个问题。

事实上，这也由不得罗素素。从走上创业之路的那一刻开始，很多事情就都由不得她。为了开发客户资源，她曾在晚上陪一个市场总监吃饭到深夜，然后在寒风中站了将近一小时才打上车；公司成立初期人手不够，在员工犯了近乎愚蠢的错误时，罗素素还要强忍着怒火，耐心指导员工如何避免再犯类似错误；为了给客户赶一个项目的传播方案，她不得不在自己生日那天加班到很晚，因此错过了家人为她准备的惊喜。

有时，罗素素会后悔自己选择了创业这条道路。她曾多次反复问自己是否后悔，在无数次挣扎之后，她渐渐醒悟，这条路是她自己选择的，就没有什么可后悔的。可要说不后悔，罗素素认为也不对。在外人看来创业似乎实现了时间自由，不用担心迟到被扣工资，其实也仅限于此（不被扣工资）。相反，大多数时候她的时间并不自由，要受工作支配。

她偶尔会产生一种狂怒，一种对自己能力平庸的狂怒，一种对自己在某些关键时刻无法扭转局面的愤怒。

在挣扎了一年多之后，她终于认清楚自己就是一个平庸之辈，以前心里积攒的那一点儿傲娇和资本，早已在创业之后荡然无存。有时，罗素素也会安慰自己，不是自己能力不行，而是在创业的这条路上，有太多曾经如她一般有资本、能力的人，都在创业路上遇到困难和挫折。所以，在创业者这个群体之中，她本身就是普通的一员。

不管是优秀，还是普通，创业给了年轻人一个充分利用资源和创造财富的机会。既然选择了创业这条路，罗素素还得坚持走下去。她只是希望有一天能够把公司做大，拥有充足的现金流，自己能不用像当下——总是要为几个月后发不出工资而担心，就够了。这是罗素素内心真实的想法。她也曾经无数次幻想着上市敲钟的画面，只是，前者比后者来得更真实一些。

就在罗素素还要回忆一些萦绕在脑海里让她纠结不已的事情时，一阵刺耳的鸣笛声，将她惊醒。

"干吗呢，怎么走路呢？"

睁开眼，看到一闪而过的外卖送餐员，罗素素才发现自己马上就要走到马路上了，幸好这是一条通往小区的护城河辅路，平时也没有什么车辆来往。

罗素素呼出一口气，心想：自己刚才的胆子也太大了，自己的胆子明明不大呀。当然除非在一些个别的情况下。比如说大学毕业那一年，男朋友金飞去了沿海大省一家当地最大的公司。为了和男朋友在一起，她追随而至。但由于找不到合适的工作，她不得不选择了距离男朋友几十公里之外的绿岛。

在绿岛的半年时间里，罗素素一心想要实现她的记者梦，毅然辞了工作，跑到一家报社里去当实习生。因为经济拮据，她每天早上就只吃包子或者火烧，中午回租住的房里煮挂面，晚上还是煮挂面。以至于在此后的相当长一段时间内，罗素素闻到挂面的味道就想吐。一个女孩子，为了爱情，为了前途，去往陌生的地方，放弃稳定的工作，谁能说她不胆大？只是，实习了四个月之后，没有拿到一分钱工资，转正的机会更是微乎其微，罗素素彻底失去了希望。她和男朋友金飞商量，决定先离开绿岛。

该去哪里呢？商量来商量去，最后她决定找一个距离双方家乡居中的地方，最后在地图上一看，只有西京这个大城市可以选择了。

那一年过完春节之后，罗素素直接奔向西京。准确来说，是西京五环外的一个城中村。直到多年之后，她仍然对那段特殊记忆里的每一个细节记忆犹新。在刚到西京时，五环外有不少城中村，是很多人落脚的首选地方。西京本地人在院子里盖起一间间平房对外出租，租金虽然仅有几百元，但对于一部分打工人来说，仍然是一笔不小的支出。

城中村相当于一个小型社区，衣食住行等基本需求都可以在这里得到满足。除了饭店之外，一到夜晚就闪烁着霓虹灯的"按摩店"也随处可见。住在城中村，生活成本的确可以降低，维持在西京拼搏的基本生存水平。

但是，城中村也有很多不便，例如有的群租房夏天没有空调，上厕所只能去公厕。每天早上，你会看到很多人拎着红色的塑料桶向公厕或水池中倾倒，成为一道别致的风景。

罗素素直奔而去的城中村，是男朋友金飞一个名叫原媛的女同学的落脚之地。托原媛的关照，罗素素很快有了落脚之地，住在城中村的一个角落里。城中村是一个独特的存在，把西京人和外地人如此近距离地聚合到一起，他们彼此互相鄙视又互相依存。

罗素素周末偶尔去原媛那里坐一坐，后来原媛告诉罗素素，她的房东就像经验丰富的"老猎人"，对于院子（"猎场"）里每一个住户的一举一动了如指掌。罗素素偶尔过去几次，房东同样一清二楚，甚至知道她住在附近的哪个邻居家。原媛说，大概房东每天最重要的事情就是在自己家的门里窥视着院子里的任何往来人员。

罗素素当时未能料到，在短短几年之后，西京的房东们便声名鹊起，还获得了一个响当当的称号——西京群众。

罗素素最怕半夜蹲大号，冬天的公厕虽然没有蛆虫与刺鼻的臭味，但是也好不到哪里去。

那年冬天的某一个夜晚，她在外面吃麻辣烫，那个摊位一直很有人气，有时甚至要排队才能吃上。罗素素吃完回到住处，就开始感觉肚子不舒服。她喝了一些热水，感觉应该没有什么问题，便入睡了。睡梦中，罗素素梦见自己内急，四处寻找厕所，费了好大劲，总算找到了一个公厕。这个公厕很大，但是很多位置都已经被占领，后来罗素素走到另一个区域，发现没有人。当她想要如厕时才发现，厕所的地面到处都是污秽，恶心至极。然而，罗素素已经快要无法忍受，只好强忍着找了一个位置准备如厕。就在即将释放的那一刻,她感觉肚子好像被什么击中,万分疼痛。

罗素素醒来后满头大汗,捂着肚子直奔公厕。寒风中,罗素素蹲了不知道多长时间,也许只是几分钟而已,但已经冻得瑟瑟发抖。当她想要起身往回走时,肚子特不争气地又疼了起来。如此反复,直到第三次,疼痛方才作罢。

可是,最致命的问题摆在罗素素眼前——手纸用完了。

当时金飞还没有来西京,自己又没有带手机,无法向其他人求援,罗素素欲哭无泪。寒风顺着空隙溜进衣服里,身体不住地颤抖。有一分钟的时间,罗素素整个大脑处于空白状态。忽然,她听到隔壁男厕有一声咳嗽的声音,她心底立刻发出求救呼喊,只不过到了嗓子眼那一瞬间,她又咽了回去。

那一晚,罗素素感到前所未有的狼狈。

她在回屋的路上,大概五十几米的距离,眼泪就倏地掉了下来,淹没在黑暗之中,没有人会注意到,也没有人能够看到。后来罗素素总是爱把这一段糗事分享给几个闺蜜,说着的时候一副忆苦思甜的样子。但实际上,那一晚对她影响很大。她想在西京混出个名堂来,想要有一个属于自己的立足之地。

回屋之后,罗素素已经被冻得手脚冰凉。床上被窝里的温暖早已经消失,更换了热水袋里的热水,她还是感觉不到一丝丝温暖。罗素素一个人盯着天花板,好像要从仅有10瓦的节能灯泡里榨出一点儿热量。又躺了一会儿之后,仍感受不到任何的暖意,罗素素近乎崩溃。她看了看屋里,除了床、被子以及用来做饭的煤气罐和一台台式电脑外,再无他物。

出于人类的本能,罗素素起身走到煤气灶前,扭动开关。一团蓝色的火焰腾起。

她把煤气灶挪到床边，身体努力靠近火源，差一点儿烧到衣服。就这样过了一会儿，罗素素终于感觉到自己活了过来，好好擦拭了一下身体，才有勇气重新钻进被窝里。罗素素自嘲在"西漂"之中，可能她是第一个用煤气灶取暖的女性。尽管如此，罗素素却从来没有想过要去住地下室。

距离小区还有一段路程，一阵寒风将罗素素再次从记忆中拉回现实，同时一阵急促的手机铃声响起。

罗素素以为项目出了什么问题，担心那个极为挑剔的客户再弄出一些幺蛾子来，赶紧拿出手机，看到屏幕显示是公司的客户经理阿伟打过来的。

"素姐，北极熊科技那边说上个月的结算单有问题，有一些传播的明细和实际发生的业务对不上。"这样的问题，阿伟作为对接人原本可以直接解决，偏偏这个出了差错的业务发生在阿伟休假期间，他并不清楚具体发生了什么。

"这次的结算单都已经给过他们两次了，也按照要求修改了，怎么还有问题？"罗素素电话里流露出急躁。

阿伟休假之后，罗素素直接对接了北极熊的公关执行人员。她之所以这么着急，是因为近百万的回款，对方已经拖欠了将近半年的时间。目前，公司的账上资金捉襟见肘。除了日常业务支出之外，马上又要到了发工资的时间，这个月还能坚持，倘若这个月的回款再给耽搁了，公司恐怕要陷入经营困境。

北极熊的公关总监叫方晨，其丰富的阅历和敬业程度，一直让罗素素比较钦佩。然而，方晨的身上又有着诸如拧巴、小气、拐弯抹角、习惯性甩锅等特征，这又让罗素素难以忍受。

此外，方晨还经常把简单的事情复杂化，这大概是很多领导的"必备技能"。例如要找一个微信意见领袖①发布品牌海报或者是撰写一篇软文②，她会先和你说原创的重要性，要不断挖掘优质的原创自媒体。当给她找到一批媒体资源的时候，她又要求价格不能高了。换句话说，既想要价格便宜的，又想要阅读数据好看的，这就是小概率事件。

在服务北极熊的过程中，令罗素素最为不满的是，同一个项目，北极熊其他供应商制作视频和活动，预算就要几十万，方案中的社会化传播报价相对较贵，北极熊却也认为没有什么不妥之处。后来，这个项目罗素素和团队用了一半的价格实现了有效传播，其中几个KOL③发布还上了微博热门。

一个不会花钱，尤其是一个连上千万预算都没有花过的市场人，你能指望他给你带来推广的效果吗？这是罗素素最大的体会。

"素姐，我现在电脑没有携带在身边，不好核对业务，你要是方便的话，先看看到底是哪里出了问题。"

罗素素"嗯"了一声之后，挂了阿伟的电话，跑进路边一家咖啡店，点了一杯咖啡之后，赶紧从行李箱取出电脑，打开文档再次检查了一遍。根据对方发的邮件说明，罗素素发现的确有几处问题，一处是乙方提供的发布截图太大需要重新调整，另

---

① ［意见领袖］媒体传播学术语。是指在团队中构成信息和影响的重要来源，并能左右多数人态度倾向的少数人。
② ［软文］英文是 Advertorial，相对于硬性广告而言。指企业让用户在不知不觉中接受文章所包含的宣传企业自身产品或价值观的"文字广告"。
③ ［KOL］关键意见领袖（Key Opinion Leader），是营销学上的概念，通常被定义为：拥有更多、更准确的产品信息，且为相关群体所接受或信任，并对该群体的购买行为有较大影响力的人。

一处是有两个发布的链接相同,大概是阿伟直接复制了上一条的链接。

罗素素本来气得在心中大骂,不过想到对接人员虽然吹毛求疵,但也是尽职尽责,怒气也就逐渐没了。

调整完毕,就在罗素素打算按下发送键的那一秒,一封新的邮件不期而至。

Hi,素素,

在"北极熊智能管家夏季推广"的传播项目中,经过我方认真的审核并结合行业经验,判断部分合作的微博、微信KOL,在互动中存在大量疑似水军行为,存在严重的注水情况。

本着实事求是的态度,为品牌负责,为产品负责,还请贵公司重新提交项目总结与结算单。

要求如下:

1. 请排查出存在水军评论行为的KOL以及为何会存在水军。

2. 水军是KOL方安排,还是贵司安排?主导者是谁?

3. 存在水军的KOL都有哪些典型特征?比如阅读量与评论量比例失调等。

4. 还请剔除水分,确保数据的真实性。明确界定存在水军的KOL与正常的KOL,不能冤枉一个,也不能漏掉任何一个,务必要有理有据。

希望此次事件能够引起贵司的高度重视,及时给出一个合理的解释。

罗素素极力压制着内心的怒火，可还是忍不住爆了粗口。她有些捉摸不透方晨的心理，这位时而看似和你坦诚相待，时而又筑起了极深的城府。

这次事件，其实方晨此前私下和罗素素透过口风。罗素素以为，对方无非是像以往一样在费用结算时找点儿问题，口头解释几句就过去了，没有想到，这次居然用邮件的方式正式沟通，这倒是破天荒第一次。

在罗素素看来，行业里的一些实际情况，方晨不是不知道，她比谁都清楚有没有水分的存在以及它的存在到底是什么原因。这样做，也无非就是还需要有人来背锅，以此化解领导对她工作的不认可。

看着外面的天色还早，罗素素凝视了几秒窗外，重新打开邮件，构思着该如何回复。

这回复，一定要拿捏好尺度。说得严重了，作为供应商自身存在很大的问题，可能影响到费用的结算；说得敷衍了，客户可能会认为不够真诚，淡化问题，回避责任，同样也会影响到费用结算。

罗素素的纤纤玉手，在键盘上飞快舞动起来。一封回复邮件很快拟定：

关于"北极熊智能管家夏季推广"项目KOL发布评论水分的说明

你好方晨：

一、问题剖析

5月份主要是执行智能管家夏季推广项目，投放的素材主要是关于智能管家的创意硬广[①]海报，促销活动信息以及品牌自身的传播比重较大，导致粉丝们对发布的广告内容较为敏感，所以互动质量也有所下降。

由于活动的时间间隔较短，所以创意团队创作周期短，内容偏硬，导致微博的互动量比日常的创意内容要少。于是，博主在非我们授意情况下，对硬广内容的投放进行了部分用户的互动维护。通过实际排查，其中4条微博评论水分量估计超过50%，2条30%左右，其余微博KOL的评论中疑似存在水分的情况在20%左右。

有鉴于此，我们将停止与上述提及的评论存在严重水军的博主合作。我们也将在今后的工作中，加强对微博评论质量的考核，避免类似问题再出现。

另外，我们也复盘了4月的微博传播，投放的素材多为创意内容，例如共享智能管家、智能头号玩家等，用户平均的真实参与度明显好于5月。

二、反思总结

在5月和6月的传播过程中，评论里博主进行刷水的现象确实存在，这个是我们工作中的失职，这个没有理由和借口可推卸。对此，我们将永久停止与上述存在明显刷水博主的合作，对性价比较好的博主，则严格要求不准做任何维护。

在今后的工作中，我们将尽力确保提供优质的微博KOL，虽然受制于内容本身、博主广告数量、发布时间等诸多因素，但是我们加强对微博评论的考核责无旁

---

① ［硬广］硬广告。是指直接介绍商品、服务内容的传统形式的广告。

贷，确保微博投放过程中用户参与的质量水平。

最后，再次感谢贵司对我们工作的监督。

敲完最后一个字，罗素素再次深深感受到，就算是云南白药也无法弥补公关人内心的创伤。有时，明明是客户的错误，却还要摆出一副"我错了"的样子；有时，明明是客户的任性，却还要假装一副"我愿意"的样子；有时，明明是客户的不专业，却还要表现出一副恭维的样子。

当然，罗素素也明白，这就是这个行业的特点。作为一个乙方服务公司，无论你自己怎么有气也得受着。罗素素尽量平复自己的心情，点击了邮件的发送按钮。

距离下班时间还有半小时，罗素素打算收起电脑，期待尽快回家好好休息一下时，新的邮件再次到来。

你好，素素：

　　这次对智能管家夏季项目传播的总结，让我们看到了日常工作中存在的问题，也暴露出了我们在内容与发布审核机制中的不足。智能管家夏季项目的意义和重要性，不用赘言，想必贵司的团队是知道的。

　　能不能快速打响新品的知名度，关乎后面能不能抢占市场份额，绝不能因为工作中的失误，耽搁了整体战略布局的推进。

　　鉴于公司对此次项目的详细总结，能够切实指出问题所在，也表明了贵司团队能够清楚认识到有待自我完善和提高的空间，希望以后能够避免类似的问题再出现。

P.S.[①]：上一封邮件中并没有详细列举存在问题的 KOL，还请及时提供名单。

提供名单意味着什么？

一是彻底坐实了大号存在水分的事实；二是需要在众多的发布号之中，选出一批来作为替罪羊；三是如果选择了一批出来，意味着自身利益的受损。这个损失额是多少，尺度拿捏非常重要。既要把自己的损失降低到最少，又要让客户那边能够就此作罢，着实令罗素素头疼。

本想给方晨打个电话，私下问问到底什么情况，综合考量之后，罗素素还是决定按照邮件的方式往来。考虑再三，她选了几个微博大号出来，这也意味着一部分费用的损失。

罗素素也明白，不割肉的话，其他费用索要的难度就更大了。望着窗外的天空，罗素素深吸了一口气，将最后一口咖啡喝完。

---

① ［P.S.］Post Script 的缩写，附笔。常用于补充说明。

二　深夜电话

罗素素回到家中刚要躺下，突然响起了电话铃声。

"难道不能让人喘口气吗？真是不愿意接。"罗素素心里想着，可是手已经在行动。她摸起扔在床上的手机，看到是母亲打来的，这才放下一颗紧张的心。

"素素，在做什么呢？"

"出差了，今天刚回来，没有回公司，我就直接回家了。"

"怎么又出差了？你自己多注意身体。女孩子家，不要太拼。"

"知道了。"罗素素有一搭没一搭地说着。

"上次让人给你开的中药，吃完了吗？身体调理得怎么样了？"

原来罗素素有一段时间总是肚子不舒服，去医院做了各种检查，也没有检查出什么问题，家里人就从镇上一个据说比较有名气的老中医那里讨了几服中药，给她邮寄了过来。

"嗯，都吃完了。"

事实上，她根本就没有吃。

"我爸身体怎么样了？"

"上次做完手术，你爸已经恢复了不少，现在可以下地走走了，腿脚还有一些不太灵便。"

罗素素听到父亲的病情在好转，心情也不由得转好了一些："家里的钱还够吗？过几天我再汇一些。"

"医保给报销了一部分，现在日常花销都够用了。你们公司也到处是用钱的地方。"

又聊了几句之后，母亲主动挂掉了电话。

由于长时间加班，白天与黑夜经常颠倒，罗素素感觉生活质量严重下降。她看了一眼时间，距离金飞平时下班回来预计还有两小时。罗素素从床上起来，打开灯，先是看了眼落地镜中的自己，脸色素白。

尽管已经三十岁了，罗素素也依然不输给年轻的女孩们，大概是天生丽质的原因。一向素颜的罗素素，对着镜子，忽然也想浓妆艳抹一番，让自己变得更加妖娆一些。只可惜，罗素素怎么也做不出来这样的妆扮，也是想一想罢了。

关于整容这样的事，此前罗素素一直想不明白，网红脸已经烂大街了，为什么还有那么多人乐此不疲。直到公司员工宋喜乐也整了容，前后迥异的容貌，让罗素素明白了一个道理：整容是给别人看的，也是给自己看的。

通过这一方式，让自己变得更加自信。这大概才是整容让人着迷的地方。

然而，这到底是真的自信，还是自欺欺人？

罗素素从冰箱里取出来几样食物，简单加热一下，算是做了两个菜。然后，她点燃一支红蜡烛，静静等待着金飞回家。

没过多久，楼下的脚步声越来越近，把手轻轻拧动，门随之被推开。

罗素素身着一袭白裙,出现在金飞眼前。"什么情况?"眼前的景象,让金飞意乱情迷。

匆匆吃过晚饭,罗素素便吹灭红烛,房间陷入黑暗之中。

二人刚要起身,一阵不合时宜的手机铃声却突然响起。罗素素才意识到没有将手机调成静音,想着呼叫完没有人接听对方就会挂掉,可偏偏事不遂人愿,电话铃声急促地响了十几秒,刚停止,旋即变本加厉,这次响了几十秒,似乎没有停止的迹象。

罗素素极不情愿地接起电话:"嗯嗯,好的方晨……了解了解,我让同事——现在赶紧监测相关信息……好的,好的,我们密切注意。"挂掉电话,罗素素赶紧将相关情况同步到公司大群里。和同事们交代完毕,已经是深夜。

看着一旁打着鼾的金飞,罗素素将手机调为静音,黑夜中,任思绪在脑中飞舞。不知何时,夜里只剩下两个人酣睡时的呼吸声。

三　紧急救火

次日，罗素素早早醒来，烤了几片面包，煎了两个蛋，倒了两杯牛奶。她自己先吃，等到出门的时候，金飞刚刚起来。

罗素素不是最早到公司的人，在她之前，宋喜乐和阿伟已坐在工位上了。罗素素最近突然发现，宋喜乐和阿伟似乎走得比较近，她听其他同事私下说过，宋喜乐和阿伟一起吃过几次饭，下班后看过几场电影，周末还一起逛街。

当然，这也不能说明什么。如果二人都是单身，罗素素也不会多想，问题就在于阿伟已经有家庭了，孩子都两岁了。对于这件事情，罗素素目前算是睁一只眼闭一只眼，只要没有实锤证明二人的不正当关系，不影响工作，罗素素绝对不会干涉。

彩虹和阿伟的工位紧挨着，背对过道。当罗素素从二人背后路过的时候，宋喜乐突然发出了一阵银铃般的笑声，罗素素被吓了一跳，问道："你们在搞什么？"说完这句话之后，她意识到自己是先入为主地把二人联系在一起了，觉得有问题，就赶紧又补充了一句："看什么呢，这么好笑？"

阿伟回过头，仍旧笑个不停："老大，这个段子你看过没有，一个甲方让乙方写一段骂乙方的话。太逗了。"

宋喜乐也好像没有什么避讳地转过头:"素姐,我发你。今天这一天,就靠这个段子乐了。"

一进入公司,罗素素几乎快速被各种琐事萦绕,没有兴趣也没有时间去关注那些段子。第一时间打开电脑,罗素素把最近待处理的业务过了一遍。

第一封邮件是云天社区要求垫付二十万,合同规定手续费仅为十分之一,罗素素一直不愿垫付,这已经是他们第三次催促垫付。

第二封邮件是酷学培训的官微代运营,原来谈好的每月费用一万,降至五千,对方称因业务调整,可以把更新频率降下来。

第三封邮件是一个朋友介绍过来的客户,叫"6636手机",刚刚完成了B轮的融资,要举办一场盛大的新闻发布会,对场地、硬件、串场节目、到场媒体等都有要求,要求出方案比稿,预算不限。

处理完邮件,罗素素看看时间,已经9:30,其他同事陆续到达。

和刚才处理的这些事情相比,北极熊的项目才是当务之急。罗素素召集阿伟以及项目组的其他同事到会议室,特意叮嘱关注一下北极熊最近的舆情。

会议上,负责舆情监测的媒介李易认为这次的负面消息和之前没有太大区别,就像月经帖[①]一样,以前也总有一些关于产品的负面新闻稿件出现,这次和以前的处理方式一样,能删除的就删除,不能删除的,就再发一些官方的正面新闻稿件冲一冲。

不过,阿伟还是持不同的看法:"我感觉这次还是要警惕一

---

① [月经帖]网络用语,指有规律、频繁地出现的帖子。

些，毕竟后天就要开发布会了。巨鲸科技一直在打探北极熊的动态。"

"小题大做了吧，巨鲸科技怎么能把北极熊放在眼里？二者不在一个体量。"宋喜乐说完之后，阿伟瞟了她一眼。

"不管怎么样，还是要及时监测，随时做好应对措施，避免负面扩大化。"李冉插了一嘴。

"说得容易，监测的工作到底轻松不轻松，你们自己来试试。"就在大家七嘴八舌地讨论时，李易突然顶了这么一句。

罗素素在大家讨论时并未发言。根据她的经验判断，北极熊接下来的媒体沟通会，因为要宣布极为重要的事情，极有可能成为竞争对手巨鲸科技的打击目标。看着团队内部出现的分歧，罗素素果断制止了这种无意义的争吵："北极熊这次的媒体沟通会的重要性，你们不是不知道。所以，大家需要打起十二分的精神，必须重视起来。"看大家不再说话，罗素素便直接分配工作："阿伟，你继续和方总那边保持沟通，确认媒体沟通会的具体细节。"

"没问题，基本准备完毕了。"

"李易，你牵头把负面新闻和网络舆情动态整理一下，再及时安排水军去那几个微博KOL下做一些评论，引导一下。李菁你配合，再准备一些新闻稿。"

"好的。"

"还有，你在的那些媒体群、自媒体群，还有公关群，不管什么群，都密切注意下群里关于北极熊的讨论。尤其是经常写北极熊负面消息，或者站在巨鲸科技那边的，要盯紧了。"

"收到。"

安排完毕，罗素素稍微安下心来。她知道，北极熊公关总监

三 紧急救火

方晨之所以紧张，是因为再过两天北极熊将要正式宣布一个重要利好消息，北极熊国内用户突破六千万，AI智能管家全球出货量八千万台。

这一数据的意义不言而喻，对于北极熊来说，他们将成为仅次于巨鲸科技的在AI智能管家市场份额排名第二的新兴科技公司。这次数据公布之后，北极熊的C轮融资也将加快步伐。对标巨鲸公司的一亿用户和一亿三千万出货量，二者之间的差距越来越小，北极熊也将成为投资圈里最炙手可热的科技公司之一。

北极熊人工智能管家的创业团队也颇豪华。创始人熊和平毕业于英国帝国理工大学，CTO（首席技术官）威廉毕业于剑桥大学，二人此前曾就职于某国外科技巨头。另一位联合创始人，CMO（首席市场官）莫生曾在国内一个世界五百强企业任职。

北极熊公司具有浓厚的工程师文化氛围，整体的风格更像是外企。创始人熊和平坚信人工智能将彻底改变人类的未来生活，就像互联网的出现一样。在熊和平的影响下，北极熊上下把技术作为信仰，打磨一个产品的功能甚至要花费几个月的时间。在以"快"字诀作为取胜之道的国内创业环境之中，这使得北极熊步伐有些缓慢，就像真的北极熊在冰原上不紧不慢地走着那样。

不过，北极熊一旦准备好，面向用户和市场时，就会像遇到猎物一般变得十分凌厉，一定能够给外界带来不小的惊喜。

在和媒体打交道的过程中，熊和平的身上表现出一副精英的姿态，而且说话方式十分简洁，就像能够用一行代码解决的问题绝不会再多写一行那样，导致不少男性媒体人以为熊和平比较高冷，不太好沟通。相反，熊和平更受女性媒体人的青睐，大概在熊和平的身上，她们看到了一个比较完美的精英成功人士的特点。

"素姐,北极熊那边的费用结算进度怎么样了?我看上次发邮件还在找碴儿,最近他们怎么这么多事情啊?"阿伟边看手机边问罗素素。

罗素素也头疼这个问题:"这个事说复杂也复杂,说简单也简单。我看他们是想让咱们主动减少一些费用,但是减多少不好把握。还有,如何解释传播数据有水分的问题,这也关系到以后工作怎么展开。"

李易作为媒介,也有一些不满:"咱们的报价本来已经很低了,怎么还要整这些幺蛾子啊?这帮人贼烦人。真不知道脸都搁哪去了。"

"咱们是乙方,要保持基本的服务礼节,不能在背后说客户。"罗素素打断李易,"不过我就当没有听到。"

李易突然看着脚下,左看看右看看,像丢了东西:"这帮人的脸呢?怎么找不到了。"

罗素素忍不住笑了出来,忽然想起来新闻通稿的事情:"喜乐、李菁,媒体沟通会的通稿,还有传播海报,最终版本确认了吗?"

"海报有点小问题,还在和北极熊的对接人沟通,今天应该能搞定了。"李菁回应。

"稿子这块儿,目前还没有反馈,一直在确认之中。"宋喜乐说话时,眼睛一直盯着手机。

对于宋喜乐开会习惯性盯着手机这个行为,罗素素之前已经提醒过她一次,没想到过了段时间她还是没有改掉这个毛病。

罗素素紧皱了一下眉头:"新闻通稿前几天不是写好了嘛,让你找对方抓紧确认,怎么一直没有反馈?"

"上次给了他们之后,一直没有动静,我也不太清楚。"宋喜乐仍旧盯着手机。

"把手机收起来！客户那边没有反馈，你不知道多追问几次吗？之前不是没有受过这方面的教训，都忘记了是吗？"罗素素突然提高了音量。宋喜乐没有想到罗素素会发火，赶紧收起手机："我这就再催一下。"

会议结束之后，罗素素收到几条未读消息，有人询问合作问题。其中一个人发了一篇文章给罗素素，说是想要这种类型的文章，然后再用微信大号传播一下。罗素素问预算是多少，对方扯了一会儿，最后说只有两千块钱。罗素素无奈地笑了笑，因为对方发过来的文章是一个刊例报价在十万元以上的大V写的。现在很多人都想用最少预算打造爆款文章，可以理解，但是有的客户不懂为什么一篇文章会这么贵，就提出各种不切实际的要求，让乙方们非常无奈。

另一个许久不联系，偶尔有互动的微信好友留言："你好，我这边有一篇文章，想要在你们的自媒体帐号上做投放，只有三百块，对发布的位置和文章的阅读量都没要求，随便安排一下。是否可以？"

罗素素公司运营了几个自媒体，她对外的另一重身份是大号的主理人。虽然这个微信大号只能是行业中的第二梯队，但刊例报价最便宜的也要四千元起。对方的这种行为，罗素素总感觉是在打发要饭的，要么你刷个脸问能不能帮忙免费发一下，要么象征性问问多少钱有没有优惠，只有三百块钱这种说辞很是让人尴尬。罗素素犹豫了一会儿想着要怎么回复对方，后来决定就当没看到，没有理睬对方的信息。

在一个交流群里，关于房子的话题吸引了罗素素的注意。

有人转发过来某财经媒体发布的一条新闻，讲的是城市东安一个开发商因为房价上涨过快,一套两居室的房子一年涨了上百万而反悔,于是主动举报自己的楼盘当时没有预售证,属于违规销售,试图作废此前签订的合同,以当前最新的市场价格重新销售,并把不愿意退房的业主告上了法庭。结果,开发商赢了官司。

罗素素感叹,这个世界真是无奇不有。

另一个转发进来的新闻,标题非常有吸引力:"上门房地产崩盘:地价腰斩,房价跌掉上万元!"罗素素点击进去看了一遍内容,上门曾经售价每平方米七万元的楼盘,现在降价一万;个别楼盘售价,略低于拿地价格。通篇读完之后就会发现作者用个别楼盘的降价推测上门市整个房地产要崩盘,真是滑稽。但是,这样的标题让人很有点击的欲望,罗素素发现文章阅读量已经10万+。

然而,真正让罗素素感到疑虑的,是这两则新闻究竟哪一个代表了当前房地产市场的真实状况。罗素素又想起自己在绿岛投资的一套待售海景房,至今无人问津,不免叹了一口气。

下午的天气难得地没有雾霾,室内暖气十足,办公室里弥漫着昏昏欲睡的氛围。

罗素素整理了一下当前的业务,发现除北极熊之外,原来有过年度合作的几个客户,已经有几个月没有业务往来了。罗素素想约原来介绍合作的几个朋友,结果要么有的已经离职,要么有的大幅削减投放预算。公司服务的客户资源现在对北极熊严重依赖,自媒体业务营收也忽高忽低。

罗素素在不同的微信群里活跃着,参与讨论。当看到有人发布一些营销的需求时,罗素素会主动联系对方,把资源报价表发给对方之后,基本也杳无音讯。

距离下班还有半小时，罗素素让宋喜乐把北极熊媒体沟通会的新闻通稿发过来确认一下。罗素素看文章里面涉及不少技术名词，认为过于生硬，需要把一些复杂的技术名词尽可能简化为通俗的语言，毕竟现场还有很多非科技类媒体到场，如果专业性太强，不太利于传播，普通用户不容易理解。

罗素素把修改意见发给宋喜乐，结果遭到了反驳："素姐，之前初稿写完之后，北极熊那边就提出建议，让增加技术名词，这样才会显得更加专业。"

"北极熊AI管家是一款面向用户的家庭娱乐硬件产品，写出来的文章是要给用户看的。他们会在意那些难懂的专业名词吗？他们更在意产品的功能，技术名词的比例要尽量减少。"罗素素强调说。

就在二人沟通的时候，北极熊项目对接微信群里突然发来一连串的消息。罗素素赶紧看发生了什么事情。

"喜乐，熊总之前一直在忙，下午才把通稿看了一下。他提出了不少问题，我整理出来，咱们一起确认一下。"

"好的，都有哪些需要修改的？"

"熊总认为技术性的内容篇幅比较多，而且太专业，普通用户可能看不懂，需要再润色优化一下。"

"啊？之前的提纲不是这么要求的呀？如果修改的话，那改动就很大了呀。"

"这是熊总的最新意见，我们也只能照着改。"

宋喜乐没有忍住，和一旁的同事彩虹吐槽北极熊这个时间点还要修改稿件："烦死人了，晚上我还有约呢。"

罗素素在群里接了一句："好的，稿子除了这个问题，还有其他地方需要调整吗？争取今晚搞定。"

"嗯，关于技术内容的部分，也需要调整几处。"

"基于Bear自主开发的AI系统Bear Bosal，在各种语境之下，面对任何问题都可以沟通无碍。尤其是在经过海量的深度学习训练之后，也可以针对特定问题进行双关语回答。另外，NMT[①]统一翻译为神经网络机器翻译。"

"嗯嗯，前面重复了。"

"巨鲸全息和北极熊的产品在市场上不分伯仲，这句话调整一下顺序：北极熊和巨鲸全息的产品在市场上不分伯仲。"

"记得里面所有'Bear Bosal'，两个单词的首字母都要大写。"

"好的，还有其他地方要修改吗？"罗素素耐心地问道。

"第三和第四个段落，前面是讲AI管家的技术壁垒，后面就落到技术优势，内容上多少有些重复了。另外，熊总讲的段落，不要和CTO威廉讲的内容靠在一起，威廉可以出现在通稿的后半部分。这个顺序安排，你们应该想得到啊。今晚调整完，发给我们再看一眼。明天上午打印封装。"

"好的好的，我们今晚调整完。"

罗素素看着群里提出的要求，心里安稳了几分，然后特意叮嘱宋喜乐，今晚就是通宵也务必要把稿子修改完。

"知道了。"宋喜乐一边嘟囔着，一边拿起手机拨打了一个电话："今晚不和你们去了，老娘要加班了。"

电话那一头，似乎在酒吧里，十分吵闹，一直听不清楚宋喜乐在说什么。

"你们……玩吧……"宋喜乐挂断电话之后，编辑了一段信

[①] [NMT]英文 Neural Machine Translation 的缩写，一种机器翻译方法。

息发给刚才通话的那一端："客户之前好几天不说话，这明天就弄活动了，现在突然提出要修改，早他娘地干吗去了！唉，又有情况，你们嗨吧，我忙了。"

北极熊对接人赵成功又在群里留言：

"文章的排版方面，你们也注意一下：取消缩进，两端要对齐，不要用微软雅黑，看着像是凑字数。用宋体字，OK？"

"还有图片，北极熊、巨鲸全息以及天狗产品的三张图太多了，做成一张图片。"

"那官方的Logo[①]有吗？给我一下。"宋喜乐追问了一句。

"要Logo做什么，也放到图片里吗？没有必要吧。你们自己上网找吧，你们处理，尽快吧。记得，我们的Logo要放大一些。"

宋喜乐看着时间已经是19:30，肚子已经咕噜咕噜叫了起来，于是让公司的实习生赵常去楼下帮她带一份饭回来。赵常大学所学的专业是生物科学专业，但他自己想从事新媒体运营工作，罗素素看他文笔还不错，就让他跟着宋喜乐先学习新闻稿件撰写。赵常算是一个勤奋认真的男孩，而且非常有想法，不时会主动找罗素素请教，给罗素素留下了深刻的印象。

赵常把打包的饭菜带回来，递给宋喜乐："宋姐，这个客户这么不好沟通呢？其他的客户也都这样吗？"

宋喜乐打开餐盒，边迫不及待吃了几口，边答道："也不全是，之前的客户也都还好，没有这么难对付。不全都是这样。"

赵常说："我记得有一次，菁姐写的文案，也是改了好多版才通过。"

---

① ［Logo］英文Logotype的缩写，象征品牌文化的商标、徽标。

宋喜乐边吃边说："知道甲方爸爸最喜欢说哪些话吗？"

赵常摇了摇头："最喜欢哪些？"

宋喜乐停下筷子说："没和乙方合作之前，他们喜欢说'我们这次的预算很多，一定要高端大气上档次'；等和乙方合作了，他们就会说'发布十个KOL大号五万预算够吧，再便宜一些吧，Logo再放大一点'；最后，等到结算费用的时候，他们的口头禅就是'付款流程正在走'；过了一段时间，还没有付款，你再问，他们就会说'财务出差了'。"

看着宋喜乐绘声绘色的描述，赵常笑得前仰后合。

在紧张的忙碌中，时间很快到了深夜。罗素素买了夜宵给所有人。她希望明天下午北极熊的媒体沟通会能够顺利完成，毕竟这次活动非常重要，不仅可以帮助北极熊进一步扩大知名度，还能够让其在资本市场上有更大的影响力。

稿件修改完毕，车马费红包和随手礼准备完毕，官方海报设计完毕，媒体签到表打印完毕……等到一切准备就绪，已经是后半夜。

在准备离开办公室之前，罗素素发了一张大家吃夜宵的合照到朋友圈，这样写道：为了明天，为了自己，伙伴们都是最棒的。

很快，下面吸引了众人的留言和点赞。

宋喜乐和彩虹在楼下等待网约车时，看到罗素素发的朋友圈，点评道：素姐加油，大家加油！

"原本今晚有约，又泡汤了。上次我也没去成，业务上有事总是让我去对接。"宋喜乐向彩虹抱怨。

"你是撰稿，别人也替代不了你的工作。再说，你还是主要负责人。"

宋喜乐向外张望着："我这个负责人算什么。对了，那个实习生，赵什么来着，赵常，来公司三个月了，也没见他做什么。"

"之前有个对接的项目，我看他做得不错，素姐也表扬了他。再说，人家今天不还是帮你买饭了吗？"

"买饭不是顺手的事吗？他又不是月薪五万的助理，买个饭怎么了？"

宋喜乐还要继续发牢骚，彩虹的网约车已经先到。彩虹赶紧一头钻了进去。望着黑夜里闪烁的霓虹灯，彩虹想着在这里何时能有一个属于自己的安身之处。

两个星期前，彩虹和家里人发生了争吵，原因是家里人想让她回老家找一份工作。那里虽然房价上万了，但拿个首付买一套房并没有太多负担，也不用太拼命，生活可以过得比较安逸。让彩虹更糟心的是，男朋友又在闹分手，半年前已经闹过一次。

彩虹陷入深深的无力状态，她一时间不知道自己留在西京的理由还有什么。回家的确是很好，可是彩虹总感觉还有一些不舍，舍不得曾经付出过的爱情，舍不得西京的生活，舍不得西京遍地的机会。

那些写字楼里，和她一样的年轻人，都在西京过得好吗？有人白天坐在顶级写字楼里，晚上坐公交回到五环之外的农村民宅；有人时常出入高档酒店，一个人吃饭时却点份外卖果腹即可；也有人在短短几年之内，月薪从三千涨到三万。

四　幕后黑手

次日中午，罗素素带着李易、宋喜乐、李菁、阿伟来到北极熊公司。媒体沟通会的场地就定在了北极熊的1号大型会议室，能够容纳百余人。在这次媒体沟通会分工中，罗素素团队主要负责公关传播部分，场地布置以及互动营销主要由方晨团队自己完成。

双方团队见面之后，开了一个临时会议。李易把确定到场的媒体名单再次汇报了一下，基本没有问题。赵成功把宋喜乐留下来，说是新闻通稿还有地方要调整。距离媒体沟通会开始还有不到两小时的时间，双方团队都处于紧张的状态。

罗素素提议，如果1:00之前新闻通稿还没有确定，那就不打印出来，等到发布会之后直接把电子版通稿发给媒体。

时间快速从众人的指缝间溜走，距离媒体沟通会开始还有十分钟了。罗素素以为万事大吉就等开始了，可意外还是出现了。

有不少媒体人和自媒体人到场之后，发现前几排的座位，除了主要嘉宾之外，都留给了美女网红。有个别人开始在群里吐槽这个事情。李易作为媒介，对此也很无奈，因为这个现场安排和事先计划的不一样，他也不清楚具体原因。为了避免更多人吐槽，李易赶紧在群里发了一个大红包，算是堵住了悠悠众口。

沟通会顺利举行，一切按照既定流程推进。眼下，只剩下会后的媒体专访环节。这次的专访比较特殊，除了北极熊的熊和平和威廉参加之外，方晨还特意邀请了一位国外用户、一位国内用户来参加，希望能够让媒体再次加深对北极熊产品的了解。

方晨作为专访环节主持人，与到场媒体简单寒暄几句之后，开始介绍到场的两位产品用户；外国用户的名字叫克里斯汀，曾经在中国留学三年，现在从事国际贸易工作，是一位智能硬件爱好者；国内用户叫唐华，是一位五岁孩子的妈妈。

"两位都是北极熊AI管家的忠实用户，在此前一直给予了北极熊产品很多的反馈和宝贵的建议，此次也是作为北极熊的特约嘉宾来参加活动。在此，我谨代表北极熊再次感谢二位的到来。"方晨介绍完毕，两位用户起身点头示意。

事实上，在北极熊公关团队提出这次媒体沟通会邀请两名用户参加时，方晨想真的发起一个活动，然后在众多的用户之中寻找两个人。而罗素素认为，这么做固然好，但是用户现场说的内容不可控。在几次讨论评估之后，最后达成统一，邀请的两位用户一定都要是熟人。

寻找这两个人，也并非一件简单的事情，既要是可靠的熟人，对产品也要有一定的使用心得，同时，如果有和媒体打交道的经验更好。几经挑选，最后，北极熊的CTO威廉找来了自己的朋友克里斯汀，罗素素找来自己的大学学姐唐华，提前把北极熊AI管家2.0版本送给二人。结合二人使用过程中遇到的问题，罗素素和方晨两方团队又把媒体可能提问的问题，如何避免陷入媒体提问的预设圈套，回答媒体问题的技巧，都与二人做了详细沟通。

"熊总，AI管家的优势是什么？"

"熊总，和巨鲸产品相比，AI管家的差异化功能有哪些？"

"想问一下威廉总，AI管家在国际上的出货量有多少？为什么要优先在国外进行新品首发？"

"请问克里斯汀先生和唐华女士，使用北极熊AI管家有多久了？产品体验如何？"

"如果让二位对AI管家提一些改进的意见，有什么想说的吗？"

……

罗素素感觉媒体对二位用户的提问越来越多，说多了未必是一件好事。于是，赶紧示意方晨结束这次专访，时间持续了将近半小时，该问的也基本都问了。

"时间差不多了，非常感谢各位媒体老师抽出宝贵时间参加此次的专访。如果大家还有什么问题，会后可以联系我们公关部。今天的媒体沟通会到这里就结束了，同时也感谢克里斯汀和唐华女士能够在百忙之中参加我们的活动，再次感谢二位。"

专访结束后，部分媒体人去和熊和平、威廉以及克里斯汀、唐华交换名片，一旁的罗素素被喊过去帮忙拍照。

罗素素特意和唐华拍了一张合影，二人已经有将近十年没见过面了，此前也因为工作繁忙没有过多的交流，但是，当罗素素见到唐华，还是立刻感受到了当年那份情感的温度。

"之前真没有想到华姐你会愿意过来，孩子谁照顾呢？"罗素素拉着唐华到一旁的休息室坐下。

"他爷爷在家照顾呢。本来也是没有时间外出，之前单位说要让我出差，一直没有确定。就在你找我的前几天，行程安排下来了。没有想到，还是来西京。"

"很多事情都是这么巧。华姐你和在学校时一样，看不出来有什么变化。"

"咱们女人，自己不对自己好一点，谁还对自己更好？现在你自己创业，也要注意身体，你看看，这脸色是白的，但是白里缺少了红润。"唐华的一番话，又让罗素素在心里和她拉近了距离。

在学校时，罗素素和唐华的关系还没有这么近。等到毕业之后，罗素素去了绿岛，和唐华也只是偶尔有联系。在放弃工作去报社做实习记者的那一段时间里，罗素素变得迷茫，想找一些人聊聊天，竟然找不到一个可以倾诉的对象。

翻到手机通讯录里的联系人，看到唐华时，罗素素就试着给唐华发了一条短信。令罗素素意外的是，唐华接连发了几条鼓励的信息，讲述自己是如何在地方电视台时坚持学习考到省会电视台的经历。最后，短信里还告诉罗素素，如果缺钱，随时可以联系她。

看完唐华发来的短信，罗素素有种莫名的感动，这份感动，一直保持在心里。

罗素素和唐华聊了一会儿，准备晚上请她吃饭作为答谢。不过，唐华晚上单位有事情要处理，还要坐第二天一早的飞机回家，来不及吃饭。罗素素固然感觉惋惜，但是她相信真的友情并不会因为一顿饭而有任何变化。二人又聊了一会儿，罗素素才把唐华送走。

专访结束，罗素素团队的工作并没有结束。除了在媒体沟通会开场不久把新闻通稿发给媒体之外，专访之后还要把现场的速记校对一遍，交给方晨和赵成功审核。没有参加专访的媒体，早早把新闻通稿的链接发到了微信群里,李易发了几次红包表示感谢,然后再把新闻链接转到和北极熊公关团队对接的工作群里。

等到晚上九点左右,有几家参加专访的媒体和自媒体把深度稿件赶了出来,在朋友圈里分享出来并特意提到了熊和平和威廉,很快获得了对方的点赞。李易将事先预定好的稿费及时转账过去,再次向媒体老师感谢。

在回家的路上,罗素素习惯性地把几篇阅读量高的稿件分享到了朋友圈。回到家之后,金飞早已经准备了饭菜。躺在床上休息几分钟后,罗素素起身去简单洗漱:"感谢老公,没有什么比现在幸福了。"

"快吃吧,时间不早了。"

罗素素拿起筷子,没吃几口,突然收到了一连串的微信消息:

罗总,看到你朋友圈里分享的北极熊的文章写得不错。是提前约的稿子吗?

北极熊又开发布会,我看请了不少自媒体朋友,我对北极熊也是很关注的,怎么不邀请我?

我看你们都找了鲁班深度测评这个号约稿,他们的稿子还不如我。

我们也做测评,收费也不贵,以后能帮忙多推荐推荐吗?

我和北极熊的方晨方总也很熟悉,希望后面有机会多合作。

罗素素看着对方发过来的消息,也是比较无奈,叹了一口气:"有的人,实在无语。"

金飞问怎么了，罗素素边吃边讲。这个自媒体人叫李老师，也是做硬件测评的，之前有过一次合作。当时，约了一篇测评稿子，把客户的产品快递给对方之后，对方非说没有收到，然后要求再邮寄一台。罗素素让同事查快递是否送到，快递方面说是当面签收。但是，这个李老师非说没有收到。罗素素只好协调北极熊那边再给邮寄一台。北极熊那边不同意，最后罗素素只好让同事从公司走账，自己掏钱买了一台再邮寄给对方。

稿子出来之后，北极熊那边希望能做一些修改，在尽量客观真实的基础上突出一下北极熊的产品优势，把有关竞争对手的内容删减掉。结果，李老师同意删减竞争对手的内容，但是不同意再增加优势内容，认为已经比较突出优势了，只给做了微调。

总之，那一次稿件发布出来之后，客户不满意，罗素素和这个李老师沟通得也不愉快。此后，便再无联系。

金飞也是第一次听到这种奇葩的事："这种人，谁以后还找他合作，自以为的客观公正，也没有什么用。"

"主要是事多沟通太麻烦，就不想再和他合作了。文章写得还算可以。"

吃完饭之后，罗素素才给对方回复了信息，说了一些感谢关注，以后有机会再合作的客套话，便把李老师放到了朋友圈分组不可见的名单里。

这一夜，失眠了很久的罗素素，竟然意外地睡了一个安稳觉。第二天醒来，她很久没有感觉到状态这么好过。罗素素和金飞说，晚上竟然还做了一个梦，梦见自己怀孕，生了一个可爱的女儿。可是，无论女儿怎么和金飞说话，金飞就是不理睬女儿，后来金飞就慢慢消失不见了，女儿哭得非常伤心。

"你说，你怎么不理睬女儿？"罗素素假装责怪金飞。

"要是真有女儿,我怎么可能不理睬,每天宠她还来不及。"金飞婚后一直想要个孩子,可是罗素素不想要,因为工作太忙,想着等到公司走上正轨之后再要也不迟。对于这个事,两人之前也发生过几次争执,最后干脆都不提要孩子的事了。

在去公司的路上,由于部分路段拥堵,罗素素一直是龟速前行,原本良好的精神状态也因拥堵被折磨得难受至极。由于前方一个急刹车,罗素素还差点儿追尾。罗素素看到前方车辆陆续停下来,下意识拿起手机看一眼,正好李易打来电话。

"素姐,有个自媒体写北极熊的负面消息,我微信上发你了。"

"我在开车,等会儿看。没沟通一下作者吗?"

"暂时联系不上。现在扩散的速度比较快,我看圈里很多人都在转了。"

"哪个自媒体写的?"

"老李做测评,之前合作过。这次写的内容和昨天的媒体沟通会有关。但是,我们并没有邀请他,他怎么有活动的速记内容?"

这个叫老李做测评的自媒体,就是昨晚给罗素素发微信的李老师。罗素素听到是他之后,也有几分惊讶,毕竟之前还合作过一次。

罗素素看着车流还没有动,瞄了一眼李易发过来的文章,标题叫作"北极熊AI管家用户破六百万,用户代表吐槽体验糟糕,到底尴尬了谁?"。罗素素在的几个微信群里也开始有人讨论。文章的阅读量超过了五万,照这个情况下去距离10万+也不远了。

这时,方晨发来消息只说了一句话:"老板很不高兴,必须删除。"罗素素明白这句话的意思，简短回复了四个字："正在处理。"

等到罗素素到公司的时候，已经将近十点。罗素素把李易叫到会议室，询问怎么回事。

"我看了内容，克里斯汀和唐华说的话，我们在速记里做了调整，部分比较模糊的话，也都删除了。不知道李老师怎么获得的。"

"问题是，他俩怎么可能吐槽北极熊呢？这不是胡说八道吗？"

"他们没有吐槽，原话是这么说的：'北极熊AI管家第一代的体验，的确有待完善。好在，第二代的各项功能都非常棒，有了非常大的变化。'结果，他就断章取义了。"李易解释说。

"内容还算凑合，不算负面，就是这个标题，纯属标题党了。沟通一下，务必删除。"对于这种删稿的公关思维，罗素素有时也会和客户讲，删稿件是下下策，负面新闻总是会出现的，删了一篇还有其他的冒出来，也并非所有的媒体都能删稿。但是，客户不管这一套说辞，删稿件不力就是公关公司能力不行，不管想什么办法，都要删除。

经过几次沟通之后，李易明白了李老师的意图，很明确就是希望以后可以找他约稿件，李易请示完答应下来，直到下午对方才终于删除稿件。然而，这篇稿件仿佛一个导火索，在接下来的两天时间里，出现了大量的负面新闻，所有的矛头都指向了北极熊的核心产品——人工智能管家。

在北极熊内部，CMO莫生看着产品数据，订单量并没有达到原本的预期，这令他十分着急。莫生和熊和平、威廉以及方晨召开会议之后，要求公关部必须及时控制舆论。否则，北极熊人工智能管家的产品销售将受到严重影响，对公司接下来的融资进程，也将产生难以估量的影响。

"我看很多文章里，都说我们的AI管家窥探用户隐私，甚至有的家庭内部影像都被实时直播到网络上。这个摄像直播功能的设计初衷是方便用户随时查看家里的情况，而且该功能用户可自愿选择是否开通。还有那个说小女孩洗澡被没有启动的AI管家给私自录像的事，我们调取了所有的产品数据，研究发现，根本不可能发生这样的事情。"威廉义愤填膺。

方晨从来没有见过威廉这般激动，大多数时候，威廉都十分温和，也很少会对其他人大声说话。这些歪曲事实的负面稿件如果不是刺痛了威廉的心，想必他也不会这样。

熊和平听取了大家的汇报后交代："方晨，你和产品经理、技术同事抓紧对接，让他们快速就负面稿件的技术问题给一个专业解答，然后你们公关再给把关，形成一个正式的对外声明。记住，是否开通直播功能，选择权在用户手中，而且，我们也做了提醒，这一点很重要。"

要不要对外做一个很正式的官方声明，方晨一直犹豫不决。一旦做出回应，必然还会被外界二次解读。关键是，被传播范围最广的一篇文章的作者，经过检索发现是一个名不见经传的自媒体人，这件事情明显是经过精心的策划。方晨翻看过这个人微信公众号的历史文章，此前的阅读量都没有超过一千，这次文章阅读量已经八万多，照这个势头下去，用不了多久就能突破10万+。

10万+，一组让人又爱又恨的数字啊！

方晨给罗素素打了一个电话："素素，目前北极熊AI遇到的危机，你们怎么看？有没有什么有效的解决措施？"

"综合最近几天的网络监测结果来看，北极熊AI管家发布之前，就出现了零星的负面新闻。这次媒体沟通会之后，突然集中出现了大面积的负面新闻，火力集中在用户隐私上，这背后显然是竞品做了精心策划。至于那个微信公众号的作者，名不见经传，更像是在借助此次事件炒作自己。"

方晨电话里回应："真是想红想疯了，我看又有几篇文章出来了，都是介绍这个作者的，炒作的痕迹太重了。"

"先不去管他了，如果直接回应他，反倒给了他再次炒作的机会。我们先约一些自媒体稿件吧，和他们解释清楚负面新闻中提到的产品问题，组织一波稿件进行反击；另一方面，我们也在收集负面信息作为证据保存，以备起诉时用到。"

"可以，尽快执行。另外，根据熊总的要求，我们也将在随后发布一个官方的声明，向外界解释这次事件。"方晨停顿了几秒钟，"只是怕……"

"只是怕什么？怕越描越黑？现在的危机公关，有时真的就是什么都不做，最多不超过七天，风波就过去了，新的热点事件再出来，就没有人再注意之前的事情。瓜太多，群众吃不过来。如果企业自己刻意解释，反而适得其反了。"罗素素又补充了一句，"金鱼的记忆是七秒，网民的记忆也只有七天。而且，后者遗忘的时间在加速缩短。"

方晨感叹："是啊，我也同意你的观点。但是，站在甲方的角度，公关部门总要做事情，否则老板要公关做什么呢？"

罗素素认为方晨说的也有道理，立场不同，解决事情的方式自然也不同。罗素素知道，这次事件关系到和北极熊的后续合作，如果处理得不好，很有可能让后面的合作非常被动。和方晨通完电话之后，罗素素把项目组的人员全部召集到会议室，商讨后续对策。

五　代理战争

就在罗素素和北极熊的公关团队忙着灭火的时间里，远在南方的浅圳市中心的一座高档写字楼里，一个叫星辰的新媒体公司，正在按照预期一步步推进他们的计划。

罗素素也清楚，自己正在和一个看不见的对手进行隔空较量。还有一些浑水摸鱼的势力，也想从这次事件中渔利。罗素素不知道的是，这家名为星辰的新媒体公司将在日后的时间里，成为她挥之不去的阴影。

在星辰公司一个只有少数人参加的会议上，一个名为"猎熊计划"的PPT[①]正在放映，按照计划，新一轮攻击将于近两日执行。

一个刚入行不久的年轻人，乘休息期间悄悄向刘总请教："我们现在做的，就是黑公关吗？"

刘总十分谨慎，又颇为得意地问年轻人："你知道黑公关的能耐究竟厉害在哪里吗？"

[①] [PPT] 一款微软公司开发的演示文稿软件的英文缩写，即 Mircros Oftoffice PowerPoint 的简称。

年轻人想说，又摇了摇头。

"我跟你说，做黑公关，有一百种方法黑死你。黑公关厉害到什么程度？它能让一个人名誉受损，身败名裂，也能让一个企业的产品滞销，让品牌失去用户口碑。"刘总看似严肃的面庞，流露出一丝不易被察觉的微笑。刘总特意提高了音量，接着说："但是，我们也有自己的原则，坚决不炒作社会事件。社会负面新闻一概不做，只做企业品牌负面。明白吗？这就是有所为，有所不为。"

会议重新开始，按照PPT计划，当日下午和第二天，一大批风格与内容很相似的文章将在网络上集中发布，矛头统一都指向了一个对象——北极熊人工智能管家。

作为一家创业公司，北极熊这几年的确发展迅猛，让这个行业的老大——巨鲸科技开始警惕起来。但是，北极熊毕竟是一家初创公司，熊和平也并非大佬，大到一言一行都能够成为媒体和整个网络的关注对象。这次的危机让北极熊团队始料未及。如果从历史经验来看，北极熊置之不理，保持沉默拖个几天之后，新的网络热点出来，这场危机也就过去了。

快速关注，快速遗忘，这是当下网络生态的特质——网民们总是会习惯性遗忘。

在互联网这个黑暗森林之中，巨头之间的公关对决，往往血雨腥风。就好像武林高手，双方都不会轻易出招，出手之时，必然是致命一击。对比之下，无数的创业公司处在黑暗森林的最底层，不知道自身遭遇的黑公关来自哪里。一旦实施反击行动，自己很可能就会立刻遭到非竞争对手的攻击，因为无数的猎人在等待猎物暴露自身的那一刻。

所以，任凭危机到来，只要你按兵不动，很大程度上你都可以安然无事。至于某些危及自身性命的危机事件，常规的公关手段也无法有效解决。

掌握了这个法则，虽然不能保证企业顺利渡劫，至少不会深陷其中。可惜的是，北极熊并没有这么做。

"方总，情况不妙。从下午开始，一大批耸人听闻、捏造虚假消息的稿子，都将矛头指向了我们北极熊这次的产品，还有高管问题。"

"北极熊的官方声明在微博上发了出来，现在评论区里很多都是骂我们北极熊的水军。"

内部微信群里，公关部成员不时地向方晨汇报。就在北极熊团队密切监视网络舆情时，罗素素团队同样如坐针毡。

罗素素让团队把约好的稿件尽快发出来，宋喜乐和李菁正在抓紧撰写正面的稿件，发布出去之后，一直到晚上，仍然被众多的负面新闻覆盖碾压。

直到半夜，双方团队仍然忙得焦头烂额。罗素素在与一个资深自媒体沟通时，突然接到了来自方晨的电话，要求次日上午见面开会，汇报工作进展情况。放下电话，罗素素有些焦急，太晚了什么也没有准备，明早怎么汇报，当然她也和方晨解释了时间太紧急。但是，到了这个时刻，对方也不顾其他，强烈要求第二天早上必须有汇报方案。

众人都在忙自己手中的工作，谁都不想接下这个烫手的山芋。李易虽然是媒介，但也只能把相关的舆情资料准备好，要让他做一份汇报方案，实在比登天还难。罗素素不免有些焦急，责怪自己怎么就没提前准备好预案，白天再忙也应该安排专人把这个工作搞定。

就在罗素素手足无措时,赵常给她发来一条私信:"素姐,之前李易哥让我帮他把北极熊的舆论监测做了,我在他原来方案的基础上,又加了一些分析和应对措施,不知道能不能行,要不我发您看看?"

罗素素很是惊讶,打开赵常发过来的文档仔细看了一遍,便将赵常喊了过来:"明天的汇报,由你来主讲,有没有问题?"

赵常加入团队还不到半年的时间。虽然平时非常认真,但毕竟没有经历过重大的项目,到底能不能承担起这个重任,罗素素在心里打了一个大大的问号。罗素素又换角度想了想,既然赵常有心能做出这样一个方案,也必然对方案熟稔于心。哪怕是赶鸭子上架,也得把他赶上去。否则,明早没有方案可以和北极熊汇报。

面对罗素素的提议,赵常既紧张又激动,沉默几秒之后,鼓起勇气回复了罗素素"没有问题"四个字。

罗素素深深呼出一口气。她不知道,赵常为了这个方案,这几天晚上一直加班到深夜。没有人要求他这么做,可他知道自己经验少,应该比其他人更加主动一些。

罗素素让赵常把方案稍微调整一下,一小时之后,两人又碰了一遍,没有问题方才收工回家。

凌晨一点的西京,依旧笼罩在繁灯之下。

机会是留给有准备的人的。没有准备,再多的机会来了,都会从你面前溜走。然而,当机会来了,把握住也并非易事。

六 危机四伏

在人工智能管家这个市场，巨鲸科技凭借"AI+全息影像"这个撒手锏，连续几年独坐市场头把交椅。巨鲸科技的产品叫水龙珠，与科幻作家刘慈欣的作品《三体》中描述的"水滴"极其相似，外观看起来就是一个纯银色机身的圆球，机械臂完美地隐藏在体内。不同之处在于多了一只"眼睛"——摄像头，控制者可以通过这只"眼睛"远程查看家里情况。

原本科幻电影中的事物，现在已经成为现实。用户在使用水龙珠时，可以选择以全息影像的方式出现在家里和另一端进行对话交流。正是凭借着出色的硬件产品和软件实力，巨鲸科技在过去三年里在市场上一直处于绝对优势地位。

巨鲸科技的创始团队成员来自全球各地，其中不乏来自硅谷的优秀程序员和工程师。从创始团队的阵容来看，巨鲸科技足以碾压北极熊。

在巨鲸团队的眼里，水龙珠有着极高的壁垒，除了全息投影之外，其智能语音交互系统已经能够理解人类语言的一些特殊交流情景。有测评机构指出，水龙珠与三岁至五岁儿童的交流，几乎不存在问题。

在北极熊创立之初，巨鲸团队并没有注意到这家普通的初创公司。然而，北极熊人工智能管家的工程机流出来之后，巨鲸团队通过渠道获得了工程机。在对其进行了一番专业测评之后，尽管发现了一些问题，但其技术水平还是大大超出了巨鲸团队的意料。

巨鲸科技创始人葛辉在美国杜克大学完成博士学位，回国之前凭借发明专利就拿到了千万美金的风投。葛辉对北极熊的技术非常感兴趣，想要以收购的方式将北极熊创始团队纳入麾下。

面对巨鲸的收购意向，熊和平没有经过太多的考虑，就明确地拒绝了。熊和平是一个坚定而固执的创业者，他始终认为水龙珠定价过高，只有具备一定消费能力的家庭才会购买。而北极熊AI管家将通过技术创新，打破巨鲸的壁垒，以更加平民化的价格满足大众的需求。

还有一点，熊和平所坚持的是工程师文化，公司从上至下都是如此。他认为，巨鲸固然有着优秀的技术储备，但是巨鲸是以销售为主。理念不同，注定了两个团队无法走到一起。

在北极熊AI管家第一代量产产品正式销售之后，其火爆程度让巨鲸产生了极大的警惕。随着北极熊AI管家的出货量不断增加，巨鲸科技也开始推出中低端产品，与北极熊正面争夺市场。

事实上，在这个细分市场领域，除了巨鲸和北极熊之外，还有十余家创业公司，也都在研发相似的产品。而真正能够媲美巨鲸和北极熊的，只有业内认为排名第三的天狗，其余产品的体验实在不尽如人意。

在分析了当前的舆论环境之后，北极熊与罗素素团队一致认为只有巨鲸有这个实力成为这次危机的最大幕后推手。

罗素素带着团队到达北极熊公司，发现北极熊出入全部要登记，而且还要对携带物品进行严格检查。方晨把一行人接到会议室的过程中，罗素素注意到，从大门入口到楼层，再到会议室，三道门都要刷卡才能进入。

距离会议开始还有十分钟，北极熊的高管还没有到达。

罗素素看了看赵常："先把PPT方案准备好，连到投影上。"

阿伟靠近投影仪的位置，起身帮忙把投影仪和电脑连接好。"别紧张，等方案顺利讲完，这次我请吃饭。"阿伟小声对赵常说。

赵常微笑了一下，随即又恢复到严肃的状态。

"相信你自己可以。如果出现情况，我会及时补充。"罗素素也在安抚赵常，给他打气。

"我没问题，素姐。"

距离会议开始还有五分钟，会议室里一片安静。每个人都低头看着手机。

坐在一角的宋喜乐，给李易发了一条信息："你说，他一个刚来不久的实习生，素姐怎么把这么重要的事情交给他做？他能行吗？"

"我也不知道啊，要不然交给谁？我们都没来得及准备方案。"

"你之前不是做监测了吗？怎么也轮不到他上吧。"宋喜乐继续追问。

"有人做了，我们就别在背后说人闲话了。他是骡子是马，拉出来遛遛就知道了。"李易回复完信息之后，便将手机放在桌子上。宋喜乐狠狠地瞟了他一眼。

距离会议约定开始时间还有两分钟，北极熊一众高管集体出现在会议室。方晨向罗素素示意可以开始了。

罗素素简单几句开场之后，便让赵常开始讲方案。根据赵常之前的方案，罗素素又给了一些修改建议，最后整个方案分为几个部分：

一、舆情发酵路径分析

首先是针对产品隐私问题，从不同角度进行负面传播，组织了若干角度的文章，例如这几篇：

1.《6岁女童洗澡竟遭偷拍？你所不知道的北极熊AI管家》

以事件为出发点，舆论共振形成多个传播圈，借助大V快速大量曝光，在宝妈群体中引起关注。

2.《用户隐私何处安放？北极熊AI管家"暗中观察"引公众焦虑》

多个媒体共同渲染同一个隐私，泄露这个热点话题，以深度评论方式上纲上线进行大肆批判，让事件具有较强连续性和延展性。

3.《北极熊AI管家偷窥用户隐私，孩子的"大白"为何成了小偷？》

……

造谣北极熊AI管家产品经理有偷窥癖，多篇造谣帖在社群和论坛疯狂扩散。

《震惊！孩子们的"守护者"竟然是一个偷窥狂》

《北极熊AI管家产品经理有偷窥癖，这样人渣如何被录用？》

《赶快关掉！你家的隐私都被北极熊AI管家偷

拍了》

《打响隐私保卫战！北极熊AI管家请放过孩子》

这些帖子，或是把旧闻中的截图进行移花接木，或是无中生有，炮制了各种虚假案例。

总之，所有的稿子集中火力抨击北极熊AI管家会泄露用户隐私，全息影像功能被触发之后，直播画面就可以分享给亲人。事实上，分享给亲人需要经过二次授权确认才能被分享出去。如果不是用户同意，外人看到直播画面的可能性是没有的。

二、传播操作手法

1.微信文章累计发布数十篇，多数为小号。

2.持续炮轰北极熊的微博KOL，此前发布巨鲸公司的软广信息较多。

3.新闻媒体也跟进热点，就北极熊AI管家窃取用户隐私问题发表评论，形成交叉传播之势，受众覆盖广。

4.微信社群大量转发文章。

5.各路自媒体纷纷蹭热度，已经制造出多篇爆款文章。

方案中的其他内容，赵常按部就班进行讲解。

在汇报的过程中，罗素素注意到，赵常开始多少有一些紧张，语速较快，不停地转动PPT播放器，出现了几次卡顿情况。大概过了五分钟，赵常的气场渐渐形成，结合翔实的数据，讲话条理清晰，仿佛已经是一个入行多年的资深人士。

罗素素现在还不能确认这个职场新人在后面的职场生涯中是否会延续当下这种状态，但至少罗素素欣赏赵常的态度以及踏实肯干的精神。当然，赵常也有着鲜明的缺点，例如不善于社交，工作时多数时间少言寡语。在公司这半年的时间里，罗素素第一次看到赵常还有着另外的一面。

罗素素也未曾料想，在公关行业里，一个职场新星即将冉冉升起。

听取了赵常的汇报之后，北极熊团队又问除了媒体负面稿件删稿之外，还做了哪些应对的补救措施。这一点，罗素素在之前也预料到可能会重点提及，便让赵常重点铺垫如何在论坛、贴吧、微博等评论里维护产品的口碑。

这一切，赵常都熟稔于心。

"熊总，针对您的问题，我们在此次也做好了预案。在这样的情况下，我们认为最大限度去维护产品的口碑才是当务之急。所以，根据自身产品特性，我们搭建了精准回复的Q & A[①]库，并在贵司公关部的协助之下，完成答案内容的匹配，在相关的问题下全面回复网友的疑问，也主动对一些虚假消息进行辟谣，以此保障产品口碑的正面率。"

罗素素仔细观察坐在对面的北极熊高管们的神情，对方偶尔点头，多数时间处于没有表情的状态。虽然没有信号释放出来，至少算是没有对方案提出异议。

"这些维护，有没有一个具体量化的标准？做到了什么程度？"久未说话的威廉突然提问。

赵常把PPT翻到了后面的几页："包括微博、论坛、贴吧、问答等在内，每两小时针对自身、竞品及行业的问题，进行回

---

① [Q & A]英文Question and answering的缩写，指针对客户的问题和答案。

复，回复内容重复度不高于40%；对新闻APP[①]、短视频、社交媒体等评论区进行维护，保证评论区的自身正面率不低于75%。"

整场下来，将近半小时的时间里，赵常的发挥十分稳定，汇报简明扼要，又有深入的分析。罗素素悬着的心，终于放了下来。

方案汇报完毕，双方就后面的举措同步了一些信息。最后，北极熊高管也分别简短发表了自己的看法。在罗素素看来，每个人轻描淡写的背后，实则是在进行无形的施压。

北极熊内部，原本对罗素素工作的表现并不认可。在听了这次报告之后，印象有所改观。

14∶30，北极熊官方发布声明。原本罗素素团队写了一个版本，北极熊方面认为有些温和，既然产品没有任何问题，那就应该很严肃很正式地声明，明确表明自己的态度。

糟糕的是，这份声明无异于火上浇油，一石激起千层浪，再度点燃舆论，引发了争议。

---

① ［APP］起源于苹果手机上的第三方应用程序，是英文APPlication的缩写。现在智能手机上的可下载使用的各种第三方软件均可称为APP。

七　疑者恒疑

　　此时，远在数百公里外的唐华，正带着五岁的宝宝在小区里散步。走到花园时，看到一群邻居正聚集在那里，好像在激烈讨论着什么。唐华走过去，看到二单元的王姐和刘阿姨在人群中心，大家围在一起，索性带着孩子在一旁倾听。

　　"你们都看没看新闻，说北极熊智能管家偷拍小孩和妇女洗澡呢。那个机器，自己还能动呢，不得了，不得了。"王姐惊叹。

　　刘阿姨在一旁附和："还有更可怕的。听说有个人家里有老人，结果那个智能管家把老头子给绊倒了。家里没人，老头子倒下之后无法动弹叫医生，在地上躺了一星期，死了，邻居感觉有异样，报警后才被发现。"

　　唐华在一旁，越听感觉越像是谣言，便特意用手机上网搜索了一下。除了关于隐私的新闻之外，根本没有关于北极熊智能管家致人死亡的事情。

　　"刘阿姨，哪有你说的这事，那都是谣言。"

　　"怎么能是谣言，手机新闻上都讲得清清楚楚。"

　　"我也好像听说这个事了，真是可怜啊。"旁边的几个年龄略大的阿姨也纷纷感叹。

唐华知道这个刘阿姨，平时就喜欢打听一些道听途说和捕风捉影的事，然后大肆渲染。就比如说肉饼里的馅是用纸壳搅碎了做的，早就有专业平台进行辟谣，她还信誓旦旦地说自己就买到过。

"我和北极熊的人熟悉，他们的产品，没有大家说的问题。我家里还用着呢。"唐华解释道。

"你们熟悉，就不一定代表北极熊没有问题。对不对？要我说啊，你家也应该小心点，赶紧别用了。万一出事了呢。"隔着人群，不知是谁嘟囔了几句。

"我们家买的是巨鲸管家，这个产品确实不错，虽说贵了点儿，顶配的要好几万块，但用着也放心啊！"说这话的是全职主妇安利，和唐华经常在花园里遇到，慢慢就熟了起来。安利又说："北极熊这种便宜货，还是不行，大家再买一定要慎重。"

对于安利，唐华多少了解一些，她丈夫是软件开发工程师，薪资比较高，给她买了一辆宝马用作日常出行，其实，也谈不上多有钱。买这个小区的房子贷了一大笔款，宝马还有一部分车贷。那个巨鲸，更不是她家买的，而是她丈夫年会抽奖时，有幸得到一等奖，奖品就是顶配版的巨鲸AI管家。

"我看还是买天狗吧，价格特别便宜。我有一次无意中在网络上点击了天狗，之后发现网络上都是人家的广告，我在哪里都能看到推荐人家天狗。广告打得可多了。"一位唐华不认识的邻居突然说。

唐华知道，这并不是天狗打的广告多，而是网络基于Cookie[①]

---

① ［Cookie］是某些网站为了辨别用户身份，进行session跟踪而储存在用户本地终端上的数据（通常经过加密），由用户客户端计算机暂时或永久保存的信息。

或者其他手段记录用户的网络行为，然后不断推荐用户浏览过的产品。

不过，唐华不打算解释了，因为她知道，无论自己怎么解释，大家也都不会相信。在一开始，这些人就已经先入为主认定了北极熊有问题，而且她们只愿意相信她们相信的，再怎么解释也没有太多帮助。

唐华给罗素素打电话，询问北极熊产品泄漏隐私的问题。在唐华看来，以前大家认为北极熊AI管家是性价比高，都愿意购买。而现在出了问题之后，宁可多花钱购买巨鲸的高端产品，一切都是为了孩子。

除了唐华之外，罗素素认识的一些朋友不明真相，也都忐忑不安地打电话给她，咨询北极熊AI管家的事情。

罗素素开始意识到问题的严重性，不仅仅是用户正在寻找替代产品，新的负面新闻也在集中出现。

罗素素和她的团队已经做了最大努力。但从目前的局面来看，还是于事无补。这让罗素素想起了那句毒鸡汤：有时候你不努力一把，你都不知道什么叫作绝望。

如果从历史的角度来看当下的社会舆论环境，大概在人类的历史上，从未有过如此复杂的时期。哪怕是在传统媒体的黄金时期，个体也缺乏充分的自由表达权利和高效的人际沟通工具。

在社交媒体流行的当下，消息传播之快之广，是前所未有的。热点事件反转，更是层出不穷。每个人都不再沉默，而是旗帜鲜明地积极表达自我的态度，对某些事件发表各种评论，大有"键盘在手，天下我有"的豪气。

每个人都是看客，每个人都是知情者，每个人都是猜疑者，每个人都是专家。

最近这几天，北极熊的危机公关让李易格外忙碌，不但要处理相关的媒体稿件，还要盯着社交媒体上关于北极熊的动态，看哪些KOL评论了这次危机事件，哪些自媒体趁机蹭热度。

中午吃饭的时候，李易注意到，他所在的一个社群有一篇分析北极熊此次危机遭遇的文章，引发了群里人的讨论。刚开始，一些人还能理性地讨论，直到一个微信昵称为"八姐"的人说话之后，整个讨论开始变得不和谐。

"我觉得北极熊的公关就是傻子。那个对外声明写得，简直是缺心眼。感觉北极熊就没有一个合格的公关。对外声明那么生硬，又很随意，老多标点符号使用不规范。"

有人附和："还有那个以产品经理口吻写的文章，解释了半天，只说了功能问题，还是没有给外界一个交代，到底网络上传的事情是不是真事。"

昵称为"老司机"的群友说："其实，这个问题上，北极熊的公关团队不知道什么叫火上浇油吗？做了那么多，结果越描越黑。姿态低一些，或者干脆不回应，自然就过去啦。真搞不懂他们怎么想的。"

"要我说啊，通过这个事，北极熊的公关问题就暴露了。"八姐继续发言，"第一是北极熊的公关不行；第二是北极熊的公关公司不行；第三是他们也不太重视用户；第四，产品那个直播功能，确实会侵犯一些人的隐私，为什么就不能关掉呢？留着就是一个定时炸弹。"

"写得有一些随意草率啊，这一届PR[①]真是越来越不行了。"说话的是一个叫"皇厚"的自媒体人，李易曾经加过她为

---

① ［PR］英文 Public Relations 的缩写，中文译为"公共关系"，简称公关。

好友。

李易看着群里的讨论,基本都是以旁观者的身份在指点,固然有一些值得吸取的建议,但也不乏一些非理性的情绪宣泄和无端谩骂,这让李易看不下去了。

尤其是那个昵称叫作"八姐"的人,让李易格外反感。"八姐"每次一说话,无不充满了女痞的气息。

"这个回应,以正式的口吻表达,我认为没有问题啊。虽然正式,但是不官方、不套路。"李易插了一嘴。

八姐似乎没有理会李易的发言,继续高屋建瓴般给出她认为对的举措:"一,确有其事,承认事实和存在的问题;二,将展开深入彻底的调查;三,我司绝不会如何,并深表歉意,给用户一个承诺;四,将中止直播功能;五,将认真履行企业的社会责任,并诚恳请求原谅和监督。"

"你说终止直播功能就终止啊!"李易心想。

"按照你这个思路,等写出来的时候,就是一篇充满套路的公关范文,显得更没有诚意啊。"群里的一个叫"辣人辣语"的自媒体人突然接了一句,李易和他加过好友。随后,该自媒体人将一篇文章转发到群里,文章标题叫"别YY[①]了,北极熊认为危机公关就能渡过去了吗"。

李易打开文章,看到内容主要是盘点总结了当前行业里对北极熊危机公关的点评,然后自媒体作者顺带讽刺了一些局外人的点评。李易发现,"八姐"刚才说的套路,文章里都已经写过了。

当李易看完文章,返回微信时,群里突然炸锅了。以"八

[①] [YY]网络用语,指单纯、不切实际的幻想。意淫的缩写。

姐"为首的几个人,和"辣人辣语"开始对撕了。

"八姐"起初还算客气:"写些模棱两可的观点,你蹭热点,传递的观点也立不住脚。慎重使用你的笔。"

"对于那些没有看过文章内容,就因为标题而去喷的人,其实和网络喷子也没有什么区别。""辣人辣语"显然没在乎对方什么态度,直接回呛了过去。

"我在开会呢,现在没工夫跟你辩论,开完再说。""八姐"似乎又没那么忙,紧接着呛了一句,"接受批评就谦虚点儿,以后写东西注意,你是生产内容的,别只想着蹭热点。多想想用户想看什么,什么才是真正的好内容。"

"能不能少写点儿自以为是的内容,少蹭热点,多一些真诚。"在"八姐"说完之后,还有几个和"八姐"处在统一战线的人附和。

对于"八姐"这个人,李易实在看不惯。"辣人辣语"还是基本能够控制情绪,没有口出脏话:"你这都是什么乱七八糟的逻辑。刚才在讨论北极熊的危机公关。你像个泼妇骂街似的过来和我说文章蹭热点。嘴巴放干净一些!"

"八姐"像一只被刺激到的疯狗,继续在群里乱叫:"自己有多少斤两,自己心里没有点数吗?给甲方爸爸写的软文,发进来干什么。"

"嘴巴不干净,还是不要说话了。"

"要是蹭,就写点儿干货出来。别像个太监似的,只能过着蹭一蹭的瘾。"

"注意讨论和骂街的区别!"

"你不配讨论。"

看着二人这一番争吵,李易感觉有点儿可笑。网络的群情激奋，容不得有人提出不同声音，网络暴力的出现，是乌合之众盛行的恶果。网络异见者，往往容易成为众矢之的。

为了避免群里再出现更多不利于北极熊的讨论，李易把情况和罗素素汇报了一下，然后商量先把罗素素拉进群，然后再把方晨拉进群。

还没等把罗素素拉进来，李易注意到群主已经把北极熊公关总监方晨拉进了群里。

"各位好，我是北极熊公关总监方晨。非常感谢大家对北极熊的关注，还给了我们那么多宝贵的建议。如果大家有什么问题，欢迎和我探讨。再次感谢大家。"说完，方晨在群里发了一个大红包。

众人抢完之后，便无人再提及这个话题。

李易问罗素素是不是她通知方晨的。现在的信息传播速度真快，罗素素也不知道是谁通知方晨的，因为她还没有和方晨反馈群里的情况，方晨就已经出现在群里了。

八　捕鲸行动

在北极熊遭遇危机公关的这几天时间里，罗素素失眠了。这种危机，她不是没有经历过。之所以会出现失眠的情况，大概是因为罗素素从方晨那里得知，北极熊新款智能管家的销售并不理想，虽然有很多影响因素，但是这次危机带来的负面口碑，在很大程度上要为这次销售失利背锅。

罗素素一直想约熊和平私下深入聊聊，可是对方总是以一些理由委婉拒绝。这可不是一个好信号。

一天下午，外面的阳光直射进办公室里，罗素素本想稍微休息一会儿，结果背靠办公椅很快睡着了。罗素素做了一个梦，那是一个熟悉而陌生的环境，那是一个各种碎片拼凑的梦。

罗素素站在黑乎乎的荒原上，无数只蚊子扑咬而来，可是，她感觉不到痛痒。蚊子的触角仿佛一双长满皱纹的手，在轻抚着她。罗素素似乎找到一种家的感觉。当罗素素放松防备，想要融入这温暖的感觉时，蚊子突然张开血盆大口朝她咬来，罗素素赶紧冲出蚊子的包围，向前奔跑。

罗素素总是能梦见自己奔跑的时候仿佛变成了一只什么动物，四脚用力奔跑却无论如何也跑不快。这一次也是如此。在尝试加速跑没有结果后，罗素素还是用尽所有力气继续朝前跑。

越过混沌之后，她看见一片湖水，悬浮于空中。远远望去，湖面泛着一条条淡蓝或淡紫的波纹，湖边好像还泛着一圈又一圈的金色。罗素素来到这座悬浮之湖的下面，抬头仰望，从湖底看到了湖水之中，有一个人，有些模糊。罗素素使劲揉了揉眼睛，看得清楚了一些。那个人，就是她自己。

罗素素凝视着湖水中的自己（暂且称她为小罗吧），不知何时，小罗睁开眼睛，摆动了几下手臂，朝着罗素素招手。罗素素控制不住自己，整个人开始慢慢腾空上升。就在罗素素左手快要触碰到小罗时，这座悬浮之湖刹那间碎成一束束水线，然后，又散落成无数水滴，由慢转快，将罗素素包围。

罗素素醒了，想要抓住刚才的梦。可是她的心脏狂跳不止，双腿无力，随即又进入梦中。她抬头看了看远处的荒原，并没有什么悬浮之湖，只是在近处有一个水坑，连蚊子的影子都没有见到。

罗素素直了直腿慢慢朝着远处的荒原走，因为她又看到了小罗。小罗的影子渐渐变得模糊，最后完全融进了黄昏的天色中，唯有婴儿般的呜呜之音在回荡。

罗素素想追寻着声音朝前走，没走几步，脚下似乎踩到了什么，整个身子坠向峭壁下方的深渊。万分惊恐的罗素素突然睁开双眼，发现自己一身冷汗。她反复捏了几下自己的手臂，确认自己已回到现实之中。

醒来之后，罗素素看了看时间，距离约定会面的时间还有将近两小时。罗素素要去见一个人，此前双方并没有见过面，没说过话，更不熟悉，只是在一个群里。但是，对方又是一个被认为值得信任的人，所以罗素素一定要亲自去当面请教。

罗素素把公司的事情安排完毕之后，一个人独自前往。会面的地点是一家咖啡店。店里的人不多，罗素素在二层找了一个角落的位置。在并排的中间位置，有一个女孩似乎在写一个关于爱情的剧本，罗素素过来时瞟见大大的标题——我们可不可以忘记爱情。

对角线的位置上，有两男一女，其中一个男子的声音很大，"几千万投资"的话一直挂在嘴边，仍显青涩的女孩不时露出恭维，甚至是崇拜的表情。

等了不到十分钟，罗素素见到了她等待的人——自媒体人"辣人辣语"。罗素素自认混迹互联网和公关圈多年，也算是见识过各种奇葩人物，但"辣人辣语"还是辣到了她。不仅仅因为"辣人辣语"略显邋遢和不修边幅的模样，更多的是其奇葩的关注点。

罗素素本想客气一下，询问喝点什么，然后再和对方商量方晨交代的对策，结果，"辣人辣语"坐下简单说了几句之后，直接询问罗素素怎么看待历史上的王莽。这个问题，一下子把罗素素搞得十分尴尬。

罗素素不知道怎么回答，她所了解的仅有王莽篡位这一点历史。如果只是这么答，罗素素感觉有点跌份儿，就尴尬地回答："不太了解这段历史。大概是王莽被众人抬上皇位之后，他十分清楚豪门对于皇室统治的威胁，想要削弱豪门的势力，结果遭到极大阻力，同时又遇上了农民起义，内外交困，最终丢掉了江山。"

说完之后，见对方保持沉默，罗素素不想再探讨这个无关紧要的问题："北极熊这次遇到的危机，想必您也有所了解，目前这个情况，您看有哪些办法可以化解这次的危机？"

"其实,历史永远是一个谜团,我们很难得知真相,只能无限接近。既然是一个谜团,关键就在于历史想让你看什么。""辣人辣语"还是继续历史这个话题,罗素素心里颇有一些不耐烦,但也只能耐着性子倾听。

"网络上很多热点事件,反转之快,实在是令人瞠目。你看到的,未必是真实的。网络真相,就像一块橡皮泥,背后那只手捏成什么样,真相就是什么样。""辣人辣语"说了一通之后,罗素素总算明白了他想表达的意思。总结其核心观点就是,既然用户无法知道真相是什么,那就让用户知道自以为的真相。通过制造竞品的危机,以新的危机转移旧的危机,炮制竞品的负面消息,让一部分网络人群相信所谓的事实。

北极熊正在遭遇如此境遇。也许,以牙还牙是最好的办法之一。

"首先由我出若干篇关于巨鲸的负面稿件,然后分发到各个传播渠道,最后再扩散巨鲸将要大裁员的消息。按照这个路子来,基本就可以转移北极熊的这次危机了。""辣人辣语"深深地吸了一口气。

在这番操作中,罗素素不太明白为什么造谣北极熊裁员的消息。"辣人辣语"似笑非笑:"除了裁员之外,你认为还有什么消息能够刺激媒体吗?和他们说正面的,他们认为是软文。而裁员这种事情,多数媒体还是喜欢爆料的。"

对于"辣人辣语"的说法,罗素素没有太多可以反驳,其虽不光彩却有一定的道理。

二人又商讨了一些细节以及费用的问题。"辣人辣语"提供的报价,罗素素认为有一些高,但是考虑到特殊的情况以及他与方晨的关系,最后还是答应了下来,没有还价。

在回家的路上，罗素素突然有一种身处战争氛围中的感觉。这是一场公关战，关系着企业的生死存亡。

罗素素这几天忙得已经头大，于是竭力不再去想工作的事情。刷了一会儿朋友圈，罗素素看到"辣人辣语"的一条内容："北极熊的独家内容，花了几个晚上写的，结果由于某些特殊关系，我这里无法正常发布。有感兴趣的媒体朋友，可以进群拿稿子。"

看到这条朋友圈，罗素素十分惊讶，毕竟一小时之前，二人还在商量对策。罗素素猜测，大概在危机没有得到有效制止后，方晨便已经联系"辣人辣语"商讨了下一步该如何应对。至于为何要让罗素素再参与进来，主要是出于风险权衡的考虑，扶持自媒体代理人出头做负面，倘若真的出了问题，也都可以直接甩锅给公关公司，和甲方没有任何关系。

这是主要原因，但并非全部。

罗素素认为，还有一重要因素也是不可忽视的，那便是费用问题。"辣人辣语"要求的所有费用，都直接由自己的公司来承担，当然做出的成绩也由公司享有。这样操作，还可以避免方晨与自媒体有利益关联的可能性。

罗素素进群之后，并没有说话，而是在观察"辣人辣语"究竟会用什么样的方式把负面稿件扩散出去，毕竟这样的方式比较公开，会引起相关方面的注意。

在群里唤起了大约三十个人之后，"辣人辣语"开始了他的表演："各位朋友，在北极熊事件发生之后，我们做了一个深度调查，发现北极熊危机背后，有着竞品浓厚的操作痕迹，黑公关的手段令人发指。这篇文章只是希望能够让读者知道事件的真相，但是由于特殊原因发不出来。那可是我花了好几天的时间深人采访，连续几个通宵熬夜赶出来的。现在十分不甘心，希望能够找到一些同行来发布。现在有人在暗中四处撒钱做公关，不少媒体已经被要求不能报道这个事件。"

文档在群里发出来之后，罗素素打开看了一遍，文章写得的确很专业，深知读者想要知道什么，看似客观的背后，其实还是夹带着一些情绪在里面。罗素素粗略统计了一下，明确表态愿意主动发布这篇文章的人员已经有二十余人。

罗素素对"辣人辣语"的操作手段，佩服得五体投地。如果按照公关公司的常规操作手段，想要这些业内KOL发布文章，总费用至少要二三十万，"辣人辣语"只是寥寥数语，就得到了这么多人的免费发布，可谓一石多鸟。对于"辣人辣语"来说，这些业内KOL免费帮忙发布文章，可以变为他获得更高回报的资本，把免费变为向甲方收费，收益着实不菲。

接下来的几天，一切都按照计划行事。巨鲸科技的负面新闻开始陆续出现，同样引发了舆论的关注。在一个上午，巨鲸科技的负面新闻还莫名其妙出现在社交媒体的热搜上，只是撑到了中午就从热搜榜上消失了。

围绕北极熊和巨鲸的舆论，开始变得胶着。然而，吃瓜群众变得有一些厌烦，北极熊和巨鲸的行为像是狗咬狗，谁也没好到哪里去。

九　借力打力

在罗素素与"辣人辣语"会面的第二天，远在浅圳市的星辰公司会议室里，一场具有一定保密级别的会议正在举行。出席会议的共有五人：三张熟悉的面孔，两张陌生的面孔。

其中，一名年轻人正在围绕PPT做汇报："刘总，在这次事件中，前半程我们几乎占据了压倒性优势，在舆论层面给北极熊造成了非常大的负面影响。同时，根据内部的可靠消息，他们最新发布的产品销量也受到了影响，距离他们内部设定的目标差了一大截。"

年轻人一口气说完之后，略微停顿了一下，朝着其余四人望去，似乎在期盼他人的回应。可是没有人出言回应，甚至连表情都没有。年轻人刚想要往下讲，开口时却被打断。

"伟鸿，前面做得不错。不过，这两天舆论似乎出现了变化。什么情况？"刘总指着PPT，让年轻人介绍一下当前的情况。

伟鸿从紧张中恢复过来："从目前对北极熊和巨鲸科技的舆情监测结果来看，巨鲸科技的负面逐渐多了起来，部分自媒体正被集中圈养。一些文章里各种暗示巨鲸雇用了庞大的水军和自媒体团队，大规模针对北极熊进行抹黑；另一方面，巨鲸科技再次针锋相对，列举了多篇涉及巨鲸的抹黑文章背后都涉及北极熊。

后面，我们该扳回一城。"

　　伟鸿只顾盯着PPT，他没有注意到刘总的一个小动作。刘总看了一眼坐在他对面的男士，对方轻轻点了点头。刘总看到对方的示意之后，喝了一口水："目前的情况正是在我们预期之内的，但是不用继续，现在可以收尾了。我们的任务已经完成。"

　　在场的一位女士，星辰媒介总监王霏，也露出了肯定的表情。

　　伟鸿不太明白，明明巨鲸遭到了北极熊的公关反击，为何要在此刻停下而不再反攻。伟鸿还没有讲解后面想要反击的内容，刘总便找了一个借口，让他暂时先去忙其他的工作。

　　伟鸿走出会议室前，回头看了一眼会议室里的四个人，他们看起来颇为轻松，似乎还笑了起来。片刻工夫，伟鸿注意到刘总和王霏亲自把两位参会的陌生人送出门口。

　　伟鸿满腹狐疑，直到中午和王霏一起吃饭时才有了答案。中午时，伟鸿、王霏等几个人准备去新开的餐厅尝一下，结果客户临时出现新需求，其余几人只能继续加班，只剩下伟鸿和王霏二人。

　　尽管伟鸿来到公司已经将近一年的时间，和王霏一起吃饭倒是第一次。伟鸿略感尴尬，不知道说什么好，聊了几句饭菜之后就自顾自吃起来。王霏看出来伟鸿不太讲话，就主动攀谈起来。

　　"伟鸿，你来公司还不到一年的时间吧？"

　　"是的，王总。还有很多要学习的地方。"

　　"你这进步已经很快了，这次在刘总的指导下独立操盘，可圈可点。刘总很认可你。"

　　"谢谢王总，还有很多不足的地方，您也多指教。"伟鸿顿了顿，"王总，正好请教您一个问题，现在咱们的客户巨鲸明明遭到了北极熊的反击，也出现了不少的负面，后面为什么要停止计划了？"

"哈,难道刘总没和你说吗?咱们的客户不是巨鲸,其实是天狗啊。巨鲸的传播项目,是咱们子公司的团队在做。"

伟鸿听到这个答案时,手中的筷子差点掉下来。一直以来,他都认为客户是巨鲸科技,万万没有想到,自己所在的团队刚接下来的客户竟然是行业老三天狗。

整个氛围立刻陷入了尴尬,王霏看出来伟鸿确实不了解,便转移话题。

这几天,网络上围绕黑公关的讨论颇为热烈。还处在震惊中的伟鸿,下午闲暇时便在网上浏览了一些关于黑公关的探讨。

在一篇文章中,西京某互联网公司一位 PR 负责人对媒体表达了自己的观点。在他看来,自己所在的公司虽然还小,但也属于这个领域的头部公司,因为已经拿了多轮融资,常常被竞争对手黑,而问题的关键是"什么方法都搞不定,除了钱"。现在凭空捏造的文章很少了,很多文章写的内容都是真假参半。因为"有真有假"并不完全造谣,所以多数情况下,甲方更倾向"花钱了事"。

还有一种观点认为,请媒体写软文、请水军推广不能叫黑公关,造谣生事、逮住企业某一点漏洞,以商务合作方式变相敲诈才是。

伟鸿看着行业里热闹的讨论,再联想到自己的行为,不免有了进一步的认识。但是燥热的天气,让他头昏脑涨。

而坐在伟鸿隔壁办公室中的刘总,望着窗外,看起来是那么悠闲自得。燥热的天气并没有影响他的心情。在桌子上躺着一份结案报告,近百万的费用如此醒目。刘总反复看了几遍这个数字之后,才缓缓将报告放回抽屉。

十　痛失客户

在团队成员把当前的舆情汇总完毕之后，方晨深深松了一口气。虽然北极熊遭遇了一场严重的公关危机，开始也没有太好的解决办法，但是最后通过反击上演了一次不小的逆转，对手巨鲸——不，"对手"这个词不恰当，行业里的术语叫"友商"——也难逃黑公关。

"既然你先对我下黑手，我也要以危制危。"方晨对这个结果，还算感到满意。非要鱼死网破，大家都别想好。

方晨看了看时间，会议马上开始，她捋了一下思路，端着电脑径直走进了会议室。和往常一样，方晨是在三位联合创始人发言之后的第四个发言者。由于准备充分，并一扫之前因为危机带来的巨大压力，方晨自认为这次的汇报有不少亮点，可以算是打了一个翻身仗。

不过，方晨很快意识到，会议的氛围变得沉重，并没有朝着自己的预期方向发展。

在方晨汇报到一半时，CTO威廉忍不住直接打断了方晨："我们为什么要做这么愚蠢的事情？"

威廉突如其来的质问，让会议现场陷入了十分尴尬的氛围。

方晨没有太明白威廉这句话的意思："不好意思威廉总,您说的是什么意思?"

威廉狠狠地回了一句："我们为什么要去黑别人?为什么要做这么愚蠢的事情?"在威廉说完这句话之后,熊和平也点了点头。

方晨的心中有一万个不满。对手黑了我们,我们就应该黑回去。这是行业里的通用做法。不过,方晨并没有这么直接说出来："威廉总,是这样,从公关危机的角度来讲,在我们没有任何利好消息的时候转移危机的最好方式之一,就是制造新的公关危机,以此吸引舆论的新关注点。而且,从结果来看,我们成功转移了自身的危机。"

方晨尽量从自身的专业角度去表达自己的想法,刻意强调结果的导向性。

"我们成功了?我们真的成功了吗?暂且不说我们的产品销量依然没有任何起色。再说,这和我们的企业文化、我们所倡导的理念完全相悖。我们是一家坚信产品和技术可以改变世界的公司,每一个人都追求技术信仰,坚信用技术可以创造出更加完美的产品。"

威廉似乎有一些激动："我们的企业不是靠PPT,不是靠黑公关,靠的是技术和产品。Am I Clear?"

方晨一时语塞。她知道威廉一直从事技术工作,颇有一些技术极客的味道,对于公关乱象更是知之甚少。

"威廉总,您说的观点,我非常认同,我很认可我们的企业文化。但是,这次的情况比较特殊。"

"威廉,你在技术圈太久了,企业公关的情况确实不太一样。"作为方晨的直接领导,CMO莫生在中间和起了稀泥。

"对不起，我无法认可这个观点。"威廉是一个非常耿直的技术男，说话也直截了当。紧接着，威廉竟然开始自顾自地说起英文，莫生用几句简短的英文附和。

在会议现场，除了三位联合创始人、方晨之外，方晨手下的赵成功与杜磊由于级别的关系，基本上是在旁听和记录。坐在会议桌顶端位置的熊和平开口问了一个问题，把方晨推入进退维谷的境地。

"是谁提议炮制对手的负面新闻的？"

方晨与莫生对视了几秒，见对方没有说话的意思，脑海里快速闪回每一个细节：莫生指示，希望公关部继续有所行动，尽快改变被动的局面。但是，莫生没有明确说具体怎么做。于是，方晨咨询了一位自媒体朋友，获得了炮制对手负面新闻的思路。在和罗素素商量完之后，由罗素素团队进行细化方案并执行。这个方案，莫生事实上也是知道的，并没有任何异议。

以上的想法，只是在方晨的脑海中一闪而过。方晨明白，倘若按照自己的想法表述出来，CMO和自己都可能成为威廉攻击的靶子。

到底该怎么办？方晨自以为沉默了许久，其实也只有几秒钟的时间，最后下决心给出了答案。

"熊总，危机发生之后，公关部与公关公司第一时间做了沟通。从结果来看，舆情监测与维护都做得不错。然后，对方提出了制造对手公关危机的建议，以扭转公司被动的不利局面。"方晨看似非常认可罗素素公司的表现，但实际上是要把责任推过去，和自己撇清关系。

"在公司价值观方面，我们所坚持的，不能有任何人去打破和践踏。我也认可威廉的说法，这是底线问题。如果双方的价值观不符,那就没有必要继续合作下去。据我所知,我们与这家公关公司的合作协议即将到期。合作协议到期之后,公司决定不再续约。"

熊和平说完之后,看了一眼在场参会的人:"会议先到这里,散会!"

十一　祸不单行

连日来，罗素素和团队都一直处于高度紧张的忙碌状态。北极熊这次危机解决之后，罗素素想着借此机会团建一下，于是便将聚餐地点选在了公司附近的一家精酿啤酒餐吧。罗素素刻意将时间提前了一些，还未到下班时间，店内的人却已基本坐满。一个乐队正在演唱《光辉岁月》，听者热血澎湃。

"干！来来，干！干！"

"今天大家要喝个痛快！素姐，来！"

"咱们一起碰一杯，走起！"

众人手中的杯子在交错之间，发出了一声声脆响。所有人，都一饮而尽。

罗素素照例在团建时都先总结几句，这次由于室内略微嘈杂，不由得提高了声音："这次的项目，我们一定要认真总结一下，真是太危险了。如果没有大家的密切配合，最后翻车了，很有可能会影响到我们和客户后续的合作。"

罗素素又给自己倒了一杯："大家辛苦，这杯我直接干了。你们随意。"

"素姐，你知道吗，这次我们文案部，三个人，出了几十篇稿件。最后手指敲写键盘时，都能感觉到关节咯咯的声音，手都麻了。"宋喜乐娇滴滴地说。

李易知道宋喜乐是一个喜欢抢功劳的人，赶紧抢着说："这次处理北极熊的负面消息，也都是硬骨头，很不好啃。有几个不知名的自媒体，简直是想钱想疯了，他们接连发了北极熊的几十条负面消息，删除一条要五百块，最后打包价至少也要三万块。"

罗素素点了点头，以开玩笑的口吻说："这倒是一条生财之道，以后咱们公司也搞搞。"

坐在罗素素旁边的阿伟，自顾自地说起来："经过这个项目的磨炼，相信咱们文案部的姑娘们，一定又进步了不少。每天写那么多稿子，还要修改，我和客户对接时都有点晕。你们是发动机，没有你们，咱们公司都转不动了。哈哈哈。"

"你可拉倒吧。要我说，这次还是赵常表现得最好。人家才来多长时间，那天在台上贼有气场了。"李易朝坐在对面的赵常喊，"是不是，赵常？"

赵常虽然进入公司时间不长，通过观察和同事间的只言片语了解到，公司规模不大，内部倒是分成了两个派系：阿伟和文案团队走得近，这几个人平时喜欢去酒吧、逛夜店；李易和李冉等几个人走得比较近，可能都是北方人，性格相近的缘故。

"我来的时间不长，新人一枚，多谢素姐和大家的帮助，真的是学到了很多。这次我也是赶鸭子上架，硬着头皮上。没有搞砸了就是万幸了。"说着，赵常起身，走到罗素素的跟前，"素姐，感谢您给我机会。这杯敬您。"

"机会是留给有准备的人的。你把握住了。"罗素素举杯，"来，咱们大家一起再碰一个。"

此时，餐厅的乐队正唱道："今天只有残留的躯壳，迎接光辉岁月，风雨中抱紧自由。一生经过彷徨的挣扎，自信可改变未来，问谁又能做到。"这首脍炙人口的老歌，似乎点燃了在场所有人的情绪，有人不断挥舞着双手，有人高声和唱。

罗素素听过太多遍这首歌，在她上高中的时候，学校里放的最多的就是这首歌，同学们演唱最多的也是这首歌。当时大家未必是Beyond的忠实歌迷，可《光辉岁月》仿佛有着特殊的魅力，就像是矗立在黑暗之中的灯塔，站在十字路口的指路人，让人的心里充满鼓舞。

那一晚，罗素素记得在《光辉岁月》之后，大家都喝嗨了，有很多片段都难以再想起来。在被忘却的记忆里，唯一无法忘却的，就是来自方晨的电话。

方晨电话里讲的内容，罗素素都忘记了。只有一句话残留在她的心里："很抱歉，我也无能为力，合作到此停止。"

罗素素在室外接完电话，回到座位之后，强忍着泪水，又和团队猛喝了一通。几杯过后，罗素素终于忍不住，泪水直接流到了嘴里，和啤酒一起淌过喉咙。罗素素大声叫喊着"再来一杯"，以此来掩盖内心的不平。

所有人都没有见过罗素素喝这么多，都以为她是因为高兴。

罗素素当晚回到家，简单洗漱后就上床了。她原本以为自己会失眠，没有想到入睡时间比自己预期的短。金飞想要和罗素素亲热一番，看到她没有任何反应，也就放弃了。金飞没有注意到罗素素和之前有什么不同之处，只是认为她可能太累了。

第二天到公司，罗素素找到财务，翻开和北极熊签的合同，距离合同结束还有不到半个月，距离春节放假，还有一个月。

"芳菲，你把公司和北极熊的账务往来以及待回款情况，统计完之后，找我一下。"

"好的，素姐。正好还有一些事情，一起汇报。"在公司里，无论年龄大小，大家统一称呼罗素素为素姐，尽管芳菲比罗素素还要大五岁。

"那就现在吧，去会议室。"

芳菲和罗素素来到会议室，把电脑接上投影仪，将一个表格投放在幕布上。罗素素凝视了几十秒钟，还没有等芳菲开口，脸上已经表现出一股极为复杂的表情。

"怎么会是这样？之前不是有好几笔回款进账吗？"罗素素心跳开始加快。

"最近的流水是增加了，但是业务成本支出也在增加，导致利润下降。"芳菲又调出一份表格，"今年下半年，我们的利润率只有20%左右。"

"那也不至于造成目前的情况啊。"看着屏幕上的业务流水表格，罗素素语气有些急躁。

芳菲叹了一口气："到目前，北极熊未回款的金额有一百一十多万，业务成本却高达七十多万，这还不包括十万元垫付款。部分供应商的款，最长的已经拖欠了半年，要求春节之前必须还清。"

"其他客户的回款，具体什么情况了？"

"我最近追问过阿伟和李冉，他们经手的几个客户，总额将近四十万，也将近三个月没有动静了。"

"那现在公司的账上，还够几个月的开销？"

"算上人员的工资和年终奖，还够四个月。如果春节之前一直没有回款，又要支付供应商，当然也只是支付一部分，算下来也仅够一个月的工资了，而且要取消奖金发放。"

罗素素在脑中回顾了最近的业务情况，她没有想到公司的财务状况已经如此严峻。与能否及时给供应商结款相比，罗素素更关心的是公司的现金流还能坚持多久，是否能够按时给员工发工资。对于罗素素而言，这一点非常重要。

她的准则是，不能拖欠员工一分钱工资。

只有加快回款，保持正向的现金流才能避免公司陷入危机。这是罗素素作为创业者，得到的最大的教训。

在此前，可能是罗素素太过于顺利，公司经营几乎没有遇到过什么大的问题。仅有的几次难关，也只是客户数量减少。行业大环境尚好，客户们不会太吝惜市场营销费用。如今，就和万物萧条的冬天一样，罗素素开始感受到这个行业也在进入"寒冬"。

从甲方到公关公司，从公关公司到合作伙伴，在市场营销链条的每一个环节上，都开始出现拖延账期的情况。

甲方延长给公关公司的付款时间，部分甲方甚至连媒体的投放费用周期也有所延长。然而，公关公司在面对一些合作频率较少的强势合作媒体时，又必须要提前付款，没有任何账期。这就给公关公司的资金带来了巨大压力。

芳菲走出会议室时，一直在心里念叨着罗素素交代的几句话："我来想办法，公司目前的情况不要透露出去，让大家安心工作。问题很快会解决。"她不确定罗素素说这句话到底有多少把握。她只能选择相信。

罗素素并没有和芳菲一起走出会议室，她留在原地，心里五味杂陈。焦急、自责、无助，她发了一会呆，拿起手机，按动那些无比熟悉的号码。

"周老板，我直接说了，之前的那笔钱已经拖了几个月了，能不能付了？"

"赵总，上次合作的费用，流程走到哪里了？"

"李总，这次的合作费用能不能再支付一部分？按照合同的约定，您严重超期了。"

打完电话之后，罗素素颗粒无收。服务的几家甲方公司，有的明确要在年后才能付款，有的说卡在上级领导那里一直没批，总之有各种不付款的理由。

"混蛋，合同上可不是这么写的。"罗素素在心里爆了一句粗口。

为什么都在说资金紧张？尽管罗素素此前也有所了解，今年大环境并不好，再加上年底资金流动都变得紧张，但现实的严峻性还是超出了她的预期。

这一天，罗素素感觉过得很慢，什么事情都不想做。好不容易挨到了下班时间，还是不知道该做些什么。在这个时候，她其实最想找个人倾诉一下。罗素素拿起手机，给三个闺蜜发了信息，约她们出来吃晚饭。

一个加班走不开，另两个爽快答应。吃饭的地方，选在了一个对于三个人都比较方便的地方，毕竟西京太大，见一面并不那么容易。第一个人到达之后，罗素素发出了"啊"的一声惊叹："Jessie，你怎么把长发都剪了？"

"人生嘛，总是要有不同的体验。以前那个长发女神，已经是历史了。"罗素素与Jessie偶然结识，对她的飘飘长发印象格外深刻。Jessie在学校时，便是男生们心中的女神级人物。

朱丽最后一个到达，她与罗素素是前同事。这三个人能够成为关系亲密的闺蜜，还是源于一次线下活动。罗素素发现，朱丽和Jessie这两个与自己有交集的人，居然彼此也熟悉。

女人们在一起，所聊的话题无外乎是减肥、明星、感情、工作等话题。朱丽和Jessie聊得火热，罗素素不时插上几句，更多时候是在倾听，因为她的心思不在聚会上。罗素素不想因为自己的糟糕心情破坏气氛，中途叫服务员上酒。酒是个好东西，尤其是在微醺的状态下，能够让人处于一种轻度兴奋的状态。

罗素素也忘记了是谁先提起出轨的话题，朱丽清了清嗓子："我来说一个安迪的八卦，你们不能说是我说的哈。"安迪是罗素素她们四人闺蜜团的成员之一，这次因为加班没有过来。一听是安迪的八卦，罗素素和Jessie也瞬间来了兴致。

"安迪在职场和一个90后小鲜肉好上了。"朱丽喝了一口啤酒，继续说，"她生完孩子之后，和老公的感情越来越淡。估计也是为了寻找刺激，听说好了差不多一年。现在已经分开了。"

罗素素想不明白安迪怎么会劈腿一个90后："我说，他们两个人相差十岁吧？现在的男孩都喜欢姐弟恋吗？"Jessie点点头，也好像想不明白："我看这个90后，也是个心机男孩。他和安迪在一起，恐怕不只是与安迪两情相悦吧。"

朱丽又喝了一口啤酒，然后将酒杯重重敲了一下桌面："说到点儿上了。"根据朱丽的描述，安迪在劈腿90后男生期间，一年内帮助他连升了两级，从一个专员升到经理的位置。至于为什么分开，安迪并没有告诉朱丽。

为什么朱丽这么清楚安迪的事情？因为她们四人中，朱丽与安迪关系更亲密一些，罗素素则与Jessie无话不谈。

三人又聊了一些无关紧要的事情，直至很晚才散去。

回去的路上，罗素素收到一条微信消息，打开看是Jessie发来的："素素，聚会的时候，我看你好像心事重重的样子，遇到什么问题了？"罗素素想了半天，决定把真实情况说出来："公司经营上遇到一些问题,本来想和大家聊聊。"

"如果是资金周转问题,我这里虽然也没多少,支持一些还是没问题的。需要的时候,你尽管说。"

"谢谢你,Jessie。"

"咱们之间不用客气。对了,你和她们俩说过吗?"

"还没提这事。"

"嗯,路上注意安全。需要帮忙的话,随时和我说。"

罗素素透过车窗,看着夜色下的西京。她想起了钱德勒在《漫长的告别》里说的一段话:

> 一个富裕、繁荣、充满自尊的城市,一个失落、挫败、充满空虚的城市。完全取决于你的位置和你的个人成就。我没有,不在乎。

但对于罗素素来说,面对当前的危机,她做不到如此安之若素。

十二　硬币两面

　　接连几天，罗素素的心情十分糟糕。和金飞因为一点小事，也会发生争执；出门乘坐地铁的时候，被一个猥琐男一直盯着，浑身不舒服；就连平时最熟悉的工作业务，也出现了纰漏。
　　解铃还须系铃人。当初机缘巧合之下经朋友介绍，罗素素才认识了莫生，然后作为北极熊公关业务的供应商被引入进去。罗素素认为，公司能够被引入，并节省了一大笔"引路费"，算是很幸运了，当然在平时的重要节日送一些礼品是免不了的。
　　所谓"引路费"，是公关行业的一个潜规则。企业中负责市场营销的人，将熟识的营销公司引进企业的供应商库。按照合同合作金额，或者一年的业绩，按照一定比例进行提成。事实上，公关的"引路费"本质上也是回扣，只要是能够和钱打交道的业务部门，不分岗位，都存在拿回扣的可能。
　　莫生没有拿罗素素的回扣，这次出现的危机，他没有尽全力想办法帮助罗素素去解决，这倒是在情理之中。罗素素想再努力一下，找莫生聊聊，看有没有回旋的余地。
　　在约莫生见面之前，罗素素还必须要做一件事，找宋喜乐谈话。宋喜乐听了罗素素的话之后，一脸蒙，因为罗素素要做的这件事，她从来没有想过还可以这么做。

简单来说，罗素素会通过关系运作，把宋喜乐送入一家知名互联网公司，成为公关业务的对接人之一，这样这家公司就可以与罗素素的公司直接或间接展开合作。因为要想成为这家公司的供应商并非易事，有着极高的门槛。此前，罗素素认识的一位朋友位至该公司高层，但和公关部门没有直接的联系，待对方掌管市场权力之后才有了新机会。

为防止发生变故，罗素素决定让宋喜乐在下星期就离职，然后入职新东家。面对这个突如其来的变动，宋喜乐倒是没有太多迟疑，只要工资比现在还多，那就都不是事儿。

罗素素口头上一再强调这件事情必须保密，只有二人知道，不能再有第三个人知道。至于为何没有签保密协议，罗素素也留了一手，不签保密协议也是为了避免将来出现变故授人以柄。

不过，在宋喜乐心里，还是生出些许疑问：为什么要安排一个这样匪夷所思的计划？仅仅是为了开拓新业务？

这个答案，罗素素没有和宋喜乐说，只有她自己清楚，一旦北极熊的业务停止合作，必须要有新的业务接上，才能确保公司继续正常运转。否则，她也不会冒这个风险，完全有更为稳妥的办法。

几乎是在和宋喜乐谈完之后，罗素素收到了一条微信消息：晚上八点，十一区餐吧见。

看到北极熊CMO莫生的回复，罗素素有一丝丝的小庆幸。只要莫生愿意谈，事情就还有一定的商量空间。

罗素素把李冉叫上一起去。因为李冉的喝酒本领十分厉害，传闻她在大大小小的酒桌上还没有喝醉过。李冉最为辉煌的一次经历是在上一家公司，陪一个客户从晚上喝到第二天早上。

那一次，李冉不仅拿到了一笔不菲的提成，在公司的年会上还获得了优秀员工的称号。

等到二人到达的时候，莫生已经坐在了靠近窗户的一张桌子旁，一个人低着头正在看手机。莫生总是习惯穿一身休闲西装，戴一副金边眼镜，看起来一副斯文的样子。

有关莫生的传闻，罗素素也略知道一些，除了情感生活极为丰富之外，其为人十分小气，而且缺少一个高层应该有的领导能力。别的领导都是一呼百应，而愿意追随他的人几乎没有。

不过，莫生能够做到副总裁，也有其职场生存之道。

"莫总，让您一个人在这里等，实在不好意思啊。"罗素素远远地便和莫生打招呼，"这是我们负责商务的同事李冉，小冉，这是莫总。"

"莫总好，叫我小冉就行。之前总听素姐提起您，今日一见，果然是比素姐说的还温文尔雅。"李冉和谁都是自来熟，毫无距离感。

"哎哟，两位大美女这么夸赞，我可是受不起。"莫生推了一下眼镜，目光在罗素素和李冉的身上扫视了一番。

"您别介意，我是心直口快，心里想什么就说什么。"

"哈哈，看来这是心里话。"

菜点好后很快就上来了，三个人边吃边聊着。罗素素原本想直接聊业务，但担心进入正题太快可能会适得其反。如果是聊其他的，又怕尬聊，因为双方目前处于一个十分微妙的关系。

好在李冉在身边。李冉看到莫生的右手拿了一个手串，有点与众不同，就非常虚心地请教莫生这个手串怎么玩。这倒是激起了莫生的兴致，滔滔不绝地讲起来。

"莫总，别人的手串我看都是一样的，金刚、橄榄核什么的，您这看着怎么好像都不一样？"

罗素素平时不关注手串，听李冉这么一说，也看向莫生带的手串："好像真不太一样。"

莫生笑了笑："很多人都是去古玩市场买手串，都是现成的，那没有太大意思。别人一次都是买一串，我是每次一颗两颗地买。"

"那是为什么呢？"李冉和罗素素不约而同地问。

莫生把手串摘下来，拿到罗素素和李冉的中间："你们看这些都是不一样的吧，没一个相同的。有的是玉珠子，有的是年头很久的石头珠，都是在地摊上一点点淘的，今天买到了一个，下一个说不上什么时候能碰到有缘的，完全靠运气。我这手串，将近半年的时间，才算凑齐了。"

李冉在旁边一脸羡慕地问："那您这个串儿要是卖的话，估计要很贵吧？"罗素素看着手串，对价格也来了兴趣。

"听说之前有人像我这样弄了一串，转手一卖三万，其实淘齐了才几千块。"莫生把手串拿回，重新拿在手上，"你知道吗，像我玩的这种手串，凑齐了是一种缘分，根本舍不得卖。"

"可不就是缘分嘛，缘分真是一种说不清道不明的东西。"罗素素感叹了一句。

"对，缘分最重要。今天有幸和莫总一起，这就是缘分。我和素姐，敬莫总一杯。"李冉接话道。

罗素素举起喝了一半的杯子："我们俩敬莫总一杯。"

三个人吃了将近半小时，罗素素看着要结束的饭局，就主动提起了北极熊合作的事情。不料莫生摆手说先不聊这个事，并提议吃完饭去唱KTV[①]，等到了KTV再聊也不迟。

---

① ［KTV］Karaoke Television 的缩写，源自日本，提供酒水服务的可供客人唱跳的娱乐场所。

罗素素十分不爽，没想到莫生还要去唱KTV。在公关圈里，有这样一句话，尤其是女公关们习惯挂在嘴边自我调侃的一句话："我是做公关的，不是做公关小姐的。"可是，纵然罗素素有十万分的不乐意，为了生意，也只好违心答应下来。李冉倒是没什么，一听要去唱KTV，立马举双手赞成。

吃完饭，三人乘坐出租车前往KTV。快到时，坐在后排的李冉给罗素素发了一条消息："素姐，他还挺会玩，据说这个KTV是能够排进全西京前十的店。消费可是不低。"

"以我对莫总的了解，他是不会买单的。最后还是我们来买单。"

"哈哈，果然是铁公鸡。对了，这次来的主要任务是什么？需要我怎么配合？"

"主要是聊聊和北极熊合作的事情。这个我来和他聊，你负责不冷场就行。喝酒适可而止。"

"没问题，保证不冷场。"李冉在这句话后面，发了一个俏皮敬礼的表情包。

三人上楼之后，要了一个小包间。莫生也不客气，点了两打啤酒、一瓶烈酒、一个中份果盘以及一些小吃。

罗素素看着上来的啤酒，有一种不舒服的感觉，具体也说不出来是怎样一种感觉。然后她看了看李冉，递了一个眼神过去，示意喝酒适可而止。

李冉假装咳嗽了一声，好像在回应知道了，主动开口说："莫总，您这今晚是要一醉方休哈，我和素姐的酒量可都不行。"

"难得和两位美女一起，该及时行乐就得及时行乐。来来，你们唱什么，我先给你们点上。"

"您和素姐都是领导,您先来,我再看看有哪些歌曲。"

"莫总先开开嗓子,随后我来。"罗素素跟着说。

莫生点了一首世纪之交非常流行的歌曲《男人哭吧不是罪》,除了有几处跑调儿之外,整体唱功还算可以。罗素素选了一首平时最喜欢听的《慢慢喜欢你》。上一曲还是男人耍酷,下一曲立马情到深处,罗素素演唱的《慢慢喜欢你》,如果闭上眼睛来听,堪称原唱的翻版。

李冉看着罗素素,有那么一瞬间,感觉罗素素身上散发出一种独有的女人魅力。如果是姐弟恋,罗素素一定是那种让很多男生喜欢的姐姐类型。李冉把所有的目光投向了罗素素。她没有注意到,莫生的眼神有些不同。

等到罗素素唱完,李冉点的一首摇滚使氛围热了起来。三个人轮番唱罢,啤酒不知不觉已经喝光。莫生再叫服务生上酒,又要了一瓶烈酒,然后一直主动给罗素素敬酒。李冉替罗素素喝了五六次,可是架不住莫生一直劝酒。

从啤酒到烈酒,很容易喝醉。

就这样,三个人一边喝酒,一边继续唱歌。等到李冉要唱时,放在桌子上的手机震动起来。李冉一看是男朋友打来的电话,放下麦克风,赶紧拿着手机出去接听电话。

莫生坐在罗素素旁边的位置,借倒酒的机会一点点靠近。二人的肩膀几乎挨到了一起。罗素素对于这种行为,没有太在意。

墙壁上的电视机里,还在播放着李冉未唱歌曲的伴奏乐《我要我们在一起》。莫生几口喝完了杯中的芝华士,罗素素还在一口一口抿着。

"莫总,北极熊终止合作的事情,您看还有回旋的余地吗?"

"这次的事情，确实给公司带来了不小的影响。"

"可是，我们通过努力，基本上平息了负面的舆论。"

"关键不是平息了，而是不应该发生负面。"

"这怎么可能呢，谁也保证不了一个品牌是否会发生负面的新闻。"罗素素不免提高了声量。

"但是，熊总和威廉总不是这么想的。"莫生摇了摇手中的杯子。

"舆情不会因为你的产品优秀，就没有人制造你的负面。相反，北极熊已经威胁到了巨鲸的行业老大地位。在发布新品准备融资的关键时期，对方必然会制造北极熊的负面新闻。"

"既然说到了巨鲸，你们不应该反过来去炮制巨鲸的负面。"

罗素素再次疑惑："这一招很有效啊，基本上成功转移了北极熊的负面舆论。"

"一方面是你们触犯了熊和平的底线，严重违背公司文化和价值观。另一方面，我打听到，这一次制造北极熊负面的幕后黑手，不是巨鲸。巨鲸的动作不多。"

"什么？"罗素素不太相信莫生所说的话："那黑手究竟是谁？"

"其实是天狗，这个我的确打探过了。"

罗素素陷入沉默，回顾之前的危机应对，原来一直先入为主地将巨鲸看作是负面新闻的主要推动者，因为北极熊已经开始威胁其行业领先的地位，巨鲸必然会采取一些打击的行动。

万万没有想到，原来整个方向都错了。那天狗的目的是什么？打乱北极熊的计划吸引投行转移目光？这个念头在罗素素的脑中一闪而过。罗素素右手放下酒杯，搭在沙发上。她忽然感觉到一只大手压在了在她的手背上。

罗素素知道莫生不堪的情感史,只是没有想到他还会做出如此动作。罗素素原本想拿开,结果发现因为靠得太近,右手竟然无法抽离。"莫总,我说几句掏心的话。当时,通过朋友认识了您,您把我的公司引入了北极熊,我铭记于心。平时如果有没做到位的地方,您直接指出来,我这边该怎么办就怎么办。"

罗素素这番话的用意,是暗示如果因为钱的问题,可以按照行业规定给返点。

"罗总,这您误会了。能引入你们进来,也是因为你们公司有这个能力。再说,我也不需要返点。如果需要的话,当时直接明确下来就可以了。"

莫生说完,给自己又倒了一杯酒,同时把手抬了起来。罗素素趁机抽回右手,起身拿了一瓶矿泉水,急匆匆喝了几口,努力让自己平复下来。刚才莫生的手压在她的手上,让她感觉心烦意乱。

她不知道莫生这番话的意图是什么,因为对方欲言又止。

"那我们公司这边需要怎么做?您给明示一下?"

"哎呀,不是公司的问题,而是……"莫生说这句话的同时,把他的左手放在沙发靠背上,微微触碰到罗素素的后背,呈半拥抱的状态。

显然,莫生的行为开始越轨。这让罗素素警惕了起来,想要朝前挪动一下身体,可是又停住了。不就是有个身体接触嘛,罗素素索性以攻为守,主动出击。

"莫总,这样吧,咱们抛硬币,猜正反面。如果谁猜错了,谁就要答应对方的一个要求。"

"这个够刺激,那就猜一把。"莫生翻钱包要找硬币。

"您不用找，我这有一块钱的硬币。我来抛，您没有问题吧？"

"好，Lady First。"

罗素素挥动纤纤玉指，让硬币在手中晃动了几下，手腕一抖抛向空中。接住硬币后，罗素素握拳四指朝下："您先猜，还是我先猜？"莫生哈哈大笑了一声："依然Lady First，你来。"

"我猜是有字的那面。"

"OK，那我就猜反面。"

罗素素掌心向下，把硬币放到桌子上。这时李冉从外面进来，神色有一些慌张："莫总、素姐，实在不好意思，我男朋友给我下了通缉令，让我现在必须回家。素姐，可能要麻烦你和我一起走，我和我男朋友说是和您一起，他偏不信。说要让他相信，就必须亲眼看到两个人在一起。拍照片都不行。"

罗素素迫不及待想离开这里，看了看时间已经是半夜："嗯，没事。反正时间已经不早了，我顺路陪你回去。"罗素素猜到继续合作的机会渺茫，对方又心怀不轨，正好借此离开。

"真是遗憾，本想着大家还能再多唱一会儿呢。"莫生一副心有不甘的样子。

"莫总，真是不好意思啊。下次有机会，一定要和您好好嗨一回。"李冉拿起手提包，准备离开。

"莫总，这是硬币的结果。您说过的话，可要算数。"罗素素没有看硬币到底是正面还是反面，转身和李冉走出包房，"费用我已经提前结算了，您可别重复买单了。"

目送二人离开后，莫生借着包厢里昏暗的灯光，仔细看了看桌子上的硬币，一元朝上，另一面朝下。

在回去的路上，罗素素习惯性地刷了刷朋友圈。看到一位鸡汤达人写道：这个世界的荒谬之处在于，那些出卖灵魂的人，通常都看不起那些出卖肉体的人。

这倒是一句很值得玩味的话，本质上都是出卖自己，不同之处，一个是灵魂，一个是肉体。凭什么出卖灵魂的，就可以看不起出卖肉体的？

罗素素轻轻浅笑，刚才所发生的一切，自己到底是出卖了肉体，还是出卖了灵魂？

第二天，罗素素给莫生发了一条信息，说到昨晚最后的掷硬币赌局，希望其帮助她的公司可以继续和北极熊合作。

然而，过了几天，莫生始终没有回复，电话也不接。这让罗素素意识到，莫生是一个彻头彻尾的小人。

犹豫再三之后，罗素素给熊和平打了一个电话。电话那一端，也只是流露出一个官方的口吻：抱歉，这是公司董事会的决定。至于待支付的市场费用，北极熊这批硬件销售受到了影响，库存积压，导致资金周转不开，也只能等情况好转了再解决。

罗素素倒吸了一口气。打完电话之后，罗素素感觉这是西京入冬以来最冷的一天。每呼吸一口，空气中的冷就渗透到肺部的毛细血管。

寒风之中，罗素素决定打电话找朋友借钱，避免之后资金链彻底断掉。

"患难见真情"这句话，只有在自己经历过时，才能够切身体会到个中滋味。罗素素原以为曾经一起共事过的好朋友和西京本地人能够伸出援手，让他意外的是，朋友们找了一些令人发笑的理由作为借口，最后一句话都极为相似："不好意思啊，下次提前说一定给你准备好。"

罗素素抱着试试的心态，打给那些她自认为关系还没有那么亲密的朋友，结果好几个人伸出援手，虽然金额不多，也已经让罗素素感激不已。至于为何没有找闺蜜几人借钱，是因为罗素素知道钱的事情最复杂，不想到最后因为钱的问题，闺蜜都做不成。

打完电话时，罗素素的手已经冻得通红，喉咙突然变得嘶哑。等到罗素素上楼，同事和她迎面打招呼，她竟然一时失语未能发出声音，勉强露出一个微笑，算是回应。

坐下来后，罗素素的耳边仿佛突然响起一个声音：失控。可是，任凭罗素素用尽办法分散自己的注意力，这个声音却一直不散，在她的脑中来回游荡。

十三　潜伏计划

距离春节越来越近，罗素素感受着团队成员的躁动，心中难免有些五味杂陈。今年的年会，原本想要较上一年增加现金奖金和实物奖品，而且使每个人都可以拿到，算是对团队成员辛苦一年的额外奖励。

俗语说："不当家不知道柴米贵。"罗素素今年的体会格外真切。年底支出较平时明显增加，供应商的款、答谢合作伙伴的礼品采购以及员工的年终奖，集中在同一个时期支付，让原本的境况雪上加霜。想要实现原来的期许目标，着实有一些困难了。

每到年底，年会和年终奖必然是社交媒体上讨论的热门话题。尤其是匿名社区，吐槽、谩骂、得意、感恩等各种声音此起彼伏。

总的来说，大多数公司的年会都是非常无聊的。比如说，老板给台下的员工打气，声称公司准备IPO①，实际下一轮融资还没有着落。或者是，宣扬新的一年要冲刺千亿目标，赶超iPone-Apple和华为，让用户们彻底窒息而死。高管们则该领奖的领奖，该放卫星

---

① ［IPO］英文 Initial Public Offering 的缩写，首次公开募股。

的放卫星。年会完事过后，什么都和普通员工们没有一毛钱关系。

罗素素记得，此前自己的领导经常挂在嘴边的一句话是："功都是你们的，过都是我的。"现在想来，这句话真是扯淡至极。所以，罗素素不时在内心告诫自己，永远不要用这句话来给员工画饼。

今年的年会，罗素素没有讲太多，也没有多发礼品。一切从简。

算上东拼西凑的钱，以及账户上剩余的部分资金，让公司和员工能够平稳过了年，罗素素已经不再奢求其他。

由于北极熊业务的停止，其他公司的服务基本接近尾声，罗素素决定提前一星期给团队放假，算是对团队的一种补偿。闲下来的罗素素，一时间不知道自己能做什么。金飞的公司还没有放假，又是一个人在家，罗素素索性做起家务来，将屋子打扫了一遍又一遍，就像《重庆森林》里做家务的王菲，直到累得整个人虚脱倒在床上，汗水浸透衣服。

在望着天花板将要睡着的时候，罗素素的手机响了。"素素，做什么呢？"在电话另一端，Jessie的声音传来。

"公司放假了，我也没什么可做的，做了一上午的家务，累得半死。"

"这么早就放假了，真好！"Jessie的声音略嗲，不少人听着浑身都会感觉发酥。

"我说，就不要挖苦我了，好伐？都这个样子了，你们太没良心。"罗素素摆出一副委屈的样子。

"哪敢挖苦您呢，女王大人。想当初，咱们可以同穿一件衣服，可以共用一套化妆品，就差共用一个男朋友了。我挖苦你，不就是挖苦我自己嘛。"

"得，我的Jessie大小姐，您少在我这里贫。有事说事，要是没事，我可就挂了啊。"罗素素作势要把手机放到一旁。

"我说，我说。"Jessie调整了一下声音，"下午有空吗？出来聊聊。"

"行吧，那就去东三环出口的那个超市，等我买完回家的年货，咱俩去超市旁边的咖啡店。"

"到时见。"Jessie先挂掉了电话。罗素素把手机放下，刚闭上眼几分钟的工夫，手机铃声再次响起。罗素素直接将手机拿到耳边："Jessie大小姐，您又有什么事儿？"

"你好罗总，我是张霆毅啊。"

听到这个名字，罗素素嗖的一下坐起来："张总，不好意思不好意思，我还以为是我朋友打来的。刚才在休息，没注意到您的电话。"

"你们公司过来的那个姑娘，能力方面目前来看还算可以。现在业务上开始有往来了吗？"张霆毅在接管市场部之后，又迅速晋升为高级副总裁，成为公司的二号人物。

"一直想找机会当面感谢张总，您倒是先给我打电话了，等年后约您吃饭。"罗素素略微尴尬地笑了笑，"喜乐可能还没有立稳，暂时还一直没有业务往来。"

"好，不着急，慢慢来。这个也急不得。那你先忙，咱们年后找个时间一起吃饭。"张霆毅挂断电话之后，罗素素给宋喜乐发了一条微信，简单交流一番之后，了解到的情况与张霆毅所说的基本相似，便没有放在心上。

等下午罗素素结束购物，坐在Jessie的面前已经是15:00了。闺蜜见面，恰逢年底自然离不开逼婚的话题。Jessie的自身条件非常优秀，身边不乏追求者。

眼看着过了年就三十岁，Jessie的家里人更是着急得很。可是，Jessie一直保持单身的状态，与身边的追求者保持着若即若离的关系。

"那个钻石王老五，都追你那么久了，你怎么就不答应人家啊？我就不理解了。"罗素素问。

"没什么，就是对他没有感觉。再说，他身边也有不少追求者，我看他能耗多久。"Jessie喝了一口咖啡，好像在谈论别人。

"感觉是什么？都是浮云。不说这个钻石王老五，你对谁有感觉？那个小奶狗，还是谁？"

"他吧，其实就是工作上往来，我没有想好要不要继续发展下去。"

"老家的官二代呢，你们有联系吗？"罗素素继续追问。

"我和你说，人家不愧是官宦人家出身，说话都特有水平。他上次来西京出差，我俩见面还没有几分钟，人家就和我纵谈全球国际政治形势。"Jessie把咖啡勺重重地放在杯子里，"和他吃个饭，我都嫌累。"

"这次过年回家，估计你妈又会给你安排相亲了。"罗素素忍不住笑了出来。

"真让你猜对了，现在我妈就开始张罗了。这回是一个富二代。好像是我二姨她同事亲戚的三姑家一个朋友家的孩子。"Jessie顿了顿，"我妈的理论是一套套的，总说三十岁是女人的一个坎，三十岁前是青春少女，三十岁之后就是大龄剩女。女人呐，必须要在三十岁之前把自己嫁出去。"

罗素素摇了摇头："父母这一代人，总是把婚姻和年龄混淆在一起。好像是年龄大了，就找不到好的另一半。我看未必。"

"不说我了。金飞，你们俩，今年回谁家？"

罗素素指着放在身边的两大购物袋："今年回我妈家，买的这些都是给家里人和亲戚带的。"

"素素，有个事情，我不知道该不该讲。"Jessie突然变得吞吞吐吐，欲言又止。

"怎么了？"罗素素瞪大一双眼睛，等着Jessie的后续。

"先声明啊，这个事情我不是百分百地确定。你也不能生气。"

原来大约一个星期前，Jessie和朋友周末一起去逛商场。Jessie在试用一款化妆品品牌的最新产品时，她的朋友看到远处的扶梯，有一对貌似情侣的男女手挽着手下楼。其中女性的背影非常熟悉，Jessie朋友以为是同事，就喊了一声对方的名字。对方二人听到喊声，不自觉地回头望了一眼。与此同时，Jessie也转过身来。

就在四目即将相对的瞬间，由于扶梯遮挡的原因，对方二人已经消失在Jessie和朋友的视线之中。朋友说看到了自己的女同事，而Jessie的余光看到对方男性的侧影，同样感觉似曾相识。

"嗯？你说的这两个人，和我有关系？"罗素素好奇地问道。

"好闺蜜呢，知无不言，言无不尽。那我说了啊。男的侧影，看着像是你家金飞。"Jessie望向窗外，"当然看到的只是侧影，很有可能是我看错了。"

"那你们俩没有追过去看看？"罗素素追问。

"谁有那么无聊。"Jessie目光游离，又看了一下咖啡店墙壁上的钟表挂饰，时间仿佛过得很慢。

"你不了解我们家金飞，借他十个胆子，他也不敢出轨。"

罗素素语气十分肯定地说道。

在春节回乡的高速公路上，一辆辆满载着思乡之情、礼品以及荣耀的私家车，犹如蚂蚁般在爬行。这几年，不少在外打拼的人首选自驾回家过年。当车子经过村口或者停在自家门前时，街坊们已经学会了通过车的品牌来判断这家人在外是否赚到了钱。

罗素素忘了是哪一年，邻居家的孩子本来跟家人里说打算买一辆宝马，等春节时开回去。邻居阿姨开心得不得了，逢人便说孩子买了宝马，春节回家过年，大家也都说邻居阿姨有福气。

万万没有想到的是，由于年终奖缩水导致预算不足，这个孩子最后买了一辆二线品牌的豪车。虽然也算是豪车之列，但是老家人都只认宝马。邻居阿姨还为此和儿子大吵了一架："说好了不是买宝马嘛，都和邻居说了要买宝马，为什么要买其他品牌。"

邻居家的孩子本来高兴地开车回家，结果和母亲发生了不愉快。明明都是知名品牌，怎么就非得买宝马了？车是自己开的，又不是给人看的。

当然，这句话邻居家孩子没有直接说出来，只是想不开家里人为何如此看重开什么车。说到底，还是虚荣心和攀比心在作祟。从另一个侧面也说明，不同汽车的品牌定位和传播理念，对消费者的选择起到至关重要的作用。

高速公路上，罗素素尽量和金飞多说话，避免他一个人开车犯困。不过，路程行驶到一半时，发生了一起连环追尾事故，导致车速放慢。罗素素在经过时数了数，一共有12辆车相撞，部分车辆严重变形。罗素素不禁惊出一身冷汗，叮嘱金飞一定要小心驾驶，否则，归家的路很可能成为归西之路。

不和金飞说话时，罗素素就心不在焉地看着窗外。她脑海中不是窗外的景色，而是那天和Jessie在咖啡店里的谈话。那个人会是金飞吗？也许Jessie看错了，毕竟商场那么多人，而且没有看到正脸。

罗素素转过头，用余光望着正在开车的金飞。她已经和眼前的这个男人在一起将近十年。此前二人相识、相恋、一起克服种种困难的画面，犹如窗外的景色，不断在罗素素的脑海中浮现。罗素素回忆创业之后的日子，发觉自己和金飞在一起的时间的确不多。但是，无论什么时候，金飞都愿意一直支持她。这也是罗素素坚持下去的理由之一。

在曾经最困难的时候，金飞给予过罗素素最大的理解和支持。罗素素想，自己也许就不应该有怀疑的想法。这是一个曾经可以依靠，而且未来也值得信任的男人。可能是一路比较辛劳，也可能是车里暖气的原因，罗素素不知不觉进入了梦乡。等到她醒来时天色已暗，车辆驶入坑坑洼洼的乡道，这也意味着，距离罗素素的家越来越近。

罗素素和金飞说，睡觉的时候做了一个梦，有两个片段：一是回到学生时代参加考试，卷子没有答完；另一个是上厕所，厕所的环境很脏。无论是哪一个画面，都在过去的岁月里曾经反反复复出现在罗素素的梦境之中。金飞安慰说，她可能最近因为公司的事情压力比较大，潜意识里才会反复出现以前在压力大时出现的梦境。

汽车开到罗素素家院子外的空地时，天色已经完全暗下来。村里只能看到零星几处闪烁着灯光，和出发时璀璨繁华的西京相比，这里完全是另一个世界。大门紧闭着，罗素素似乎能够听到屋内电视机的声音。当车辆引擎关掉之后，随着大门上灯光的亮起，两扇铁门朝外打开，发出一连串"吱呀吱呀"的声音，罗素素的母亲迎了出来。三个人一起把后备箱里的大包小包拿进屋子。

罗素素的爷爷站在里屋门口，笑盈盈地望着三人。与此同时，罗素素的父亲罗玉成正在厨房里准备饭菜。他们早已吃过晚饭，这顿饭是给罗素素和金飞准备的。吃饭时，罗素素发现父亲的身体状况似乎不太对，不但气色大不如从前，就连行动似乎也缓慢了不少。再三追问之下，家人才道出实情，原来罗玉成的病情二次复发，比以前更加严重，只是没有告诉罗素素。

罗素素和金飞提议年后带父亲到西京仔细做一遍全身检查。罗玉成坚持说没有必要，老家市里的医院足够应付他这个病情，而且有医保可以报销一大部分。看着父亲固执的态度，罗素素和金飞也只好作罢，反复强调以后如果有情况一定要及时通知他们。和父亲罗玉成相比，罗素素的爷爷身体倒是一直硬朗，老人家八十多岁了，偶尔甚至还能做一些农活，这让罗素素宽慰不少。

吃罢晚饭，一家人又闲聊了一会儿村里的事情。

大年三十这一天早上，罗素素和母亲便忙碌起来。金飞在家也时常做饭，本来想伸手帮忙，可是被推出了厨房，最后也只能是打打下手，或是和罗素素的爷爷闲聊几句。因为老人家方言比较重，金飞和罗素素的爷爷沟通并不是很顺利，个别话语还是听不太懂。除了和老人家聊聊天之外，金飞其他时间就是一个人玩手机。

在成人的世界里，年龄越大，感受到的年味也越来越淡。一家人吃完年夜饭之后，围绕在电视机前看"春晚"，除了偶尔响起几声笑语之外，更多的是安静地望着镜头之下的繁华景象。

大年初一吃过早饭，亲戚们陆续过来拜年。大家闲聊的时候，不知道谁突然提起生孩子的事儿，然后话题不约而同地聚焦到罗素素身上。

"素素你们打算什么时候要孩子啊？女人啊，还是应该早点儿生孩子。一直没有是不是你俩谁有问题？"七大姑八大姨们，你一句我一嘴，就好像唐僧念着紧箍咒，让罗素素头疼不已。

对于罗素素而言，也没有什么可掩饰的，工作太忙，等过两年再要孩子。在罗素素和亲戚们聊天时，金飞由于听不太懂方言，只是偶尔能够插几句嘴，其余时间，自己兀自看着手机，或者和大家一起笑一笑。

在春节短暂的假期里，除了走亲访友，罗素素和金飞更多时间都是窝在家里，不愿意频繁出门走动。在回城前一天的下午，家里人便开始收拾东西，鸡、鸭、土特产等大包小包装到后备箱里，直到塞得满满当当才作罢。几年前罗素素还不大愿意拿这么多，现在就随着父母的心意塞多少都行。

次日早上，罗素素和金飞吃完早饭准备开车返程，罗玉成没有出来送别。罗素素感到奇怪便再三询问，母亲才说出实情。原来昨晚罗玉成病情突然复发，早上无法起床，想着等到送走罗素素之后再去医院检查一下。罗素素和金飞听完并未犹豫，立刻带着父亲去医院。回西京可以耽搁几天，但是父亲的病情治疗是万万不能耽搁的。

这一耽搁就是将近一星期的时间,幸好送医治疗及时,否则很有可能导致病情进一步恶化。等到罗玉成出院,罗素素和金飞回到西京,已经是正月十六了。

十四　她的香水

新年开工第一天,赵常早早来到公司。

他认真环顾四周,一切都是那么熟悉。他发自内心地喜欢这份工作。对于赵常而言,他知道自己家境普通,要想在西京这个繁华都市生存发展,只有拼尽全力,抓住每一次机会,否则,飘荡再久终究还是要回到家乡那座小城。

如今,赵常已经成功迈出第一步,获得了公司领导的认可。接下来漫长的路又该怎么走?赵常早已经想好,他要成为一名公关专家。在完成日常工作之外,他几乎把大部分精力投入到了这个领域,搜集各种公关案例,总结公关手段。工作中有关品牌与公关方面的业务,别人不愿意投入太多精力对接,他却总是主动申请帮忙。

个别同事不太理解赵常给自己找事的行为,还好心劝他不要傻乎乎地给自己增加负担。每次遇到这样的情况,他都是笑笑说没事。其实他自己心里最清楚,这是给自己做的,不是给别人做的。

整理完春节期间搜集的一些案例素材之后,赵常发现已经9:00了。不过,这里依然只有他一个人。他站起身,走到窗前,温暖却不刺眼的阳光照到脸上，一瞬间，赵常心中涌起一个想法。他望着窗外的车水马龙，握紧十指。有一个声音在他心里响起："将来，你也会成为一名创业者，拥有一家属于自己的公司。"

"赵常，这么早就来公司了啊？"突然一个熟悉的声音从身后传来，打断了他的思绪。

"是阿伟哥啊，新年好。"赵常赶紧平复刚才涌动的内心，"这个假期，怎么看起来胖了呀？"

阿伟下意识地吸了一口气，收起肚子调侃道："一个中年男人的烦恼，剪不断，理还乱。"

接着，阿伟瞥了一眼赵常的电脑："这是写什么呢？还没有开工，就忙起来了啊。"

"今年春节一些品牌做的案例，有不少值得学习借鉴，我想着整理一下。也许以后能用得上。"赵常如实相告。在赵常看来，因为没有占用工作的时间，所以没必要隐瞒。

阿伟点了点头："你这够勤奋的，不错，期待有机会能看到你的文章。现在不是流行做自媒体嘛，你也可以多写写。"阿伟话锋一转，语气略加重："只要不占用工作时间就好。"

说者无意，听者有心。阿伟的一番话，仿佛给赵常打开了一扇门，心想把自己的观点写出来，就当记日记了。赵常谦虚地说："我这个水平，距离写文章还差得太远呢。也谢谢阿伟哥提醒，个人的事情一定不会占用工作时间。"

没过多久，其他人陆陆续续到达，赵常主动和每个人打招呼。由于北极熊公司的合作业务停滞，其他一些客户也都没有什么动静，一上午众人都处于闲来无事的状态。罗素素和团队开了一个视频会议，简单交代了一些日常事务，便匆匆结束了。

等到了午饭时间，不少人因为吃饭的问题犯了愁。有人张罗着大家一起出去聚餐，但阿伟、彩虹是外卖忠实粉丝，已经提前在网上订餐了，李菁和李冉要减肥中午不吃饭了，而财务芳菲带了家乡的特产食物，最后只剩下石头、李易、赵常以及霄云露四个人。

新年刚过，开门营业的餐厅寥寥无几。四人选择了一家顾客稀少的饭店，点完餐后你一言我一语地聊着。

霄云露入职时间只比赵常早了一个月。多数时间，她都是在听大家说。不过，当她听到大家开始聊公司的八卦时，也饶有兴趣地加入讨论之中。

"你们有没有听说，宋喜乐去到新公司之后，工资差不多翻了一倍。"石头突然压低声音，故作神秘，"据说还是把她送过去的，不是她自己跳槽的。"

这个话题一下引爆了大家的好奇心。尤其是石头说的工资情况，让李易心里莫名产生了不平衡感。

"这事儿靠谱吗？你俩平时联系也不多，别乱说。"李易假装反问道。

"我俩联系不多，我就不能知道啊？"石头把刚送到嘴边的碗，往桌子上一放，"年前她找我吃饭，想要了解一些媒体资源。虽然她没有直接明说，但是话里话外，工资会至少翻一倍。你们是没有看到，她那个得意之情都挂在脸上了。"

紧接着，石头又是一番渲染："人家的手提包换成了LV，围巾换成了巴宝莉，手机也是最新款的。她之前的情况，你们比我更了解吧。"

虽然公司员工之间禁止聊工资这个话题，但是李易对宋喜乐的薪资情况略有了解。李易比宋喜乐入职的时间早近半年，二人工资不相上下，如今听说宋喜乐的薪资把自己甩出了一大截，心里有几分不是滋味。

"你说她不是自己跳槽过去的，是什么意思？"霄云露问。刚才几人的注意力，都被工资的话题吸引过去，听霄云露这么一问，也都极为好奇。

"这个事情，她的意思是，并非她自己主动想过去的，公司的决定，她也没有办法。"石头不无鄙夷地说，"她是得了便宜还要卖乖。"

"没有太明白。什么叫作送她过去的？不想去别去啊。"

大家讨论宋喜乐时仿佛聊着明星八卦，说到兴浓时唾沫横飞，没有人太理会一言不发的赵常。

赵常正在看一篇分析盘点春节公关案例的文章，作者是一个知名自媒体人。虽然文章的阅读量挺高的，但是赵常认为作者一定没有做过公关的经历，看似鞭辟入里的分析，其实都是外行话。赵常心想，一个外行都能指指点点，自己写出来的文章应该也可以。

四人吃完饭回到公司之后，一下午没有什么事情要做。赵常构思着文章的思路，确定完提纲方向之后，便在网络上查找相关的资料进一步丰富素材。等到文章构思和所需素材基本全部搞定，赵常注册了一个自媒体号。下班回到住处之后，赵常叫了一份外卖，开始边吃边写。赵常十指在键盘上快速敲动，文思泉涌，把自己积累的想法转换成文字，甚感兴奋。

赵常盯着电脑屏幕心想，这篇文章都算得是干货内容，自己把看家本领都使出来了，阅读量自然不会太差。想着想着，赵常的嘴角不自觉地嘿嘿一笑，差点乐出了声音。写完文章，再简单排版，时间已到了22:00。在正式发布之前，赵常一遍又一遍检查着预览，生怕出现语句歧义、不通顺或错别字等问题。文章发布出去，过了大约半小时，竟然没有阅读量，这令赵常有点儿沮丧。

于是，赵常上网查询了相关的推广方法，参照别人的建议发给了一些大学同学，其中包括已经分手的女友茉莉。茉莉回了一条信息："这是你写的文章啊？有些看不懂。貌似也没有什么文采，就和你以前给我写的情书差不多。"

赵常内心顿感压抑，想着她还是那么刻薄，忍不住想要辩驳几句，然后摇摇头还是忍住了，给茉莉发了"谢谢"两个字。

又忙活了一会儿，赵常发现文章的阅读量还是仅有两位数，便更沮丧了。赵常躺在床上，思绪有一些凌乱，努力去想如何提升阅读量，脑海里却总是控制不住想起了自己的老板罗素素。赵常对于自己这种无意识的念头，都不免感到惊讶。

"讲真，素姐真的会是很多男生喜欢的类型，不施粉黛，肤白貌美，事业成功。听说素姐有老公了，要不然她身边该有不少的追求者。"赵常侧过身子，脑海里竟然还是罗素素的画面，不过同时又出现了茉莉。"和素姐相比，茉莉啊，还是像一个小女生，会是大学男生们喜欢的那类。素姐呢，就是一个极具成熟味道的女人，甚至有那么一丝丝的妩媚，简直是尤物。"

不知想了多久，赵常才进入梦乡。一个美妙愉快的梦，代替了因为文章阅读量不佳带来的沮丧。说来也奇怪，赵常在接下来的几天时间里，晚上时常梦到罗素素。

在梦中，赵常会把写好的文章拿给罗素素，请她给一些修改建议，然后在一旁认真地记录。如果不是修改文章，两人便是在一起喝咖啡。透过落地窗，罗素素一直侧着脸庞望着道路上的行人和车辆，而赵常则忘记了喝咖啡，呆呆地望着坐在桌子对面的罗素素。在某一个瞬间，罗素素回过头来浅浅一笑，与赵常的目光相对。赵常很想化身霸道总裁，然后迎着她的目光送上深情一吻。

不过，梦境也并非全是美好，赵常偶尔也会梦到自己因为工作错误，遭到罗素素的严厉批评，工资也被扣得所剩无几。梦醒之后，赵常才真真切切地感觉到自己终于回到了现实。

"赵常，你痴心妄想什么呢！素姐是公司的创始人，你是一个一无所有的普通员工，你们根本不在一个层次啊！"躺在床上，赵常凝视着黑暗，"除了素姐，公司里还有其他女人，彩虹、李冉也都各有千秋嘛，想追她们，你可能还有一丝希望呢。偏偏想着罗素素干什么。我劝你别癞蛤蟆想吃天鹅肉了。"

在赵常的心里，仿佛还有另外一个声音在反驳："你懂个屁啊。罗素素的迷人之处，你根本不懂。虽然她年龄比我大了一些。不对，大了六七岁。可是你看看人家的身材和皮肤。她就像是一杯香醇的葡萄酒，细细品味，才能感觉美妙无穷。"

赵常侧过身子，紧紧闭上眼睛，脑海中好像又有声音在飘荡："那你也不看看你自己有几斤几两。你有车吗？你有房吗？你有公司吗？"

赵常晚上写文章后进入梦乡与罗素素相遇的状态，持续了一个多星期。直到罗素素回来，把他叫到办公室。他的文章阅读量已经过千了。赵常内心不免忐忑不安，他心想是不是罗素素会禁止他写文章，后果再严重一些，直接开除。

让他意外的是，罗素素不但没有批评，反而给了他不少鼓励，告诉他甚至公司都可以倾斜一些资源去支持。只要不占据服务客户的时间，对工作有帮助就好。赵常内心一阵狂喜，就好像一个无名小辈得到了心仪美人的特别关注，激动之情就差写在脸上了。开心之余,赵常还发现,罗素素这次回来之后,精神状态要比春节之前差了许多。脸色似乎又白了,透着疲惫。

赵常的直觉,并没有错。此时此刻的罗素素,已经是强打起十二分精神回来工作,毕竟公司还要运转,生病的父亲还让她牵肠挂肚。但是,让罗素素真正焦虑的,是她发现金飞有一些异常。

这是女人的第六感,她非常相信自己的感觉。

春节期间,罗素素发现金飞经常在手机上发消息。追问起来,金飞只是说和几个朋友闲聊,偶尔处理一些工作上的事情。罗素素当时注意到,金飞在聊天时的某一些瞬间,脸上的细微表情和平时完全不一样。罗素素虽心有疑问,但她坚持不翻看金飞的手机。这是二人之前的约定,从来没有打破。

金飞的异样,在一个月后被进一步证实。那是一个阳光明媚的清晨,罗素素望着窗外,内心有一种莫名其妙的喜悦。大概是雾霾天太多,许久没有见过这么好的天气。当罗素素准备下楼时,金飞还在睡觉。

金飞工作忙起来时,也偶尔会加班到后半夜才回来,前一晚上便是如此。罗素素想让金飞多睡一会儿,出门时蹑手蹑脚,生怕吵醒了他。罗素素来到车库,像往常一样打火,汽车的发动机引擎轰鸣了几声之后,没有正常启动。

于是,罗素素接连几次转动车钥匙,汽车仍然未能正常启动。这实在有点儿小小的扫兴,毕竟距离春节前保养还没有过去太长时间。由于下午还要外出办事,没有车不太方便,罗素素便回家取金飞的车钥匙。

罗素素取完车钥匙,坐进来启动汽车的一刹那,忽然闻到一股味道,像夹杂着汽油的香水味。罗素素很奇怪,起初还以为自己的鼻子出了问题。等到开门通风换气,重新坐进车内后,确信自己闻到了一股香味,而且副驾驶位置的味道似乎更浓一些。

这让罗素素感觉到很诧异,因为自己在一次重感冒后,对香水的味道总是有些过敏,鼻子不能闻到香水的味道,否则会浑身处于一种极为难受的状态。这一点,金飞是非常清楚的。

"也许,只是恰好他同事坐过他的车呢?恰好身上的香水味残留了下来。"罗素素心想。此前,她就乘坐过网约车,车子后排座椅留下了浓浓的香水味,司机很无奈地表示是因为刚刚载过两位女士,车里的香水味,就是来自二人。

一番自我暗示之后,罗素素将注意力集中到开车上。无论车窗外的阳光如何温暖,市井如何繁华,罗素素发现自己还是无法不去脑补,曾经在这个车子里发生的画面。身上带着香水的那个人,也许是坐在她现在位置的旁边,也可能是坐在后排的位置。因为她只要稍加深呼吸一下,在这两个位置留下来的香水味道都会快速被吸进她的鼻子里。

晚上回到家,罗素素本想问问金飞香水的事情,最后却怎么也不想开口。在她的心中,"信任"两个字比什么都重要。在之后的几天时间里,罗素素偶尔想起来,这个念头也只是一闪而过,忙碌的工作让她无暇分心。

可惜的是,罗素素心中的一丝丝侥幸在周末时荡然无存。

周六上午,金飞为了一个项目需要去公司加班,留在家里的罗素素在整理衣物时,再度闻到了一股让她难以忘记而又无比熟悉的味道。这是昨晚金飞刚刚脱下来的上衣。前一天晚上,金飞说因为陪客户吃饭喝了不少酒,但是客户不小心把酒洒到了他身上,回家时还和罗素素抱怨了几句。

尽管这件衣服夹杂着白酒的味道,可是因为罗素素对香水实在敏感，所以对上次的味道记忆深刻。没错，两次的香水味道都是一样的。罗素素机械地拿起衣服，随手又放下。

罗素素脑子里一片空白，就那样坐在地上看着那件衬衫。当洗衣机甩干完毕，滴滴之声响起之后，几滴眼泪从罗素素脸上缓缓滑落下来。处理完家务，罗素素给Jessie打了个电话。一小时之后二人坐在一起，还是年前相聚的那家咖啡店，还是同一个位置。

"出了什么事情，这么着急叫我出来？"Jessie接到罗素素电话后提前赶了过来。

"你把年前遇见金飞的事情，再重复一遍。"罗素素大口喝着白开水。

"之前不是说过了吗？就是在商场里，看到了一个很像他的人。只是一个侧影，我也不确定。"

"细节模糊，不是全部。"罗素素紧紧盯着Jessie的双眼。

"当时不是都说了吗，也没什么了。除了旁边还有一个女的。"

"你怎么没有追过去，看清楚一些？"

"我，我看到的时候，他们已经下楼了，没有看清楚。"

"不对。实际上，你全都看到了。"罗素素直截了当地说出真相。

听到最后一个字时，Jessie重重地往后靠了一下，然后长叹一声："我怕当时直接说出来，你无法接受。怎么发现的？"

罗素素把前前后后说了一遍。Jessie一时间不知道该劝和还是劝分："还打算给他一次机会吗？"

"他没有下次机会了。"罗素素斩钉截铁地说，"如果这次给了机会，男人们还会有第二次和第三次。每一个男人，都有一颗时刻准备出轨的心。"

"已经摊牌了吗?"

"今天晚上等他回来。"

罗素素等到金飞回家时,直接把衬衫摆在了二人眼前:"车里和衣服上同样的香水味道,要解释一下吗?"

"你已经发现了。"

"难道你忘记了我对香水过敏?"

"我知道。"

"所以不再掩饰了?"

"有些情况,一时讲不清楚。"

"好,那就不要说了。"

"年前的时候,Jessie没有和你说过吗?怎么现在才问起。"

"和Jessie有什么关系?"

"在商场那天,她看见了我,我也看见了她。"金飞压低了声音,"我以为Jessie早早和你说了。"

"为什么瞒着我到现在?为什么要这么做?"罗素素接连发问。

"对不起,因为我爱着你。"

听到金飞这句话的一瞬间,罗素素内心里有一种冲动,想要狠狠扇他一巴掌。可是,她的手好像灌了铅,无法抬动。

"放屁!"罗素素再也不想见到眼前这个人,留下最后这两个字夺门而出。

那天晚上,罗素素本以为自己会非常难受,因为她想不明白,两个人原本非常稳定的婚姻,怎么就突然出现了裂痕。罗素素的脑子里一片空白,一切都是身体不由自主地在支配。

她不愿意留在家里，又不知道想要去哪里，最后，一个人开车在市区内漫无目的地行驶。西京这座城市的夜景，永远是那么绚烂耀眼。可是，罗素素的眼里只有泪水，她努力克制自己却无济于事，脑海中总是浮现出两个人的点点滴滴。不知道思绪回到哪个瞬间，或许是触碰到了内心某一个最柔软的角落，罗素素再也忍不住，失声痛哭了起来。

尽管如此，这时的罗素素还保持着一丝理性，她赶紧把车停靠在路旁。车子刚刚停稳，罗素素双手掩面而泣。可是仅仅过了几分钟，罗素素又迅速恢复了理智。大概是创业经历了太多坎坷的原因，罗素素早已练就比其他人更强大的内心。

在稀疏的车流中，罗素素将车子开到了公司楼下。进到办公室时，她找到了最为熟悉的感觉，这是除了家之外她最熟悉的地方。罗素素躺在沙发上，渐渐入睡，直到次日清晨。

十五　一声惊雷

和金飞分居的日子里，罗素素每天加班到很晚。无事可做时，整个人都会陷入恐慌，内心不知该如何安放。只要工作一来，她就能快速进入状态。也只有工作，能够让她的内心稍感踏实。这也算不上是用工作来麻醉自己，在罗素素看来，这是因为创业形成的一种"本能"。只要有工作进来，就说明业务可以运转下去。

这期间，罗素素和金飞很快达成财产分割协议。按照之前二人的约定，出轨在先的一方要净身出户。双方共同的资产包括房子、两辆车。金飞提出，希望可以留下自己的那辆车，除此之外什么都不要。罗素素没有异议。

在金飞搬走的那个上午，二人一直没有太多交流。等到金飞离开之后，罗素素收到了他发过来的消息，短短的七个字：愿以后一切安好。

罗素素看着消息，内心似有千言万语要说出口，手指快速敲下长长的一段话。最后一句话写完时，罗素素突然又删除了全部。然后回复了一个"嗯"字。一个"嗯"字，为一段婚姻彻底画上了一个句号。还没有说过再见，从此便不会再相见。

罗素素和金飞离婚的事情，只有Jessie一个人知道。罗素素起初还找Jessie在晚上出去喝酒，可是喝过几次，第二天头疼的感觉，实在让罗素素忍受不了了。后来，罗素素趁着公司业务不多这段时间，便约了两个朋友去爬山。

前几年，罗素素为了和MBA的同学圈子融入更深，被迫加入这项运动中。当时只是完成了前期的训练，后来因为公司业务繁忙，错过了两次同学会发起的爬山运动，便再也没有真正攀登过一座山。

罗素素的两个朋友在帮助她进行简单训练热身之后，三人就前往创业者都喜欢攀登的一座高山——帕呀朗玛，主峰5545米。虽然不算太高，但是攀登的难度并不小。无数的创业者曾经在这里留下他们的足迹。尤其是在距离峰顶500米时，有一处酷似金元宝的岩石。到了这里，亲手摸到这个金元宝，祈愿着生意兴隆，财源广进。因此，此处也成了创业者们打卡的景点。仅去年一年，到过这里的人已近千人。

等到罗素素和两个朋友爬到网红景点时，已经是下午。罗素素拿出手机，让朋友帮忙一通拍照。罗素素选了几张，分享到朋友圈。在刚刚发出去的几分钟里，并没有人点赞，这让罗素素有一点点失望。这种病态的网络社交行为，让罗素素有些讨厌。究竟是谁开发了点赞的功能，从而控制着无数人的社交行为？又过了几分钟，罗素素分享出来的这些照片获得了数十个人点赞。

将手机收好之后，罗素素和同行的两位伙伴继续前行。登山的过程，充满了困难曲折，对于曾经走过太多的弯路的创业者来说，只要内心强大，就没什么能够阻挡前进的步伐，也没有什么困难不能克服。等到登顶的那一刻，望着下面的山川河流，仿佛可以用上天视角俯视世间一切，罗素素感觉经历过的困难化为虚无。

"凌峰，你爬过那么多山，现在每次登顶之后，心里都是什么感受？"罗素素坐下来，抬头看向站在自己一侧的伙伴，迫不及待地想知道他人的想法。

"其实，风景都是相同的，"凌峰仍然立在那里，继续环视着眼前的一切，"但每一座山都是独特的。"

"我特别不想打断你们二位探讨人生哲理，不过呢，登山就是一项运动，享受运动本身带来的乐趣不好吗？"一直没怎么说话的青春，突然大笑了几声，"哈哈哈哈，你们就不想唱几句《征服》吗？"

一路上，青春都是三人的开心果，总是能够在某些时刻调动起情绪。

"就这样被你征服，切断所有退路，我的心情是坚固，我的决定是糊涂，就这样被你征服。"

三人的歌声刚一停止，山下随即传来了回应。一句接着一句，游荡在海拔五千米的高空。此起彼伏，实在是奇妙。

当最后一句"我的剧情已落幕"结束，罗素素的电话响起，另一端的声音断断续续。

"素……素姐……素姐……一百万。"罗素素看到电话是财务负责人芳菲打来的，但是由于信号问题，一直无法听清楚电话里的声音。听到最后两个字"百万"时，罗素素还以为出现了资金问题。

"喂，说什么？听不清楚，你大点声。"罗素素不自觉地提高了声音。

"素姐，现在能听清楚吗？"芳菲的声音听起来有一些颤抖。

"可以了。你说,怎么了?"罗素素似乎听出来电话另一端略带不安。

"公司出事了!"芳菲在电话里简短说明之后,唯有这五个字一直在罗素素的心里回荡。

在罗素素和朋友一行三人急匆匆往回赶时,财务负责人芳菲同样度日如年。在芳菲从业三年的职业生涯中,也是第一次遇到这样的事情,一时间不知所措。芳菲这个财务负责人,其实只是单枪匹马,一个人身兼财务和行政两个角色。

按照岗位职责,财务和出纳应该分开,但是对于大多数处在创业阶段的公司来说,根本无力负担两个岗位的用人成本。芳菲从一所普通的二本大学毕业之后就加入罗素素团队,因为工作认真、踏实肯干,并通过信任度考核之后,罗素素便慢慢把财务大权以及行政事务都交给了她,芳菲工作期间几乎未出现过重大纰漏。

罗素素登山当天的上午,忙于整理季度账目的芳菲接到了一个陌生电话。彼时,距离罗素素登到网红景点还有500米。电话里传来一个陌生的男低音,自称是公安机关人员,操着不太标准的普通话,询问芳菲是否购买过发票。罗素素在购买发票抵税这种事上比较谨慎,所以芳菲认为对方是骗子,便挂断了电话。

电话刚刚挂断,对方立刻又打了过来。当对方非常郑重地询问此事时,芳菲才意识到对方没有开玩笑。购买发票已经是两年前的事情了,而且金额非常小,发票本身也没有任何问题。更何况开票公司是罗素素朋友晓晓所在的公司,一家报社旗下的传媒机构。由于职务便利,晓晓所服务的客户经常不要发票,罗素素便把这些发票要了过来,倒也算不上是买发票。

芳菲停顿了几秒回答没有购买过发票。对方再度重复同样的问题，芳菲知道购买发票的严重性，便明确表示从来没有购买过。

对方又进一步询问，是否有过一笔六百万的交易以及对应的发票？听到六百万时，芳菲又犹豫了几秒，实际上是她对这笔业务太有印象了。这笔交易是这两年她经手的最大的一笔业务往来，怎么能不记得呢？

电话里的公安机关人员见她犹豫，直接开门见山说明问题。听罢，芳菲片刻不敢耽搁，赶紧给罗素素打电话。

罗素素次日坐最近一班航班赶回来。见到罗素素，芳菲悬了很久的心，总算放下来。虽然事情还没有解决，但是见到罗素素，芳菲就是有一种说不出来的踏实感。

猛喝了几口水后，罗素素和芳菲一起开始回忆那笔业务的每一个细节，确认是否与公安机关的讲述相吻合。

上一年，距离春节还有一个月。

宋喜乐突然找到罗素素，说是一个叫周星星的朋友，和公司之前有过一笔金额二十万的业务往来，这次有事要找罗素素。罗素素记得，这笔业务是属于宋喜乐介绍的客户，结款也很快。

在宋喜乐打好招呼之后，周星星当天与罗素素通了个电话。令罗素素诧异的是，周星星希望借罗素素的公司帮忙走一下账，金额竟高达六百万。

罗素素心中的第一反应：这怎么可能？只是碍于情面，没有直接说出来。周星星进一步解释说，最终的收款方叫江东飞舞营销有限公司，罗素素的公司作为走账公司，只需要与打款公司、收款公司签订两份不同的业务合同即可，不会有什么重大风险。

罗素素以开玩笑的口吻问："难道周总就不怕我拒绝付款，然后携巨款潜逃吗？"周星星在电话另一端，大笑了几声："怎么可能会跑路哇,罗总不是这样的人啊。"

罗素素心想,这么大一笔金额,风险可不小,不能因为仅仅一次业务往来,就要帮忙。退一步来讲,就算是可以帮忙,三家公司之间彼此开具发票,也是一件比较麻烦的事情。

罗素素认为这件事风险太大,便直接说:"公司确实不太方便,这个忙恐怕帮不上。"周星星没有退缩,似乎预料到了这个结果,便把早已准备好的撒手锏拿了出来。

"罗总,这样,您先听我说完下面的话,您再决定能不能帮忙。"周星星努力让自己的普通话标准一些,生怕对方挂掉电话,"这个业务,当然不能让您白忙活。"

周星星给了两个条件让罗素素难以拒绝,更准确说,是极具诱惑力的条件。第一个是二十万的酬谢费。这对于当时处于经济困难期的罗素素来说,无异于雪中送炭。第二个是,收款公司江东飞舞营销公司会先开具六百万的发票给罗素素,而罗素素给打款方公司的发票,只需要在三个月内陆续开具出来即可。

罗素素知道,第二个条件看似普通,但对于她而言,同样有吸引力。因为年后,公司面临着一整年的企业所得税缴纳问题。营销公司,实际业务中采购的广告服务,因为都是来自自媒体,大多数人只能通过个人账户进行转账,导致可以抵扣的发票非常少。很多公司不得已想尽办法,增加成本支出进行抵扣。而有了这三个月的开票缓冲期,罗素素可以先将六百万的进项发票全部抵扣,要缴纳的企业所得税基本就能覆盖掉。然后需要开具的销项发票金额,在后面的几个月时间里陆续开具,其间可以通过业务调整或者其他的办法增加成本票,这样通过合理的手段,就能减少所得税缴纳。

罗素素再三权衡之后接受了。等到两份合同的程序都走完的第三天，江东飞舞营销有限公司就将六百万的增值税发票邮寄了过来，芳菲验证后确认是真发票，罗素素才把悬着的心放下来。

接下来，一切都是按照计划行事。罗素素收到打款，然后陆续分多批打到江东飞舞营销有限公司的对公账户上。这两次与周星星合作，让罗素素认为，他们还算是"靠谱"。在支付最后一笔一百万的款之前，罗素素再次以开玩笑的口吻，给周星星发了一条消息："周总，这最后的一百万，真是舍不得还给你，明天我就卷款潜逃得了。"

"罗总啊，听说您老家是河滩市的，我之前出差过去过好几次呢。您要真是卷款潜逃，到时我上您老家找您去。"周星星很快回复。

简短的几句话，让罗素素不寒而栗。她从来没有和外人提过自己老家在哪儿。这说明，对方把她的信息掌握得一清二楚。否则，就算有熟人介绍，对方哪里来的底气，敢于和一家仅仅合作过一次的公司，走这么大一笔账。

之前仅仅合作过一次。罗素素似乎想到了什么。

也许，上一次的合作，就是一次试探？周星星和宋喜乐又是什么关系？对方到底是什么背景？虽然合作即将结束，可是，罗素素脑海中未解的疑问开始增加。尽管如此，随着最后一笔款转账完毕，双方的合作就算宣告结束，再加上年底杂事比较多，罗素素便很快分散了注意力，没有继续想下去。

这基本是整个事件的经过。罗素素和芳菲试着努力回忆有无遗漏的细节，却再也没有可以记起的。

罗素素一直在平复自己激动的情绪，等到所有细节回忆完毕，她靠在长椅上长长地舒了一口气。当然，她知道还没有完，还差最后三个电话。前两个是打给宋喜乐和周星星的，第三个是回复给公安机关的。宋喜乐的电话始终无人接听,而周星星的手机号,已经成为空号。这倒是在罗素素的预料之中。

"素姐,接下来我们该怎么办?"

罗素素从包里拿出一盒烟,给自己点上一支。罗素素早在五年前就已经戒烟了,这次回来的路上,却又把烟抽了起来。"那还能怎么办?全力配合公安机关和税务部门,把税和罚款都补上。"罗素素长长出了一口气,烟雾随着她的红唇喷薄而出。

"可是,税额加上罚款,这笔金额非常大。您也知道公司现在的财务情况。后面的话……"芳菲没有说下去,但是她的意思已经非常明显了。

"后面难以为继,是吧?"罗素素轻轻弹掉烟灰,抬起手臂,又深吸了一口,这次却未吐出来,"没关系,我来想办法。"

听到罗素素淡定的语气,芳菲再度从内心生出一股敬佩之情。她跟随罗素素一路走来,知道一名女性创业者的艰辛不易。公司曾经也面临过多次危机,但这一次,罗素素的反应,是芳菲见过的最镇定的一回。

罗素素望着窗外闪烁的霓虹灯,慢捻几下,掐灭了手中的烟。

清晨的咖啡休息区,总是能够吸引那些睡意还未消散的员工。一杯浓咖啡喝下去,瞬间让整个人复活。在短暂的能够小范围自由交流的时间里,咖啡休息区往往还是这个公司消息的集散地,包括甲方动态、公司内部动态、社会热点以及各种八卦。

这个清晨,宋喜乐贪污的消息不胫而走。尽管罗素素和芳菲都守口如瓶,可是消息,就是这样泄露出来了。

最开始只是李易和霄云露,随后其他人也加入八卦讨论中。

"你们听说了吗？宋喜乐差点儿进去，听说是拿了不少回扣。"李易悄声说，似乎担心其他人听到。

霄云露和李冉都是一副惊讶的表情："啊？这么劲爆的消息！你怎么什么都知道？"二人放下手中的咖啡，屈身向前，似乎想听李易说出更劲爆的消息。

"我也只是听说有这么个消息，"李易继续神秘的姿态，"不过，宋喜乐的微信，确实联系不上了。我看她朋友圈都快一个半月没有更新了。这不符合她的风格。"

"咦！！！"其他人同时发出不屑的声音。

"我还以为你知道什么内幕呢。"

"她不是每次换男朋友时，才会更新朋友圈吗？这次一个月了，时间倒是蛮长的。"

就在霄云露和李冉倍感失望之时，一直没说话的石头突然压低声音说："我这有你们想听的。"

"什么？快说！快说啊！"

"公司也可能受到了牵连，很有可能。"石头停了下来。

"哎呀，烦不烦人！你倒是说啊。"众人急不可耐。

石头把最后没有说出来的话，一个字一个字地吐出来："倒——闭！"

"啥玩意儿？别扯犊子啊。"李易因为激动冒出一句东北话。

"你们先聊吧，我还有点儿事情要处理。"李冉转身离开，霄云露紧随其后。

在李易看来，石头是那种天天嘴上抱怨公司各种问题的人，说过无数次要离职，而实际上，他没有一次做出实际行动。这种人，很难理解他内心如何，但是唯一能够感受的就是他对公司的种种不满。因此,能说出这种话来也不必过于惊讶。

尽管没有人愿意相信石头的话是真话,但是这个消息,仅仅是在午饭时间,很快就传遍了公司。当然包括罗素素在内。

对于石头这个人,罗素素早已有开除的想法,无奈是朋友介绍过来的,当初一时间又招不到合适的人代替他,有些事情,也就睁一只眼闭一只眼。这次她更不愿意和他去计较那些事情,否则消息不知道会演变成什么谣言。

所谓"好事不出门,坏事传千里",当天下午,已经有不少合作的供应商开始在微信上或者电话里直接询问回款事宜。起初罗素素还奇怪,没有到结款日,怎么就突然提前要回款了,详细询问之后,供应商们才说是听到公司要倒闭的消息,这才着急索要回款。

罗素素不用仔细想,也知道消息是从公司内部泄露出去的。至于是谁,无法确定。但是始作俑者,无疑是石头。罗素素在对待员工的态度上一向平和,唯独这种事情是她不能容忍的。

必须开除!这件事情让罗素素下定了开除石头的决心。而且必须要快。

芳菲作为财务兼行政,这件事情自然由她来出面。尽管颇费了一些口舌,但是只要按照《劳动法》规定支付补偿,就不会有任何阻碍。就在当晚,石头被开除。次日,公司内部员工已经再没有人议论此事。

在将事实原原本本讲述一遍之后,罗素素从公安机关与税务部门也知道了问题所在。

原来江东飞舞营销公司的注册地为虚拟地址,并且存在重大虚开发票嫌疑,涉案金额巨大。虽然开具的发票是真的,合同也是真的,但是双方并没有真实的业务往来。因此,这六百万的发票自然也是非法的。至于宋喜乐，并没有实际参与到江东飞舞营销有限公司的经营中，而是涉嫌在职期间利用职务之便输送利益，拿了一些回扣。金额不算大，已被公司开除，并列入黑名单，永不录用。

在了解事件原委之后，罗素素第一时间想到了张霆毅，出了这么大的事情，实在不知道该如何解释。毕竟这个棋子，是自己推荐过去的，结果出了大问题。虽然不会连累到张霆毅，想必多少也会产生不利的影响。

就在罗素素犹豫要不要给张霆毅打电话的时候，对方先打来了电话。张霆毅表示，他也是刚刚知道消息，并说此次事件并没有给他带来什么不利影响，反倒是安慰起了罗素素，询问要不要找人疏通一下。罗素素打心里感激，最终决定还是由自己来解决。在向公安机关和税务部门坦白交代一切的同时，罗素素安排芳菲着手处理补税和交罚款的事宜。事实上，张霆毅并不放心，还是联系了一位朋友，帮忙打了招呼。

这一次税务的问题，原本并不足以让罗素素的公司资金链彻底断裂，可是人算不如天算，合作的甲方欠款，至今只是回了一部分。北极熊方面，方晨把责任都推到了迟迟不审批的领导那里。如今，公司账面上没有任何多余现金，下个月工资已经无法支出。

罗素素不再顾及什么情面，让芳菲找律师准备起诉书。甲方们接到起诉书之后，总算是偿还了一部分，但未能全部追讨回来。

身心俱疲的罗素素，在辛辛苦苦要回大部分款项之后，及时发了工资与补偿，然后正式遣散员工。

受到事业与婚姻的双重打击，罗素素仿佛变了一个人。对什么都提不起兴趣，把自己关在家里。日常除了漫无目的地上网之外，并无其他事情想做。罗素素不知道自己想要干什么，没有心思再去工作。

解散团队之后的一段时间里，赵常发来几次问候，李冉也问过，其他人都没有再和罗素素打过招呼。所谓人走茶凉，罗素素倒是看得开，她知道上下级之间的关系始终是上下级，而无法成为真正的朋友。李冉和赵常与罗素素虽然也没聊几句，但是多少让罗素素感到些许慰藉，至少还有人惦记着她这个前老板。

罗素素了解到，赵常换了一家营销公司，个人公众号的文章受到越来越多人的关注。罗素素鼓励赵常坚持做下去，赵常最后发来了一个加油的表情，为短暂的交流画上了句号。

接下来，自己该做什么？

对于这个问题，罗素素不愿去想，也不知道该如何是好。

十六　初识肖风

微风拂面，水色湛蓝。在平静的湖面上，白天鹅和其他水禽在嬉戏。远处的阿尔卑斯山与白雪皑皑的勃朗峰峰顶，倒映在这片湛蓝的湖面上。

此山，此水，此刻，让人忘记了尘世间的喧嚣。仿佛上天不小心，将这一片净土留在了人世间。

从高空望去，可以看到一艘观光船和三五彩帆正游弋在这片镜面之上。长长的水纹，在湖中央荡漾开来，很快又消失，湖面重归于平静。

观光船里，只有一群亚洲面孔，不见其他肤色的人。有人一边听着秀色可餐的导游对于景点的细致介绍，有人与身边的人浅浅交谈，氛围与其他喧闹的观光船略显不同。

除了导游之外，还有一个女性工作人员在众人之间来回穿梭，时而开怀一笑，时而左右逢源，仿佛她才是整个观光船上的焦点。

她从船头走到船尾，坐在正独自凭栏倚望的罗素素身边："这样的湖光山色，真想一直住在这里。每天看一看，就感觉此生再无他求。"

"Jessie，谢谢你啊。我知道你的良苦用心，一路上这么辛苦还要照顾我。刚才盯着窗外，感觉几个月前的一切，仿佛都是一场梦。"罗素素轻倚栏杆，脸庞肌肤雪白。微风吹拂之下，几缕秀发在耳边摇曳。

有那么一瞬间，Jessie想说如果自己是个男人恐怕也会被眼前的这个女人所吸引。那种气质，就像影视剧里的女主角一样，总是能够让男人心生爱恋。也难怪，此次行程的大佬们，总是不自觉地将话题转移到罗素素身上。

不过，让Jessie想不通的是，身边拥有这样一个尤物，罗素素的前任金飞为何还会出轨，男人果真都是用下半身思考的动物吗？

"素素，咱们之间说这样的话就见外了。看到你能够逐渐走出低谷，我非常高兴。"Jessie双手握住罗素素的左手，低声浅语，"这次同行的老板们，你看上了哪位，我帮你介绍介绍，深入了解一下。"

"我说，这些老板们的行程安排都马虎不得，你还有时间在这和我贫嘴？你赶紧照顾他们去吧。"罗素素转过身来，将Jessie推开。

想到Jessie要服务好这些公司大客户的老板们，又要找间隙来照顾自己，罗素素似乎有些后悔参加这趟欧洲行。原来，Jessie公司为了答谢合作伙伴，便邀请合作公司的高管们来了一次为期一周的出国游。名为答谢，实际上也是为下一年的业务提前进行公关。

这样一个高规格待遇的答谢会，邀请对象的身份基本都是副总裁和总裁级别，除了Jessie团队之外，再没有其他人。就在出行前的一星期，一位原本已经答应出游的高管因为公司万分紧急的任务，不得不取消了这次出游。

Jessie和这位高管十分熟悉，就提出了一个不情之请，将罗素素的情况解释了一番，希望让自己的朋友以助理的身份前往。这位高管在听了罗素素的经历之后欣然同意。而Jessie又是公司老板面前的大红人，这个事情办起来也就不难了。

罗素素知道Jessie的苦心，希望自己借助这次出游扫去心中的阴霾，同时结识更多的人。多一个朋友就多一条路，更何况都是大公司的高管。

在这些高管之中，唯有张霆毅是熟人。在来的路上，罗素素已经听张霆毅和Jessie介绍过同行高管们的身份，横跨金融、互联网、汽车、媒体、影视等不同行业，个个在公司里位高权重，在行业里也具有一定的知名度。在张霆毅的引荐下，罗素素和众人打过招呼，由于一直在路上，与众人的交集并不多。

观光船很快上岸，矗立在湖畔的西庸城堡直映眼帘。湖光山色之间，这个被誉为欧洲最美的水上城堡，已经穿越千年屹立于此，让每一个人真切感受到欧洲中世纪的气息。众人在导游的介绍下，饶有兴趣地参观起来。对于罗素素来说，岩石城墙、宗教壁画、贵族生活家居、骑士铠甲等元素，都符合她对这座中世纪城堡想象的样子。

作为一个自认为很文艺的女青年，当罗素素轻轻抚触地牢里坚固的石柱，脑海中立即浮现出卢梭、雨果、大仲马等文人在此驻足时的情景。尤其是当她看到刻有拜伦名字的石柱时，内心更是激动不已。

就在罗素素沉浸在自己的世界时，一个声音打断了她的思绪："伟大文艺作品的最大魅力在于，无论时间怎样流逝，它们和他们的创造者永存。相比较之下，商业文明在历史的长河中那般黯淡无光。即使是伟大的商人和商业，能被后人所铭记的寥寥无几。"

罗素素转过身来，看到眼前的这个男人，停顿了几秒才想起来他的名字，为了掩饰自己的尴尬，她莞尔一笑。

这名男子继续说道："拜伦《西庸的囚徒》让这座城市和这座城堡闻名遐迩。可是，也有人说，这墙壁石柱上笔记的年代和拜伦生活的年代有所错位，所以也有可能不是拜伦的亲笔。"

这一点倒是让罗素素有些意外，此前并没有想过这个可能。

"不管是西庸的囚徒，还是每一个拥有自由的人，其实，我们都是时间的囚徒。"

"以前我自认为是个文青，现在和肖总比，就没那么文艺了。"

罗素素眼前的这个男子，就是近年来投资界涌现出的风云人物肖风，有着"IPO之王"的称号。他所投资的企业，虽然数量不多，但几乎全部在短短几年时间内全部顺利上市，投资回报率惊人。

有关肖风的一些情况，罗素素在此前已经听Jessie和张霆毅介绍过。此次旅途的路上，二人只是礼貌性地打过招呼。双方刚才的一番对话，虽然是第一次直接交流，可是没有隔阂感，让罗素素感觉二人似乎已经相识许久。

十七　他乡偶遇

　　午后参观城堡的游客逐渐多了起来，内部有些地方略显拥挤。于是，罗素素和肖风、张霆毅以及Jessie等几名工作人员一同走出城堡，坐在湖畔的一个休息之处。

　　肖风和张霆毅本来已是熟识，二人靠坐在一起，罗素素和Jessie则坐在对面。

　　见肖风和张霆毅交谈完工作内容和行业话题之后，Jessie见缝插针道："两位老板，这个时候，你们应该少谈一些工作，多欣赏欣赏眼前的景色，还有佳人。"说到佳人的时候，Jessie故意看向罗素素。

　　罗素素将目光从远处的阿尔卑斯山收回，拿起一瓶苏打水喝了两口，然后说道："肖总，正式认识一下，我是罗素素，叫我素素就好。之前做了一家公司，听Jessie还有张总提起过您，以后您多多指教。"

　　"不知道他俩在背后说过我什么坏话呢。"肖风拿出手机，主动加了罗素素的微信，"张总和Jessie之前早就提过你，咱们别见外，叫我老肖就行。什么肖总不肖总的，那都是对外的一个名头。"

罗素素原本还有一些拘谨，听肖风这样一说，立即轻松了不少。二人又围绕着拜伦的话题聊了一会儿，张霆毅和Jessie也聊得兴起。

刚才落座时，天空中还点缀着朵朵白云。没想到一会儿工夫，云层突然变得厚重，天色渐渐暗淡下来。然而，转瞬之间，风吹云散。一缕缕阳光又努力穿过那厚厚的云层，投射在湖面和众人的脸上。罗素素抬头向湖面眺望时，身后传来一些游客的笑声与喧哗声，渐渐由远及近。

"素素，还真是你，你怎么会在这里？"

这声音听着十分熟悉。罗素素心想，在这里怎么还会遇到熟人，可是又想不起来是谁。罗素素扭头回望，怎么也没有想到，眼前的这个人竟然是她。

"方晨，你怎么也在这里？真是太巧了。"罗素素站起来和方晨打招呼，瞥见和方晨同行的一行人中，居然还有一个熟悉的身影——宋喜乐赫然身在其中。

在宋喜乐身旁，还有一个戴着红色眼镜的中年男人以及四五位青年男女。

"哎哟，我也没有想到能够在这里遇见熟人。刚才走近时，我瞧着背影就像你，开始还以为认错人了呢。"在方晨停下来说话的时候，和她随行的人也停下脚步，"你这是一个人过来玩？"

"我和朋友一起过来的。介绍一下。这是我闺蜜Jessie。"

"Hi，幸会幸会。之前听素素提起过你。"Jessie站起来和方晨礼貌性地打了一声招呼。

"能在这里遇到熟人，而且不只是一个，这就是缘分了。"罗素素故意和方晨身后的宋喜乐挥了一下手。宋喜乐戴着墨镜，似乎没有任何的表情，只是轻轻挥了一下手。顺着罗素素打招呼的方向，方晨看了一眼身后，露出了惊讶的表情："你和喜乐她们怎么也认识？这个圈子太小了。"

"喜乐以前就是在我的团队里，当时也服务过北极熊公司。只是和你没有直接对接过。"罗素素心中闪过几缕疑问，不清楚方晨真不知还是有意为之，"你们这是团建出游？"

"这说来话长，我已经离开了北极熊，入职一家新公司。这是我的名片。"方晨将名片递给罗素素，"团队在等着我，我先过去了哈。回去咱们约饭。"

"没问题，改天咱们再约。你赶紧去吧。"等方晨离开，罗素素看了一眼名片上的信息。感觉有些眼熟，可是一时也想不起来。霎时间，罗素素又想到此前的合作经历，在心里对方晨产生了严重的反感与不信任感。看着这一群人的背影，罗素素心中产生了些许疑问。只是一时也无暇多想，便继续和Jessie、肖风等人交谈。

十八　古堡宴会

夜幕下的日内瓦湖畔，静谧的夜色笼罩着一切。即使是喧嚣的城市，在此时此刻也多了几分寂静。

诗人拜伦曾经把日内瓦湖比成晶莹的镜子，"有着沉思所需要的养料和空气"。寂静让人心平气和，也让人心旷神怡。坐落在湖畔的皇家五星酒店，室内却是一派热闹的景象。

宴会厅内，笑声阵阵。众人觥筹交错，推杯换盏。Jessie游走于座位之间，接连敬酒。宴会快要结束时，红酒已经喝下多瓶。Jessie烘托氛围的尺度，拿捏得恰到好处，让在座大佬的脸上绽放着红光。

在罗素素看来，Jessie不但天生丽质，身上还有一种与生俱来的气质。在职场上，没有她搞不定的女人，很多女同事都会和她成为朋友；更没有她搞不定的男人，无论是上司还是客户。Jessie就像一块磁铁，无论在什么场合，都很容易吸引别人的目光。更重要的是，Jessie知道如何拿捏好尺度，哪些可以做，哪些不可以做。

今晚的宴会上，罗素素真正见识了Jessie的商务交际能力，这一点让她自愧不如。在一群身价不菲的男人之间，Jessie既能和他们探讨商业模式层面的深度问题,也能偶尔说一些风趣之语,让每一位大佬乐在其中。

直到23:00点,宴会才结束。罗素素搀扶着因为醉酒走路跟跟跄跄,说话有些胡言乱语的Jessie回到客房。刚一关上门,Jessie便甩开罗素素的手,自己拧开一瓶矿泉水猛喝了几口之后,直接躺在床上笑了起来。

Jessie从醉酒的状态忽然变清醒,让罗素素感觉莫名其妙,转而立刻明白了。

"我还担心,你喝这么多,醉成这个样子,明天一早还怎么出海。"罗素素把包放在柜子上,"你这隐藏得够深的啊,我看你是千杯不醉。"

Jessie晃了晃头,用手按按两边的太阳穴:"讲真的,这次确实喝多了。不过还没有到不能走路的地步。"

"我看馨科技的李总,有几次一直在有意灌你。那个眼神,恨不得把你吃了。"

"他啊,就是一个老色鬼,他那点儿桃色新闻,圈里人都知道。他也就是公司最重要的大客户之一,要不然我才不那么舍命陪他。"说起李总的时候,Jessie显出无所谓的样子。

"除了李总,还有那个谁,那个谁。"罗素素努力在脑海中回想一个名字,"对了,想起来了,就是那个阡陌公司的黄总,有几次看着样子,想要借着酒劲和你行贴面礼呢。"

"嗨,他就是那个样子。外表看起来像个老流氓,实际上,日常和他打交道他人挺好的,帮了我不少忙,比他旁边那几个斯文流氓好多了。"

Jessie的一番话,勾起了罗素素的强烈好奇心:"你这话的信息量够大呀。一桌子身价不菲的人,都有料?"

就在罗素素打算听八卦时，Jessie突然发出了长长的"呜"的一声，赶忙用手捂住嘴，以最快的速度奔向卫生间。看着Jessie在卫生间里狼狈不堪的样子，罗素素打心底里心疼她。二人洗漱完毕，躺在床上的时候，正好是0：00。

"好多了吗？一早还要出海，你这身体能行吗？"

"问题不大。甭管白的还是啤的，我喝得再多，早上醒来就好了。"Jessie说话的声音，听起来带着几分疲惫，"我别的本事没有，只有这点儿本领。"

"那就好。早点儿睡，明天争取元气满满。"罗素素本想和Jessie多聊一会儿，可是又不忍心，想让她早点儿休息，毕竟后面还有两天的行程。

"确实有点儿困了。"Jessie打了一个哈欠，"素素，我最后再给你讲一个劲爆的八卦，可不能对任何人说。"Jessie一副故作神秘的样子。

"快说快说，还有什么？"

"就是坐在肖风旁边的老王，你还记得吧？"

"当然知道他了，公司那么大。听说王总可是他们公司里的知名人物，媒体记者都抢着要采访他。"

"这些公众人物啊，表面上都是光环加身，可实际上，男人的本性是一个样子的。总想逮着机会，对他的猎物下手。"Jessie下面的一番话，让罗素素颇感意外，"他给我发了消息，你看看。"

"他是要和你聊剧本吗？"罗素素打趣地说道。

"没准真是看我有演员的潜质。看我没回他，不死心，这不刚又给我发了一条消息。"Jessie把手机递给罗素素看了一眼，露骨的内容让罗素素大开眼界，"你说他们这些有钱人，是不是真的以为自己魅力特大？"

　　Jessie翻了一个身，面向罗素素一侧："他们都是老司机，有时即使他们不会主动，身边也会有美女主动贴上去。都是你情我愿的事儿。"Jessie又将身子翻了回来，眼睛盯着天花板，"这两天我和他经常开玩笑，他还真以为我对他有意思。"

　　"你说，他要是真对你有意思呢？"

　　"他都是有家室的人了。即使他是单身，也未必是我的菜。"

　　二人又闲聊了几分钟之后，很快便双双入睡。这一夜，罗素素感觉自己一直在做梦：在天空中飞翔，却怎么也飞不高；在陆地上奔跑，却怎么也跑不快；在海上的时候，不会游泳的她似乎可以游泳了，憋着一口气在海浪中穿梭。波光粼粼的海面上，一块三角形状的物体，由小及大向她靠近。罗素素努力回忆在电影里看过很多次这个画面，却怎么也想不起来。当三角物体露出整齐的锯齿般牙齿时，罗素素忽然知道了这个怪物是什么——大白鲨！无论她怎样挣扎，大白鲨仍然围在她身边，就在她准备放弃时，血盆大口突然张开，朝她咬下来。

　　啊！罗素素忽然惊醒，她摸了摸自己的手和脸，还都完好无损，可是被大白鲨撕咬的那种痛感仿佛尚存，好像刚刚真实发生过一样。

　　罗素素打开手机看了一眼，凌晨4:30。旁边的Jessie还在熟睡。

　　随意刷了一会儿朋友圈，罗素素看到赵常昨晚分享了一篇他自己写的文章，阅读量已经达到了10万+。这篇文章她在朋友圈里看到有不少朋友在转发，但没有打开看过。在罗素素的记忆中，这已经是赵常的第三篇爆款文章了。现在赵常已逐渐成为一个颇具名气的自媒体人，据说他工作之外的收入已经是十分可观。

罗素素打心里为赵常高兴，在赵常还是个新人时，她就注意到赵常十分勤奋，也善于研究工作上的事情，尤其是公司濒临倒闭时，赵常没有同其他人一样立刻换工作，而是提出希望继续留在公司，可以与公司共进退。这一点，让罗素素印象十分深刻。

罗素素快速浏览了一下文章，发现赵常文章的角度新颖，能够从大多数人想不到的角度，将一个现象说得比较透彻。"很棒，加油！"罗素素在原文底下留言后，又打赏了66.66元的红包。

罗素素再次看看时间，虽然尚早，但仍没有任何睡意。为了保证精力充沛，她决定继续闭目养神。

十九　出海惊魂

罗素素再次睁开眼睛时，发现自己竟然躺在医院里。眼前的一切，让罗素素感觉自己仍然在做梦。她掐了一下自己的手臂，痛感确实是有的。

在罗素素的记忆中，自己的确是掉到海里了，被救起来之后便陷入昏迷。至于后面如何被送到医院，昏迷了多长时间，她就一概不知道了。

Jessie看到她醒来，终于松了一口气："你总算醒了，已经睡了十小时了。"

听到熟悉的声音，看到熟悉的面孔，罗素素内心也安稳了下来："肖总他人没事吧？也在医院吗？"

Jessie把水果递过来："放心吧，肖总没事，刚才还给我发消息，问你的情况如何。"看到罗素素的状态还不错，Jessie把后来发生的情况简要说了一遍。

原来当日众人乘坐一艘小型游艇出海，在肖风和张霆毅的张罗下开始海钓比赛。在规定时间内，谁钓的海鱼重量最大，谁将获得华山俱乐部的免费入会资格。这个重量级奖品惹得众人跃跃欲试。

要知道,华山俱乐部是由国内企业家组成的一个俱乐部,入会费一百万元。虽然入会费门槛不高,但是要想加入这个俱乐部并非易事,需要至少两名会员联名推荐,然后每年还要缴纳上百万元的入门费用。

这个俱乐部之所以拥有巨大的吸引力,在于强大的资本效应,如果俱乐部会员的公司需要融资或贷款,在经过俱乐部委员会评估审核通过之后,可以优先获得利率极低的所需资金。庞大的人脉关系网,也是众人趋之若鹜的原因。因为有很多问题并不是有钱就能够解决,强大的人脉网络为会员们提供了解决各种问题的有效途径。

虽然肖风和张霆毅已经是俱乐部的会员,但是二人想要进阶为星级会员,获得这个圈子的顶级资源,还需要引入新的会员加入,二人平时又是海钓爱好者,索性推出了这么个娱乐节目和奖励噱头。

罗素素本来想旁观助威,毕竟这个游戏筹码对于她来说确实太高了,自然也就没有太大吸引力。

她更是明白,这个圈子,往往以财富的多少来决定能否获得更多的人脉和资源。如果实力不对等,你就无法和他们在一个圈子。

不过,肖风和张霆毅倒是积极拉她入局,并表示如果真的赢了,费用由他们出,这让罗素素不好意思再拒绝。罗素素没有海钓的经验,但是之前也和朋友钓过鱼,跟着旁人简单学了一番之后,便加入这场比赛中。

罗素素本来也没有指望能夺冠,心想能钓上来一条就不错了。开始没多久,馨科技的李总,钓上来第一条,五斤左右。随后,王总也钓上来一条,二十多斤。在短短半时之内,其他人也斩获颇丰，最重的一条将近五十斤。

众人越来越兴奋，然而在此后的二十分钟时间里，众人钓上来的都是些小鱼小虾。距离比赛结束还有不到十分钟，一无所获的罗素素盯着海面发呆。就在罗素素呆望着海面的时候，鱼竿突然动了一下，罗素素下意识握紧鱼竿。随后，鱼竿又恢复纹丝不动的状态。

罗素素暗笑了几声，心里猜测是鱼儿不小心碰到了鱼钩而已，就又松懈下来。孰料，就在刹那间，一股强大的拖拽力量传导至罗素素手上，鱼线紧紧绷直。这时，有人在一旁大喊："快收线！快收线！"由于海面下方拖拽的力度过大，罗素素双手紧紧握住鱼竿。

眼见鱼竿变得更加弯曲，拖拽力度越来越强，罗素素意识到不妙，想要右手松开放线缓冲力量。然而，海面下方突然再次传导来一股强大的拖拽力，罗素素难以支撑只好松开双手，否则自身都有可能被拖进海里。

结果，被海风吹起的衣襟挂在了鱼竿的绕线轮上，罗素素瞬间失去平衡被拖入海中。船上众人本来在一旁看得兴致盎然，猜测罗素素可能是钓到了一条大鱼。谁也没想到会发生这样的意外，甚至来不及上前帮忙。

Jessie赶紧呼叫船上的工作人员，还未等工作人员施救，只见一人纵身跳下，朝着罗素素游去。万幸的是，罗素素穿着救生衣，只是受到惊吓喝了几口海水，在救人者和紧随跳入海中的工作人员的帮助下，安全返回到游艇上。

"肖总这简直是英雄救美啊！"众人见到罗素素平安无事，不知是谁喊了一句。原来肖风的水性极好，他距离罗素素又最近，果断地在第一时间跳了下去。罗素素心里感激涕零。

可能由于受到惊吓和着凉,没过多久,罗素素开始发高烧,随后整个人陷入昏迷。众人商议后,把罗素素送到最近的一家私立医院。

"素素,你知道吗,这场比赛,最后是你赢了!"Jessie用手比画着,声音略有几分夸张,"那条拖你进到海里的鱼,足足有上百斤。"

这个重量让罗素素难以置信,她心中还有个疑问:"鱼没有跑了吗?"

"说来也巧了,鱼竿掉下去的时候,正好绕线轮卡在了游艇低处的桅杆上。要不然,连你可能都被拖到大海深处去了。"Jessie感叹道。

当时众人把罗素素安置好之后,重新回到了游艇上。工作人员收拾鱼竿的时候,发现了卡在游艇上的鱼竿。在众人的协助下,这条大鱼被拖了上来,一称重上百斤。

"哎呀,我这一出事,麻烦你和肖总他们了,他们后面的行程怎么处理了?是不是耽误他们了?"罗素素十分过意不去,向Jessie表达歉意,她也想知道其他人如何安排。Jessie连忙让罗素素不要多想,后面本来也是要返程了,最后一站的购物,都由其他同事安排妥当。

罗素素还是不放心,继续追问:"那你怎么和公司汇报?会不会影响你自己?"

Jessie一听笑了出来:"我说素素,你就放心吧。公司那边什么事也没有,住院费用直接由肖总出了。那些人啊,关心你、惦记你还来不及呢,他们能有牢骚?"

"你少贫嘴,你那儿没事就好。"罗素素听罢安心了许多。住院的第二天,罗素素就已完全恢复。办理完出院手续之后,二人直奔机场，在机场免税店各自买了一些化妆品以及其他物品。

上飞机的时候，罗素素发了一条坠海的朋友圈（把父母屏蔽掉，免得他们担心），很快收到了一些朋友的问候。就在飞机起飞前，罗素素收到了一条来自赵常的问候信息，回复他"平安无事"后准备关闭手机。结果，赵常又发来一条消息，想要等罗素素回国之后，见面商量个事情。罗素素来不及询问具体何事，只是匆忙回复了一个"好"字，便关掉了手机。

二十　两份邀请

回国之后，Jessie打算再陪罗素素两天，罗素素心想着自己已经无恙就没同意。可是，Jessie执意要留下来。

次日晚上，罗素素亲自下厨，还拿出一瓶从酒庄带回来的红酒。Jessie早早回来，一进门就看到了一桌丰盛的晚餐。

"我先尝尝罗大厨的手艺怎么样。这道蓝莓山药，要想做好不容易。"Jessie品尝了一口，直接竖起大拇指，"这手艺又精进了。"

罗素素十分得意："那还用说，这是我的拿手菜。"

Jessie想起来还没有把罗素素的杰作拍照发朋友圈，赶紧拿起手机拍了好多张，又用了好长一会儿时间选出三张才发布到朋友圈，顺便又看了一下其他人的朋友圈动态。

"素素，你看看这篇文章，今天刷屏了。"Jessie将文章转给了罗素素，"我发现这个作者，最近好像写了至少两篇爆款文章了，貌似很火的样子。"

"他呀，我知道的，最近确实火了。"罗素素看了一眼文章，并没有表现出很惊讶的样子。

"我看网上说，作者工作没两年呢，现在的新人怎么都这么厉害。"

"作者叫赵常，还没毕业就在我之前的公司实习，很优秀的一个青年。"罗素素忽然想起来什么事情，"今天上午，他还给我发信息，说这两天等我有空见面聊些事情，具体干什么没说。"

"啊，原来是你手下的兵啊。这个圈子，真是太小了。"Jessie不自觉地提高了几分音量，又和罗素素碰了一杯，"我也算是认识一位大V[①]了。"

"来，敬大V。"二人举起酒杯，一饮而尽。

次日中午，在东三环紧邻地铁口的一家咖啡店里，罗素素见到了赵常。和在公司时相比，赵常看起来并没有太大变化，依然略显青涩。然而，罗素素还是觉察到了一丝不同，曾经的职场新人，蜕变成一个颇有名气的自媒体大V，不经意间透出更多的自信。

二人分别点了杯美式和蜂蜜柚子茶，赵常简单寒暄几句之后便问："素姐，不知道您那边现在有什么打算？是继续创业，还是去其他公司？"

对于这个问题，罗素素一时不知道该怎么回答，因为她还真没有认真想过这个问题。如果是继续创业，她感觉自己的成长和能力已经触碰到了天花板，结识的人脉资源也开始固化。更重要的是，创业这几年给罗素素留下的最大感受，就是一个

[①] ［大V］原指在微博上获得个人认证、拥有大量粉丝的用户。此类用户昵称后会有一个英文字母"V"，后来随着众多新兴自媒体平台的出现，活跃在各自媒体平台上，拥有大量粉丝的用户都被称或自称为大V。

字,累。

这个累,不仅仅是身体上,还有心理上。小到公司鸡毛蒜皮的事情,大到财务问题和业务问题,事无巨细都要操心。在公司规模一度扩张到二十多人的时期,罗素素也雄心勃勃,筹划着新业务的开拓,甚至考虑招募合伙人建立分公司。

那一年,公司的业务营收达到了历史最高,可是净利润还不如上一年的多。年终财务盘点发现,一方面是人力成本吃掉了大部分利润,而当时业务快速增长,不得不提高薪资招聘;另一方面,由于业务竞争变得激烈,报价体系也越来越透明,利润日渐稀薄,原来只靠渠道获得丰厚利润的日子已经一去不复返。

这些,都是交了上百万学费之后才明白的。

但罗素素创业这几年里习惯了自由状态,担心自己去别的公司后被束缚无法适应。同时,她内心又有一丝丝不甘,总是认为自己还可以再搏一次,能够比以前做得更好。

"说实话,我现在也没有想好自己下一步怎么走。"罗素素不是没有留意过工作机会,只是认为都不太合适,"你那边现在怎么样?我听李冉说你自己创业了。"

对于罗素素的回答,赵常并不意外。从公司解散至今,他一直关注着罗素素的动态,通过朋友圈以及原来的同事了解到,罗素素基本上处于休息状态。罗素素出海发生意外,他也是通过朋友圈才知道的。只是他不知道,罗素素在发这条朋友圈时,仅仅让一部分人可见,而他没有被排除在外。

"素姐,我这边您可能也知道一些,写了几篇比较火的文章,有一些品牌陆续主动找过来谈合作,主要是品牌营销方面的合作,客户还算比较认可。我自己做了一家公司,公关传播与品牌咨询的业务都有。"看到罗素素给予认可的表情,赵常继续说,"业务方面我不担心,可是我对管理一窍不通。"

听到赵常这么说,罗素素倒是笑了笑:"在我面前,你就不用谦虚了。"在罗素素的心里,也已经猜出这次赵常找她的目的。面对罗素素时,赵常总是会有些许腼腆,即使他如今和之前有很大的不同,却仍然会保持谦虚:"素姐,让你笑话了,我这都是您带出来的。我那几把刷子,您比谁都了解我。"

二人又聊了一会儿周围人的情况,赵常始终摸不准罗素素下一步如何打算,看着时间也已经不早,便直接向罗素素发出邀请:"素姐,我这边虽然刚刚起步,但总体来说业务还好,现在很需要您这样一个经验丰富的合伙人,原来的资源也都能用上。"

在发出这个邀请之后,赵常内心是多么希望罗素素能够接受。不仅仅是出于公司业务的需要,也有他的一点私心。在赵常心里,眼前这个女人,说是他心中一直倾慕的女神并不为过。

对于赵常递过来的橄榄枝,罗素素没有觉得太意外。罗素素又问了问薪资和股权比例,心里略微犹豫了一下,不是因为给得少,而是给得多。罗素素认为这个薪资可能会对整体人力成本带来一定压力,不利于团队扩张。

"确实是没有想好下一步要怎么做,给我几天时间,让我认真想一下这个事情。"赵常听到罗素素虽然没有答应但也没有拒绝的回答,心里还存有一丝希望。

和赵常告别之后,罗素素驾车刚驶入三环路,一条消息突然跳出手机屏幕。她瞄了一眼,是肖风发来的。看到前方车辆不多,罗素素单手打开微信瞄了一眼:"罗总,下午可有空?想找你聊些事情，可能需要你帮忙，看看是否方便。"罗素素心想，肖风这样的大佬怎么会需要她来帮忙，不知道他葫芦里卖的是什么药。

问清楚地点之后，罗素素直接驶向二环的金融街。在金融街标志性建筑双子座的25层，罗素素经前台引领，穿过一个长长的过道。她环视了一圈，这近乎一整栋楼的办公区域即使在其他位置，年租金也是颇为庞大，更何况是在这寸土寸金的金融街。

在过道尽头的一间办公室里，罗素素见到了肖风。和室外的装修相比，肖风的这间办公室倒是较为简朴，除了一个书架之外，再无他物。肖风见罗素素进来，赶紧起身道歉："本应该去找罗总，直接让你跑来了，抱歉抱歉。"

罗素素还是一团疑惑，不知道肖风突然约她来做什么："收到您的消息的时候，我刚和一位朋友聊完准备回家，距离这儿也不远，过来正好顺路。"罗素素接过肖风递过来的一杯水，"回来之后，还没有来得及好好感谢肖总的海上救命之恩呢。"

"我只是比别人快了一步，没有我，其他人也会英雄救美。"肖风笑了笑，继续说道，"之前记得罗总一直处于休息状态，这次让罗总来，是想问问下一步有什么打算。"

罗素素心想，今天怎么就凑巧了，两个人都是找她聊新工作的事："肖总，不瞒您说，我还没有想好是继续创业，还是找个新公司。"

肖风快人快语，直截了当地邀请罗素素进入一家名为"鲲鹏"的科技公司。对于这家公司，罗素素有所耳闻，虽然是一家创业公司，但已经是行业TOP级别，在公关方面，貌似一直做得不错，总是有一些大型发布会，舍得砸钱做市场，因此在公关圈内也颇有名气。

既然已经有了成熟的公关团队，自己去能做什么？

也许是猜测到了罗素素心中的疑问，肖风解释称公关团队虽然做出了一些成绩，但仍然缺少经验更为丰富的人来掌舵。一番交谈下来，罗素素发现，肖风不但是一个典型的金融精英，还极具共情能力和煽动力。在他对公司业务进行分析、对未来发展进行规划之后，罗素素感觉自己已经在无形中被"洗脑"，尽管心中还是有几许疑问。

在薪资方面，鲲鹏仅仅只是比赵常给出的标准高出了一点，如果再算上期权奖励，也还算是有些吸引力。至于为何由他来推荐人选，肖风只是称作为投资人看着着急，罗素素也便不再多问。

二十一　小试牛刀

在此后的一个星期，罗素素和鲲鹏HR（人力资源负责人）、SVP（市场部门高级副总裁），以及CEO（首席执行官）分别面试。出乎意料的是，面试过程非常顺利。肖风和她提过，这位市场SVP叫琳达，因为公关部门隶属于市场部，而琳达的职位又是高级副总裁，所以，很有可能是直接向琳达汇报。罗素素在和CEO、琳达的交谈过程中，也证实了这一点。

在这三轮面试中，罗素素和琳达聊的时间最久。除了工作，甚至还聊了家庭、孩子、圈内八卦等不同的话题，罗素素知道对方并非无的放矢，对方通过这些基本上就能掌握她的个人画像。当然，罗素素也知道了对方传递给她的信息——年纪轻轻就已是公司里最年轻的高级副总裁。

和CEO姜维的面试，罗素素感觉更像是走过场，姜维只是介绍了一下公关部目前的基本情况以及面临的问题。罗素素又知道了一些信息，原来公关部此前已经有两任公关负责人，但是在职都不到一年就陆续离职，现在是由琳达分管。

在姜维的轻描淡写中，罗素素意识到这份工作可能并没有想象中容易。为何前两位负责人在职时间那么短，与琳达是否能够合得来？公关部到底承担怎样一个角色？这些不便于直接说明的问题，在罗素素心中画上了问号。

在等待录用通知的过程中，罗素素内心有一丝丝悔意，感觉这一切都来得太快。她还没有提前深入了解一下这家公司，就这样快速完成了面试。至于赵常那里，她还没想好怎么回复。

聘任书很快发过来。罗素素的身份从创业者，再次转变为职业经理人。

这几年，罗素素赶上了创业浪潮，赚了一些钱，但谈不上财务自由。

当初走上创业的路纯属偶然，只是因为工作原因积累了一点资源，互联网还有红利期，便抱着试试的态度，走上了创业的道路。

随后行业竞争愈来愈激烈，后续经营变得举步维艰。中间孵化过几个新的项目，也以失败告终。屋漏偏逢连阴雨，税务上出现问题，成了压垮公司的最后一根稻草。

此外，罗素素并不是那种善于社交和钻营的人。对于事业的成功，没有那么渴望，不会为了目的而不择手段。

罗素素认为，这段创业历程现在该告一个段落了。其实，也算是承认了自己创业失败的事实。

对于赵常的邀请，罗素素想过去的可能，只是又让她去做以前的事情，那种感觉不免有些拧巴。罗素素看着赵常一步步走过来，打心底里为他高兴。不过面对以前的员工，再与他重新共事，这种落差感多少还是有的。

她入职新公司，第一个知道的人，罗素素没有想到竟然是赵常。

罗素素好奇地问了一下赵常，究竟是如何这么快打听到消息的。赵常如实讲述。原来他和鲲鹏公关部有往来,对方找过他约稿。最近几天闲聊时,对方媒介说起有新领导要来的消息已经在内部传开,说其背景来头还不小,赵常追问叫什么名字,对方说叫罗素素。

"素姐,他们内部都在传你很有背景。"

"你看,这就是公关部的厉害之处,什么都能给你编出来。"罗素素自嘲道,"黑的给你说成白的,白的给你说成红的,红的给你说成紫的。"

关于鲲鹏科技公关部内部的情况,赵常略有耳闻,简而言之,"稍微有些复杂"。罗素素没有详细询问,但是也能猜测出来几分。有人的地方就有江湖,有办公室的地方,就有内部斗争,看开了这个问题,罗素素也就没有把这句话放在心上。

在此次入职前,罗素素拜访了初入职场时认识的几位老同事,如今他们都已身处总监或副总裁级别。联络感情是拜访行动的一方面,更重要的是,希望向他们了解一些圈内的事情,同时也有意请教一下大公司的职场之道,毕竟甲方和乙方的环境还是有所不同。

随后,罗素素又马不停蹄联络了一些原先熟识的自媒体以及传统媒体的记者、总编。众人在得知罗素素入职这样一家知名公司之后,纷纷积极赴约。

在和众人的交谈中,罗素素又听到了很多以前没有听说过的小道消息。

媒体圈,尤其是自媒体圈里,攀比和嫉妒现象非常严重。谁今天拿了某品牌的约稿,有的人就立马会去质问甲方的媒介,为什么没有找他约稿。有的甚至还会直接去找甲方媒介的领导,以让甲方为难的方式,重新获得约稿的合作。尽管这种方式受到圈内人的吐槽，但是实打实拿到了真金白银的投放。

还有一些耳熟能详的知名公司高管的八卦绯闻，哪个高管喜欢吃窝边草，哪个喜欢买豪车，哪个有魅力，媒体老师们如数家珍。这些看似没什么用的交谈信息，在罗素素看来，还是非常有用的。对所在圈子的了解多一些，对于工作也会多几分帮助。在和一位门户网站的科技记者聊天时，自然少不了鲲鹏以及竞争公司鸿鹄的话题。

"鸿鹄科技的公关负责人也是一位女领导，叫方晨，据说还比较强势。以后罗总可能要有对手了。"这位媒体老师漫不经心地说道。

说者无心，听者有意。当罗素素听到"方晨"二字时，不自觉地反问了一声："谁？"罗素素其实听到了，只是想确认一下。然后，又自问自答："原来是方晨。"她想起了之前二人在西庸城堡时的相遇。当时，方晨递给罗素素一张名片。罗素素瞧了一眼公司名字，有些熟悉，当时却怎么也想不起来是哪家公司。

罗素素感叹，圈子真是小，二人竟然又以这样的方式产生了某种交集。至于那张名片，罗素素不知道随手丢在了哪里。然后拿出手机，翻了翻方晨的朋友圈，最近的一条果然是关于鸿鹄科技的内容。

罗素素在这条朋友圈下面点了个赞，本想留言说一句话，却又发现没有什么可说的。

在西京的七星路上，矗立着两栋极具标志性的大楼，远眺如鲲鹏展翅，睥睨着周围的建筑物。

在七星路附近工作的上班族们，每当路过此建筑时，总是免不了投来羡慕的目光。不仅仅是建筑物造型惊艳，鲲鹏公司福利之好、平台之大、环境之好，让很多求职者垂涎。

然而，七星路让人又爱又恨。爱的是，这里汇聚了包括鲲鹏等一大批互联网公司。恨的是，这里交通拥挤程度让人发指，多年来得不到改善。

尽管罗素素周一早早出发，在去鲲鹏的路上，还是遭遇了堵车。所幸出门比较早，最终及时赶到公司。

在办理完入职手续之后，琳达亲自迎接罗素素，她一身职业装，透着干练。还未等罗素素张口，琳达带着招牌式的笑容先打了招呼："路上怎么样？见识到七星路的堵车盛况了吧。"罗素素连忙赔笑道："不愧是传说中的七星路，这次是体验到了它的恐怖。"

二人几乎踩着准点进入到会议室，包括CEO姜维在内的各大高管已经全部到场。

"各位，按照以往惯例，有新成员加入时，会议开始前优先介绍一下新成员。"CEO姜维将目光投向罗素素和琳达，"坐在琳达总旁边的这位美女，是新任的公关副总裁罗素素。早前在互联网公司工作后来创业，有着丰富的公关经验和媒体关系，是一位非常优秀的女性创业者。目前，鲲鹏的业务快速发展，市场部在品牌和市场建设上，已经做出了很多成绩，但由于各种原因，公关部的表现始终不尽如人意。希望罗总的到来，能够给公司的公关业务带来改变。"

姜维的一番话，让刚刚履新的罗素素顿感压力。不过，罗素素也算是久经沙场，早年间也见惯了这种情形，便露出她那迷人的微笑，说："姜总刚才过奖了，在各位领导面前，我是新人一枚。以后还要琳达总以及大家多多指教。公关部的工作，我会尽快熟悉起来。后面也会加强与各个部门的配合，还希望大家多多支持。"

在罗素素自我介绍完之后,姜维进入正题,围绕各个部门的业务同各高管交流起来。罗素素在一旁听着,并认真记下她认为重要的事情。罗素素发现,会议效率十分高,从产品、技术到市场等各部门负责人的汇报简明扼要。唯一让她意外的是,因为产品推广方向的问题,现场发生激烈的争论,这让平淡的早会多了几分火药味。

见罗素素脸上浮现出来的几分诧异,琳达低声说:"公司的企业文化就是这样,有什么问题,一定要公开讨论,现场提出解决方案。不会一直拖而不决。习惯就好了。"罗素素轻点头作为回应。

在罗素素入职的下午,网上突然爆出了鲲鹏公司两篇负面文章,一篇由重量级媒体的官方微信公众号推送,另一篇则由一家没有太大影响力的自媒体发出。

两篇文章中涉及的内容都是关于用户权益的问题,虽然这个问题早已有之,姜维认为还是有必要处理一下,便将文章转到了公关部工作交流沟通群里。当时,罗素素已经回到市场中心,在琳达办公室里熟悉各部门的实际情况,还没有被拉到工作群里。

按照处理流程,这件事情直接由负责媒介的李丰梅来处理。被该重量级媒体点名,李丰梅第一次遇到。由于平时没有与该媒体建立联系,一时找不到相关人员,只好先联系自媒体。

自媒体都很好联系,在他们的公众号里都会留有个人的联系方式,方便企业有合作需求时快速找到他们。当李丰梅申请添加好友时,对方迅速通过。

"戴老师,您好!我是鲲鹏科技的媒介李丰梅。"

"您好。"电话里传来一个浑厚的中年男音。对方惜字如金,说完"您好"二字之后,便保持沉默,似乎在等待李丰梅继续说下去。

"戴老师,是这样的,看到了您写的文章,文笔非常出色。不过,不知道是不是中间有什么误会,文章里关于鲲鹏科技的内容,我不是太认可您的一些观点。"李丰梅顿了几秒钟,想要等待对方的回复,结果对方在电话另一端仍然保持着沉默。

"戴老师,您是在西京还是在上江?如果方便的话,我们找个时间约一下,想当面向您请教请教。"

"好啊,我在上江。"这位戴老师刚才还一副冷若冰霜的样子,瞬间画风突变,语气轻松了很多。

"我在西京,那将来找个机会去拜访您。是这样,戴老师,这个稿子,我看一些媒体都转发了,给我们带来的负面影响也挺大。您看能不能帮忙处理一下?如果能够帮忙处理的话,非常感谢。"

"是这样,您不认可文章中的观点没问题,但列举的都是事实,很多用户也都遭遇了诈骗的问题,而且背后都共同指向一个诈骗团伙,这是一个非常严重的问题,你们一直没有有效解决。"戴老师义正词严地做出回击。

李丰梅知道这些问题的存在,要想解决,不仅仅是公司,还需要与公安部门合作,并非易事。李丰梅心中无奈,却还得继续沟通,希望对方删除稿子:"戴老师,您说的问题确实存在,公司其实也一直在努力解决。相信这仍然是个别现象,违背了我们的初心。另外,您看您的文章,还在扩散,我不知道是不是有什么力量,或者我们的竞争对手在背后推动,我想咱们……"

李丰梅在还没有说完下句的时候,便打开了手机录音功能,准备录下后面的对话。

电话另一端则传来一阵厉声惧色的声音：“抱歉，我要打断你一下，请收回你刚才说的话。收回你的话，我就当没听到，也当你没这么说过。"戴老师显然经验老到，知道对方的话里设下了陷阱，他可不会轻易上当。

"反正希望你们能把问题解决了吧，维护好用户的利益，不要再让更多人上当受骗了。同时，如果你们不认可，也欢迎你们提供另外一种声音，我这里随时欢迎你们的稿子。"戴老师的意思已经非常明确：要想我张口索要删稿费，这是万万不可能的。如果你们愿意投放新的软文广告，可以合作，一切都好商量。

"好的好的，戴老师，希望您不要被误导，等有机会，我去上江拜访您。"李丰梅结束电话之后，按下录音暂停键。

她也知道，投放新的软文，对方就能主动撤稿，可是需要预算啊。最近公司高层对公关部颇有微词，既然花钱就能删负面新闻，公关部存在的意义是什么？李丰梅没有办法，只好希望通过沟通的方式让对方主动删稿。

不过，李丰梅自己似乎没有意识到问题出在哪里。对方不愿意主动删稿，在她看来，就是一心想索要删稿费。李丰梅不知诱导对方留下证据这种做法必然会激怒经验丰富的自媒体人，这是媒介沟通中的大忌。

与戴老师沟通完之后，李丰梅松了一口气，忍不住对坐在一旁的同事吐槽道：“现在这些个自媒体，一个个除了写负面报道，还会写什么？明明就是想要广告费，非装得正义凛然的样子，说什么都是为了用户的利益，把自己搞得那么崇高。"

"怎么了？又遇到一个难搞的没有删掉稿子？"紧挨着李丰梅的是李圆圆，他侧过身来，“公司又出负面了？"

李丰梅白了他一眼：“什么叫又出负面，好像总有负面似的。让我不花钱解决问题，哪有那么容易。这些自媒体一个个饿狼似的，谁和你谈感情。不谈钱，才伤感情呢。"

"听说咱们部门新来的领导今天已经到岗了。看看她的能力如何，丰梅，你那还有什么负面，让她去解决。"负责新媒体运营的梁宝低声加入这场聊天之中。梁宝算是"前朝遗老"，在前领导相继离开之后，她始终留在公关部做新媒体运营。

"你还别说，有一个负面要处理。而且是个大负面，重量级媒体搞的。最头疼的是，这个频道的媒体老师，以前根本没有建立联系。"李丰梅看了一眼梁宝旁边的钱振兴，故意提高声音喊了一声，"振兴，你那边人脉广，有没有认识这家媒体的朋友？"

钱振兴正在快速地敲打着键盘，紧急处理一份要向某网信部门汇报的报告，表面上波澜不惊，内心里已憋了一肚子火，听到李丰梅的呼喊，他没好气地回复了两个字"没有"之后，继续快速敲打着键盘。

在钱振兴这里碰壁之后，李丰梅无奈，只好再联系一些其他的媒体老师。可是咨询了一圈，仍然没有结果。

距离CEO姜维在群里通知要处理负面消息已经过去三小时了，李丰梅仍然没有任何实质性进展。姜维再次追问，让她压力倍增："希望公关部的同事，能够尽快处理。不要像以前那样办事拖沓！请提高效率。"

李丰梅如坐针毡。她想琳达在群里也应该看到了信息，但未做任何回复，私信也没有回。她束手无策，只好在该家媒体的官方微信公众号后台反复留言说明自己的意思。这些留言仿佛石沉大海，根本无人理睬。

就在李丰梅一筹莫展时，琳达与罗素素从办公室一同走出来。李丰梅仿佛见到了救星，两只眼睛闪烁着期盼的目光。她刚要站起来和琳达说明情况,只见琳达走到工位之间拍了拍手:"各位同事,大家先放一下手上的工作,临时开个会。"

罗素素看了一眼两旁的工位,心里意识到这些应该就是公关部的人了。

众人走入会议室,琳达开门见山:"各位公关部的同事,正式介绍一下新任公关副总裁罗素素,罗总。罗总在公关领域多年,经验十分丰富,相信罗总能够带领公关部取得更好的成绩。在后面的工作中,公关部的工作不用向我直接汇报,直接汇报给罗总。"就在琳达讲话的过程中,围坐在会议室中的众人,表面上似乎没有什么表情,而心里却各有想法。

"我这边还有事情要处理,我先撤了。剩下的时间,留给罗总和大家。"琳达一向速战速决,说完和罗素素相视一笑,转身刚要离去,看到李丰梅忽然站起来欲言又止,便问,"丰梅,有什么事情?"

"琳达姐,就是姜总在群里交待处理的负面稿问题,一个需要申请费用解决,另一个媒体,一直联系不上。"李丰梅讲话时,有些吞吞吐吐。

"罗总现在是公关部的直接负责人,你向罗总说明情况。"琳达留下这句话之后,便离开会议室。

听完李丰梅的简短说明,罗素素皱了皱眉头。第一天上任,就遇到了公司的负面新闻,而且是大负面。公关部处理不力的话,她这个新任领导恐怕颜面无存。往深处说,能不能处理好,直接关系着公司领导层对于她的认可度。一旦初始印象不佳,后面工作要想顺利开展可就不容易了。

罗素素打开李丰梅转过来的文章链接,一看原来是该媒体的财经频道,悬着的心旋即放下。罗素素把众人留在会议室内,去到隔壁一间无人会议室打电话:"主任,我是素素。打扰您啦,今天刚刚履新,还没有来得及向您报到。现在遇到麻烦,只有您能解决了。"

罗素素客气的语调中故意带着几分娇媚,然后把情况如实叙述了一遍。对方"嗯,嗯"了几声之后,一阵笑声从电话中传出。

"主任,这个忙,您一定得帮我啊。等我这边安顿完毕,一定登门拜谢。"

"罗总的要求,我怎敢不答应。我等着,看你怎么谢我。"

"只要给处理了,您说,怎么谢都行。以身相许都可以。"说完这句话,罗素素暗自苦笑。

"罗总也变坏了呀。有些话可不能乱说,传出去破坏我们媒体工作者的形象。放心吧,我去协调。你把与实际不符的情况,写一个说明发给我,然后,出具一个公函加盖公章。"

"好嘞,那主任您先忙。回头咱们约。"

罗素素回到会议室后,让李丰梅把报道内容与实际不符之处,立即写一份简短说明。写好之后,罗素素认为有些措辞并不妥,又向琳达请示确认,最后由法务三审。等到盖好章之后,才发给主任。李丰梅将信将疑,这就能处理了?

处理完这些之后,会议重新开始。

"今天第一次和大家正式见面,之前琳达总也向我介绍了一些情况,可能还是无法一一对号入座。各位再次自我介绍一下,要不就从丰梅开始吧。"罗素素扫视着众人,仿佛每个人的脸上都有文字。

会议室里除了罗素素外,还有六个人。王潘和新新二人都是撰稿,写文章的人似乎话不多,二人自我介绍十分简短;梁宝是新媒体运营,而起了一个很像女生名字的"李圆圆"则是创意策划，罗素素知道这两位是"前朝遗老"，上一任公关负责人离开之后留下来的；看起来老成持重的钱振兴，其实还非常年轻，在政府关系方面拥有丰富的经验，是团队中唯一的副总监。

在和团队交流完之后，罗素素看到重量级媒体的那篇负面文章已经删除，心里踏实了不少。"感谢各位，希望大家以后能够团结协作，共同做出成绩来。接下来，我们部门还有不少工作要做，大家先回去处理各自的事情。"在众人准备离开的时候，罗素素叫住李丰梅："丰梅，那个负面已经处理了，及时和姜总反馈一下。"

罗素素注意到自己被琳达拉到公关部与CEO姜维的对接群，是在李丰梅汇报之后。李丰梅如何汇报，罗素素在群里看不到之前的聊天记录，也没有刻意过问。等到晚上用微信和姜维交流工作时，姜维提到李丰梅，对她这次能够最终处理掉这个大负面给予了认可。

"说者"无意，"听者"有心。罗素素随即意识到，姜维认为这次是李丰梅处理了危机。可是罗素素有所犹豫，李丰梅汇报会把功劳都揽在自己身上吗？倘若如此，倒是让她大开眼界。

"这次负面是财经频道出来的。说来也巧，我和他们的主任还比较熟悉，打了个招呼后，文章就给下了。"罗素素轻描淡写，将事件原委解释清楚，"姜总，是否可以申请一些预算，来维护一下与核心媒体的关系。"

"辛苦罗总了。预算方面，这个和琳达来定就好。如果需要的比较多，可以重新规划一份公关部的年度预算。走市场部的大预算。"

"只是恰好遇上熟人了，以后还得姜总和琳达总多支持。"罗素素发了一个表情包，以示感谢。

二十二　两位朋友

入职第一天,罗素素直到很晚才回家。她需要尽快了解公司业务的详细情况,包括公司核心战略、产品业务线、周边关系等,尤其是产品数据、公司战略等问题,需要及时掌握统一的口径。

在此后的一星期里,罗素素在处理公关部的日常性业务之外,还陆续和产品部、技术部、客服部、投资战略部以及市场部等相关的主要部门负责人开会,一方面是为了和各部门领导脸熟,方便以后刷脸,另一方面也是做基本功课,详细了解各个部门的业务情况,包括各部门对接人的脾性。

早在罗素素刚入职时,各个部门就已经听说了公关部新来了一位美女副总裁。等到开会见面时发现,传言果然不虚。罗素素薄施粉黛,但身上散发出来的那种不施粉黛的魅力,自然让各部门的男领导笑脸相迎,纷纷表示大力支持。

不过,根据团队内部私下聊天时的反馈,罗素素也知道了个别部门很难"伺候"。比如说业务部门的老大洪恩,他是公司早期核心团队成员,在公司很有话语权。对接一些业务时,即使是琳达,面对他的质疑,有时也无力招架。传闻中,他的身价不菲。但是，洪恩有一个公司内部尽人皆知的嗜好——垂涎美色。

对于罗素素这位副总裁，洪恩自然早有耳闻，表现出了极大的欢迎热情。在和洪恩开会的过程中，洪恩的目光始终停留在罗素素身上，并保持着职业性的微笑。面对眼前这位戴着眼镜、看起来斯文却又有些油腻的销售老大的这副嘴脸，罗素素纵然早已司空见惯，可身上忍不住泛起鸡皮疙瘩，一张素脸也被瞧得火辣。

在和各个部门开会沟通完毕，对公司业务进一步了解之后，罗素素开始和团队着手制订年度传播规划。由于和团队的默契还没有形成，这份年度公关传播方案经过团队连续几天加班，修改了三次，姜维又提了一些建议，直到周五的晚上，才最终敲定。

罗素素总算松了一口气，虽然此前做乙方早就习惯了加班，但是入职甲方加班的情况，感觉和乙方还是有所不同。做乙方时，因为紧急情况加班，压力是来自工作强度和甲方的催促，而在甲方，压力来自上层。

罗素素将方案的最后一页敲定之后，时间已经是21：00。下楼时，罗素素抬头，一轮圆月高高悬挂在大厦的顶端，格外耀眼。公司一旁的道路上，长长地停满了出租车，等候着加班结束后回家的员工。罗素素随手将两幅景象拍了照片发到朋友圈，并定位出公司的位置。

罗素素开车驶出地库时手机铃声响起，是Jessie打来的，她用蓝牙耳机接听后，刚要开口，对方就先声夺人："我说素总，入职鲲鹏这么高大上的公司，也不和我打个招呼。这保密工作做得够好的啊。要不是看到你发朋友圈，我还蒙在鼓里呢。"

罗素素知道Jessie是在打趣她，就没有直接回答："我这天天加班，这不刚下班还在路上开车呢。你也不说安慰安慰我，上来就一顿劈头盖脸的质问，太伤心了啊。"

Jessie在电话那头咯咯笑了起来："素总不愧是资深公关人士啊，几句话，就把太极给我打了回来。行吧，让我来抚慰一下你的灵魂，说，想吃什么？"

罗素素刚才只顾着和Jessie聊，险些和前车追尾："我的天，好险好险！刚才差点和前车追尾，就冲这，你也得补偿我一下。不过，今晚算了，我现在就想赶紧回家洗澡睡觉。"

听闻罗素素险些出车祸，Jessie的语音紧张了起来："啊？没事吧？好好开车。那先不和你聊了。你要是明天中午有空，咱们约明天中午。就在你们公司后面的艺术园区，有家餐厅还不错。"罗素素想了想明天应该没有什么重要的事情要处理，中午时间也比较方便，就答应了下来。二人闲聊了几句，罗素素准备挂断电话时，Jessie突然又说道："对了对了，明天我带两个朋友过去，一起吃个饭，不介意吧？"

罗素素长长地发出了一声"咦"，然后哈哈笑了起来，似乎明白了什么。

Jessie连忙解释："别瞎想！别瞎想！你要是介意，我就不带了。"

"当然不介意啊。带，必须带过来。我倒是要看看。"罗素素神秘地笑了笑。

"好好开你的车。明天中午见。"

次日上午，罗素素带上公关部和产品部门、客服部门开了两个会，推进跨部门建立快速沟通机制以及公关口径培训事宜。罗素素希望通过这样的沟通和培训，这两个部门能够意识到公关的重要性，而不是对公关的认识仅停留在处理危机这个层次。

产品要有公关思维，这是非常重要的一点。因为一次成功的公关策划，首先源自产品设计具有自发的公关意识，在一定程度上才能主动吸引更多的注意力；其次，客服部门往往是媒体负面爆发的源头之一，媒体会就相关报道内容向客服部门求证，客服人员如何答复则至关重要。

不过，两个部门对此的反应各不相同。产品部门的参会人员，包括产品老大，认为做好自己的产品就可以了，公关方面的事情由公关解决就好；客服部门倒是很配合。两个部门配合度大相径庭，大概还是因为两个部门的地位不一样。产品部门强势，客服部门没有什么话语权，所以体现在跨部门的对接沟通上配合度自然不一样。

开会也是一个力气活，经过两小时的拉锯战，开完这两个会，已经是12:20。罗素素简单收拾了一下，急匆匆赶到约定地点。

当罗素素看到Jessie的身旁坐着一位外国人和一位衣着看似随意实际上价格不菲的男士，心里很好奇，可是终归没有问什么，坐下时向两位男士微微一笑。

"抱歉抱歉，让大家久等了，上午的会议刚完事。"等到罗素素坐下后，Jessie看到她嘴角露出一丝神秘的微笑，哈哈笑了起来："我知道你心里想什么，不用猜啦。我来正式介绍一下。这位是Tom，《环球金融时报》驻西京记者。"罗素素看了看Tom，外观和布拉德·皮特有几分相似。让罗素素意外的是他竟然是《环球金融时报》驻西京的记者。

"你好罗总，听Jessie说你在鲲鹏，一家非常优秀的公司。"Tom操着一口流利的中文，甚至带有一些西京本地话的口音。

"叫我素素就行。你的中文讲得这么好啊，这要是只听声音，还以为是西京人呢。我入职鲲鹏不久，负责公关部。希望以后有机会能够邀请您到公司坐坐。"

"哈,我这个老外的中文,还不错吧。毕竟我已经在这里生活十年了。"Tom说"老外"这两个字的时候,特意加重了语调,更有西京话的那个味道了。

"Tom就是个中国通,有些事,他比咱们都熟悉。"Jessie又指了指坐在Tom旁边的少年,"这是袁野,嗯,没了。"

袁野也不说话,脸上和眼睛里都流露出让人十分温暖的笑容。

"信息越简短,事情越不简单。"罗素素从少年的表情可以看出,那是陷入恋爱时才有的笑容。Tom在一旁附和:"女人的直觉就是准。"

"目前还在考核期,看他的后续表现了。"Jessie说这句话的时候,一直盯着袁野。

"看来我也是有身份的人了,我努力争取从男朋友再升级一下。大家来见证。"

二人一唱一和,撒了好大一把狗粮。

在吃饭的过程中,罗素素发现Tom不愧是中国通,不但对中国很多社会现象比较了解,而且对很多社会事务的看法也很有深度。除了金融经济领域之外,互联网行业也是Tom关注的一个领域。他采访过部分知名互联网公司的高管,他的报道在国外投行与华尔街中有着不小的影响力。

谈及是如何与Jessie相识的,Tom说在Jessie与袁野走到一起时,就已经和二人分别相识,没有想到他们二人在一起了。袁野的话一直不多,偶尔随声附和几句,更多时间在听大家交谈。等到吃得差不多时,袁野和Tom出去抽烟,罗素素迫不及待地问:"什么情况?这么大的事情,也不提前通知我。你们什么时候在一起的啊?"

Jessie喝了一口果汁，露出浅浅的微笑："你也不是一样嘛，要不是看你发朋友圈，还不知道你都入职了。我的罗总。"

对于Jessie的顾左右而言他，罗素素继续展开攻势："别扯歪话题，如实招来。"

"就是一次活动上认识的，加了微信，慢慢聊着挺有好感。这不是让你帮我把把关嘛。怎么样？"

认识Jessie这么久，罗素素第一次见她也有不好意思的时候："什么怎么样？"

"当然是第一印象怎么样了？"Jessie有意压低了声音。

"虽然话不多，但能看出来，是一个阳光少年。"罗素素忽然想起来什么，眼睛不经意间瞪大了一圈，"等等，袁野的年龄是不是要比你小？"

"果然还是你能说到关键，姐弟恋。"Jessie故作轻松，"算是个富二代吧，家里还挺有钱的。"

"姐弟恋，我倒是认为没什么。富二代嘛，看你怎么驾驭了。"

"我就是看他有那么一丝阳光的气质，在一起没有压力。"在Jessie的职场与生活里，由于工作的关系也阅人无数，身边也有过很多的追求者，袁野是少数几个能够让她没有相处压力的男性之一。

"嗯，那就好，感觉最重要。至于经济地位差异，我的看法是，只要你保持经济独立就好。对于女人来说，哪怕将来有一天你的男人成了亿万富翁，保持独立，永远是最最重要的。你无法保证他不会成为许幻山[①]，你也无法预测会不会出现林有

[①] ［许幻山］和后文的林有有均为2020年电视剧《三十而已》中的人物。剧中许幻山创业成功后，出轨林有有。

有。哪怕有一天，真的出现意外，你也可以轻松地说，不过三十而已。"

"我倒是没有像你想的那么多，两个人相处起来比较舒服，没有压力。"Jessie将身体向前移动，与罗素素靠得更近一些，"没有压力，是最主要的。以前呢，要么是我让对方有压力，要么是对方让我有压力。最重要的是，你别看他年龄看起来小，但他结过婚。"

这一点倒是让罗素素略微感到吃惊，因为完全看不出来："这都和你坦白了？是你问的，还是他主动坦白的？"罗素素突然感觉自己有点"多事"，虽然Jessie是最好的闺蜜，但还是要给对方留有一些隐私。可是话说出去已经收不回来了。

Jessie似乎没有意识到罗素素的表情，也没有隐瞒，坦言是对方主动说的。袁野和前任相识了也有两年的时间才决定结婚的。可是，婚后不到三个月，二人在要不要小孩、日常琐事以及一些价值观问题上，都无法达成共识，生活没有了二人当初设想的样子，最后二人和平分手。

"能够和平分手，而不是闹得鸡飞狗跳，这是我最后接受袁野的原因。说明他还是很成熟的。"Jessie顿了顿，"至于这个富二代的身份嘛，就是一个标签。再说，我自己就是豪门嘛，门当户对。"

说完这句话，罗素素和Jessie不约而同地笑了起来。这时，Tom和袁野从外面回来，见到两位女士发出爽朗的笑声，不仅好奇地问道："有什么喜讯，值得这么开心？一起分享一下。"

"这是我们的秘密。"二人默契地回答。

二十三　备选计划

　　下午的跨部门会议，主要是讨论鲲鹏科技与某地政府部门的大数据业务合作。这是鲲鹏科技TOB[①]业务中，首次拿下的一项政企合作大单。当地政府非常重视此次的合作，除了在业务层面继续推进之外，还希望能够对这个项目做一次大规模的宣传，扩大传播的影响力，并提出了希望有国家级核心媒体的报道的"要求"。

　　在相关部门将业务情况介绍完之后，罗素素在心里初步评估了一下，虽然项目不小，但是事件本身的新闻性，并不足以有把握能上国家级核心媒体。

　　罗素素将自己的想法和可能存在的困难直接说了出来，没有想到，负责这个项目的洪恩露出了一丝冷笑，虽然不易被察觉，可罗素素相信自己看到了对方瞬间的表情变化。

　　洪恩作为业务部门的副总裁，自然拥有更大的话语权，言

---

① ［TOB］也写成 B2B，是 Business-to-Business 的缩写。在企业业务中，以企业作为服务主体为企业客户提供平台、产品或服务并赚取利润的业务模式。

语间流露出强硬的姿态："有难度我也理解，但这是对方提出的合作的前提条件之一，我们也无法拒绝，否则后面难以推进。所以，还请罗总和公关部尽快推进这个事情。"

罗素素刚想说尽力满足客户的要求，琳达抢先一步道："后面市场部和公关部，都会积极配合对方的需求，一起来把这个事情完成。洪总得多支持。"这件事情，其实大部分主要是需要公关部来完成，市场部的工作占比并不大，显然琳达是希望顺水推舟，把这个事情揽下。可能在其他部门看来，公关部还是隶属于市场部的。

罗素素没有再说什么，等到会议结束后，和琳达一起回办公室的路上也没有多言语。等到即将分开时，琳达主动开口："在公司内部，有时处理一些事情确实有难度。但所有都是以结果为导向，这是评价我们工作好坏的唯一标准。"罗素素自然明白这个道理，只是她还没有完全适应这个公司的作风，所以当时想陈述一下情况。

谢过琳达之后，罗素素把合作项目的细节以及接下来要安排的工作梳理完，已经快到下班的时间。由于项目紧急、重要，罗素素便将公关部全体拉到会议室开会。

按照目前公关部的岗位，对接工作比较清晰：李丰梅来沟通媒体，王潘和新新确保稿件撰写任务的完成，钱振兴来和当地政府的宣传部门人员沟通对外口径，至于梁宝和李圆圆，则协助内容团队完成相关工作。

这次项目传播的很多工作，都要由媒介来承担，罗素素担心李丰梅难以处理好，毕竟上一次的负面处理，让罗素素对她的能力有所怀疑。李丰梅在会议上并没有提出有什么困难，这更让罗素素担心意外的出现。为保险起见，罗素素让李丰梅将两家服务鲲鹏的供应商约在次日开会共同讨论一下。

两家供应商,一家名为绿表公关,另一家名为奥威互动。在罗素素到来之前,李丰梅和两家供应商对接得最多,也最熟悉。罗素素入职之后,由于一直在熟悉公司内部业务以及处理一些紧急事务,还没有来得及与两家供应商正式见面,正好借此了解一下对方的情况。对于这两家公司,罗素素从部门同事的口中了解了一些。

绿表公关服务鲲鹏的时间较久,但是通过谁的关系引入进来的并不清楚。对于绿表的公关能力,王潘和新新因为平时对接多一些,给出的评价出奇地一致:服务好,但是价格贵,能力还差了一大截。

后者奥威,则是在一个项目的招标中引入进来的,在关键时刻能够顶上。

入库的供应商与甲方之间往往都比较复杂,少不了甲方高层的关系夹在里面,中间还存在着一定的利益输送。这也是为什么有一些服务商明明口碑不怎么样,却依然可以继续服务甲方的原因。甲方和乙方都做过的罗素素,对此显然再熟悉不过。

罗素素这次与供应商正式见面,自然是希望借助外部力量,为此次项目顺利推进再增加一道保险,另外,也是想要进一步了解供应商的详细情况。

次日下午,罗素素先后见到了绿表与奥威两家公司的对接团队。在未正式见面之前,罗素素已经从工作中感受到两家公司的服务区别。两家都是业内的大型公司,绿表以服务见长,能够满足客户提出的各种需求,但是能力比较平庸,让罗素素实在不敢恭维;而奥威虽说沟通起来没有那么顺畅,但是工作中会有让人眼前一亮的地方。

这次与地方政府合作的宣传，线下发布会必然要举行，邀请相关领导莅临现场接受媒体专访，才能让对方感到鲲鹏对于此次合作在宣传上的重视程度。整个项目，传统公关的部分比较多一些，自然要由绿表来对接承担。

同时，罗素素希望能够在行业内有一些声音，可以覆盖更多人，社会化营销也应该做一些。经过初步短暂的讨论，奥威与罗素素团队都认为该出一些可以做社会化营销的创意内容，将此次的合作解释清楚，也更有趣味，另外，出一些视频进行二次扩散传播，效果可能会更好一些。

罗素素分别与两家供应商开会，一直沟通到晚上才结束。按照会上约定的时间，四天后，两家将初步方案与报价都提交了过来。奥威的方案有不少出彩的地方，在罗素素和团队内部的其他成员之间都形成认可。绿表的方案中规中矩，虽然传统公关的工作不如社会化营销那样容易出彩，但是媒体邀约名单以及整个活动环节的设计，问题并不少。

当然，罗素素也知道，没有尽善尽美的方案，所有的方案都是在不断调整中得以完善的。罗素素将两家供应商的第一稿方案同步至高管工作群中，与相关部门进行确认，钱振兴则负责与政府部门人员沟通。罗素素原本以为公司内部的推进会快一些，与政府部门的对接进度会比较缓慢，而事实却恰恰相反，公司内部协同的效率十分低。CEO演讲的PPT制作推翻了三稿，大会主视觉VI[①]设计了五版仍未能确定，不同部门的负责人总是提出一些让人难以理解的需求。此外，发布会邀请的多位嘉宾，迟迟没有明确答复是否参与。

---

① ［VI］英文 Visual Identity 的缩写，视觉识别系统。

对于这样的现象，钱振兴见惯不怪："以前我们对政府的工作存在偏见，经常认为效率低下，互相推诿。其实，现在很多政府部门在重大项目的工作上，效率非常高。他们也会经常加班，我一些在政府部门工作的朋友，他们总是和我开玩笑，说现在的工作强度不比互联网公司少，而且承担的压力会更大。"

经过反复沟通，各部门的诉求总算是有了初步的统一。综合内部意见之后，罗素素紧接着又和团队内部成员开了一次会，重新梳理完，再交由各对接人继续与供应商沟通方案修改、调整的事宜。

可能是由于连日来的加班，团队内部士气有一些低迷，缺少了战前紧张的氛围。罗素素知道，这不仅仅是因为加班，还在于她这个新任领导，尚未和团队形成凝聚力。说得通俗一些，团队其他人还没有真正认可这位新来的女领导，更何况她是孤身一人就职，身边没有携带值得信任并且可以完全执行她指示的下属。

罗素素也不是不知道这一点，当初只是没有考虑那么多，选择了自己一个人前来就职。刚一到来就要接手这么大的项目，是她没有预料到的。按照以往的经验，这个时候非常有必要来一次团队聚餐提升士气。

华灯初上，紧挨着鲲鹏科技的艺术园区内，大大小小数十家餐厅呈现出一派热闹的景象。附近众多互联网公司的从业者们凭借高收入，硬是拉升了这些餐厅本就昂贵的物价水平。

在园区一角，矗立着一栋二层小楼。由于主打湘菜，且饭菜价格相对平价，在众多的餐厅中异常火爆。和大厅中的热闹嘈杂相比，罗素素与团队所在的包间内，气氛略显沉闷，很多人在低头玩着手机。罗素素知道，不喝酒的话，这场饭局的氛围就无法热闹起来。

罗素素喊来服务员,把提前醒好的红酒端了上来。钱振兴见状,主动为其他人倒酒。轮到梁宝时,说来了例假,以水代酒。李丰梅没有多说什么,只是说自己不能喝酒。

罗素素依稀记得,之前在李丰梅的朋友圈里还看过她与朋友去酒吧的图片,不过,罗素素也没有多说什么。看到众人都满上之后,罗素素举起酒杯:"最近大家都比较忙,神经一直紧绷着,今天难得团队聚餐。不说太多废话,大家先干一杯。"罗素素一饮而尽。众人的表情有些复杂,团队突然聚餐喝酒,不清楚罗素素葫芦里卖的什么药。不过,大家来不及多想,纷纷举起杯子饮下。

钱振兴再次主动给罗素素和其他人倒酒。新新接过酒杯,脸上带着笑容:"谢谢钱总啊,能劳您给倒酒,实在是千年等一回。"钱振兴连忙回道:"我这总不总的无所谓,能给新新你大小姐倒酒,那是我的荣幸。既然赶到这里了,那咱们俩就都干了吧。"新新平时说话习惯带着揶揄的口吻,不过这次嘴上没有占着钱振兴的便宜,这一杯红酒喝得急,脸上突然泛红起来。其他人见状跟着起哄,嚷着"再干一杯,再干一杯"。

这时大家你一嘴我一句,原本安静的包房似乎热闹起来。看到这个情形,罗素素知道氛围起来了,放心了一些。这时菜已经上齐了,众人早已饥肠辘辘,不顾吃相狼吞虎咽起来。不知道谁突然聊到了这次发布会的话题,罗素素赶紧制止:"今天咱们唯一的任务,就是吃吃喝喝,坚决不谈工作。来,我再敬大家一杯。"罗素素刚要喝,停顿了一下,看向李丰梅和梁宝:"我知道当一堆人喝酒时,不喝酒的人内心那种不自在。丰梅和梁宝,你们俩既然无法喝酒,就安心地以水代酒。来,大家一起喝一杯。"

梁宝似乎有些不好意思，连忙站起来："确实太不巧了，来了大姨妈，谢谢罗总理解。"李丰梅微微一笑，跟着举起水杯，众人又喝下一杯。

王潘和李圆圆作为团队中除了钱振兴之外的两位男士，和其他女士比起来，倒是略显安静了几分。没有想到，饭局过了一半，这两人站起来，主动向罗素素敬酒："我代表我们几位男士，敬我们的罗总一杯。"王潘先开口。李圆圆跟着说道："我也敬我们的霸道美女总裁一杯。"

罗素素哈哈笑了几声："冲着这番话，我先干了。总裁这个职位是副的，勉强能接受。霸道美女总裁，我可算不上，难道是我不够温柔吗？"众人一起哄笑，举杯者一饮而尽。一旦人处于一种快乐的状态，就会感觉到时间过得飞快，觥筹交错之间，这场饭局接近尾声，大家都已酒足饭饱。喝空的红酒瓶，横七竖八地躺在地上。

这场饭局，从一开始的拘谨到最后的放声欢笑，罗素素自认为达到了想要的效果——增强凝聚力。罗素素虽然不认可这种方式，况且她本人也不是多么能喝，但屡试不爽。

最后众人起身要走时，李丰梅突然感叹："难得今晚没有老板们骚扰，这安安稳稳吃顿饭，实在是不容易。"经她这么一说，其他人也意识到，明明还有很多事情要处理，竟然没有其他领导来"骚扰"。对于这个问题，罗素素心说，要不是早早和琳达打了招呼，怎么可能没有事要做。"没事，有我盯着呢，如果手里没有紧急的工作要处理，就都抓紧回家休息吧。"罗素素给琳达发了一条信息，确认没有来自其他部门的需求之后，也放下心来，和众人陆续告别之后，准备叫车回家。

钱振兴从一侧走过来："罗总，给你拦了一辆出租车，就在路边停着呢，您过去吧，回家早点歇着。"对于钱振兴的热情周到，罗素素始料未及："谢谢振兴，你去坐吧，我再叫一辆。"

"我媳妇开车来接我了，您赶紧去吧，司机路边等着呢。我这也撤了，今天喝得还真有点儿多。"和罗素素说完，钱振兴转身朝着停车场走去，钻进一辆已经启动的SUV中。一阵微风吹过，罗素素霎时间清醒了几分，远远地喊了一句"谢谢"之后，也钻入出租车里。

回到家中，罗素素简单洗漱之后，躺在床上没有多久，便进入梦乡。次日早早醒来，罗素素收拾妥当径直去了公司。

在历经了与高管、其他部门，以及地方政府的多番拉锯战式的沟通之后，发布会各个环节的细节问题，大到活动主题、嘉宾演讲稿、VI设计、新闻稿件等，小到邀请函创意、座位排序、停车问题、休息室问题、会后采访等，事无巨细，总算是基本确定了下来。发布会场地还在紧张地筹备搭建，等到周末还需要做最后的彩排。

罗素素在上午将各项事情协调处理完毕，下午直奔位于西京东四环的一处商业大楼。路上难得畅通无阻，很快便到达。等到罗素素到达时，赵常已经站在电梯口迎接等候。

二人一起走进一间会议室。透过落地窗可以看到窗外的景象界，不远处就是西京的CBD[①]。这个会议室的视野可谓独一无二，由于周围没有更高的楼遮挡，CBD的繁华景象尽收眼底。尤其是西京电视台与西京报社的两栋大楼，成为整个CBD最具标志性的建筑。罗素素环视了一圈之后，忍不住感叹："这么好的视野，真是块风水宝地。比我们那儿好多了。"

---

① ［CBD］英文 Central Business District 的缩写，中央商务区。

赵常连忙笑了笑："我哪有这实力，正好朋友公司业务调整，空出了这么个地方。租金给了我一个友情价。"本来赵常不想来这里，毕竟朋友关系再好，同处在一个屋檐下，难免会有不愉快之时，然而，等真正看到这个环境时，一下就被吸引住了，刚好租金在能够承受范围内，便将公司团队搬到这里来办公。

这时会议室的门开了，一个看起来颇为帅气的男生走进来，端着两杯咖啡送到二人面前。"罗总好，下午容易犯困，给您冲了一杯咖啡。"男生热情地打招呼，拿出笔记簿坐在一边。

罗素素说了声"谢谢"，轻轻喝了一口，感觉咖啡的口感有些不同。"这是思加，在纽约新闻学院做了两年的交换生，刚加入我们的团队，帮忙开拓海外媒体关系与市场营销这块。"赵常最后的一句话，勾起了罗素素的好奇心："你这可以啊，业务都已经拓展到海外了？前几天我还见了一位《环球金融时报》驻西京的记者。"

赵常解释称，平时结识的一些企业负责人，总有人询问能不能做海外市场营销，因为他们看到过自己写的一篇关于新业务如何低成本拓展海外市场的文章，给他们留下了非常深刻的印象。赵常自认为那篇文章理论较多一些，实操还是需要有真正懂海外互联网市场的人来做。刚好有朋友主动推荐实习生的简历，虽然思加还没有毕业，却给赵常留下了很深的印象。赵常便将其招纳到团队中。于思加而言，这段实习经历也将为他自己研究国内互联网媒体生态从而完成论文，提供了一个宝贵的机会。

"罗总，您说的那位《环球金融时报》记者，是Tom老师吗？"

听到思加说出Tom的名字，罗素素感到有些意外，没有想到思加还认识Tom。"是Tom，你们怎么认识的？"罗素素问。

原来Tom是纽约新闻学院的校友，之前受邀回去参加校庆活动,详细地介绍过中国的互联网行业,给思加留下了深刻的印象。活动后思加主动联系上Tom,此后一直保持着邮件往来。思加回到西京之后,还邀请Tom吃了家乡菜。

听完思加的叙述,罗素素忍不住感慨:"真是太巧了,前几天,我还和Tom见过。"在二人交谈的过程中,赵常注意到,思加举止谈吐一直保持落落大方,心里便稍微有一丝丝得意之情:"将来一定会是个优秀的人才。"

三人闲叙一番之后,赵常将话题拉回到发布会的筹备与传播上。罗素素打开电脑,把当前的筹备进度以及传播规划,与赵常说了一遍。赵常一边倾听一边若有所思,但并未发言。直到罗素素讲完,赵常方才开口,简明扼要地指出了可能存在的几个问题,并给出应对建议。虽然不是明显的大问题,可一旦出现,绝对足够致命。罗素素惊出一身冷汗,连忙记录下来发到团队的内部群里,并让相关同事与供应商沟通注意事项。

对于赵常团队的专业能力,罗素素非常认可,只是由于新公司的特殊性,目前还无法立刻引入赵常的公司作为入库供应商,暂且只能是先以"外脑"的身份展开合作。这是因为其中可能牵涉一定的利益关系,罗素素不想在自己尚未立稳根基时,就被其他高管误认为急于引入自己的供应商,从而给人留下话柄。

对于这一点,赵常再明白不过。在二人讨论活动传播的过程中,思加并未过多言语,偶尔发表一下自己不成熟的看法,更多时间都在认真记录。在思加看来,聆听二人充满干货的对话,这是他这个新人快速学习的最好途径。时间过得很快,转眼已经是晚上,三人吃完便餐之后,罗素素又抓紧时间与赵常聊了一会儿,这次会议方才结束。

目送赵常与罗素素下楼之后,思加依然在回味这次开会的内容,并把他自己认为重要的一些信息,在脑海中又梳理了一遍。就在思加刚回到座位时,发现同事们热烈地讨论着什么话,便好奇打探了一下。同事们让他先看公司的微信群。思加往前面翻了翻聊天记录,终于弄明白了原委。

事情是这样的:一位女记者通过社交软件,找到了一家无人机公司的技术人员,在表明自己的媒体记者身份之后,问了一些问题。由于涉及该公司的机密,那位技术人员反问女记者"性生活"是否和谐。女记者认为对方爆粗口,一气之下向该无人机公司讨要说法。该无人机公司CEO在深夜发文,将事件原委讲述了一遍,并透露了公司内部的处理意见——将涉事员工开除。然而,事情并没有结束。该CEO又透露,那位女记者没有善罢甘休,进一步要求公司层面进行公开道歉。该CEO不知道该如何处理,想听听网友的意见。而该CEO高明的地方在于,他并没有说是自己的公司,仅以某公司指代。事实上,该CEO也算是一位明星CEO,圈内人都知道他在说自己公司的遭遇。

结果,围绕技术人员、女记者以及该无人机公司做法的讨论,立马成了互联网行业的热议话题,从上午一直持续到了下午,似乎也没有一个一致的结论。同事们站在不同立场上,还在津津有味地讨论着。思加听了每一个人的说法,都认为有一定的道理。然而,他认为整件事情之中,这位明星CEO的做法才是最高明的,不但引发了行业的高度关注,而且将女记者架在了舆论的风口浪尖上,相当于变相给记者施压。就算女记者想进一步提出无理要求,可能也要估量一下事件对她自己的负面影响,从而不得不放弃该无人机品牌在公司层面道歉的诉求了。

"这位明星CEO的做法,的确值得借鉴。这种事情,有没有解决措施,或许可以预防,等等……"思加盯着放在电脑旁边的笔记簿，脑海中突然冒出一个想法。他突然变得有些小兴奋，然后又快速上网搜索了一些案例。他看到赵常回到办公室，便迫不及待地把事情说了一遍，然后将自己的想法和盘托出："常哥，我们之前服务的客户，还有其他一些公司，都出现过这种情况。所以，是不是可以给我们的客户，出一个公关手册，准备一些话术模板，教员工如何与媒体打交道？"

赵常点了点头："这个想法不错，我们可以和客户提一下。如果客户采纳，我们可以配合客户的公关部来共同推进这个事情。"得到肯定之后，思加写了一封邮件给客户的公关对接人。对方很快回信："感谢提供非常宝贵的建议，我们向领导请示一下。"等到快要下班时，思加又收到了对方的一封邮件。邮件前面转述了领导个人的一些看法，最后同意启动筹备工作。

思加看到自己的想法被客户采纳，内心比中奖还要感到高兴。他想把这个想法也告诉罗素素，因为他认为自己的灵感，在某种程度上源自白天的会议。然而，很快他被喊去开周末总结大会，于是这一想法被临时搁置。

等到罗素素收到思加发来的消息时，已经是次日的上午。站在空旷的会场中间，罗素素正忙于发布会的彩排，通过对讲机与团队成员以及活动供应商的人员保持实时沟通。她匆匆瞥了一眼手机弹出来的消息，心里闪出"想法不错"四个字，然后回复了一个赞扬的表情，就再无暇多看手机一眼。

"领导座位的顺序，千万不要摆错了。"

"合作启动仪式，第一遍的效果不行，重来。"

"大屏幕，刚才一个边角没有显示全，抓紧调试。"

"主持人呢？主持人呢？现在正式走一遍主持流程。"

听到罗素素的呼唤，主持人从后面走到舞台中间，手里拿着主持卡片，开始照着念诵。

当进行到合作仪式启动环节时，主持人似乎有意脱稿，模拟着现场的实况，声音中带着几分激昂：

"见证双方最重要的时刻，我们一起倒数，三、二、一。"

"请各位领导一起合影留念。"

"感谢各位领导，请大家下台落座。"

听到最后一句话落音，罗素素仿佛受到一万点暴击，脑袋嗡了一下，感觉比原子弹爆炸还恐怖。

"停，停，停！怎么说话呢？怎么说话呢？台本上原话是这么说的吗？"罗素素通过对讲机，朝着舞台中间的主持人大声吼道。

在场的人，都被罗素素这一幕吓到了，不知道罗素素为何突然暴躁起来。主持人在舞台上愣住了，在场的人员也是一脸茫然，除了钱振兴之外。钱振兴当时就在罗素素的旁边，他在听到主持人的最后那句话时，几乎是和罗素素在同一时间反应。钱振兴忍不住在心里骂了一句："这主持人是不是脑子坏掉了，想害死公关部吗？"

众人纷纷放下手头上的工作，将目光投向罗素素和主持人。后者凝固了几秒之后，才意识到拿起手中的主持卡重新看一遍。在主持卡中，"感谢各位领导，请大家台下落座。"这句话被加粗突出，虽然与主持人的原话"感谢各位领导，请大家下台落座。"只有一字之差，但是可能产生的后果完全不同。

要知道，几位主要参会嘉宾都是政府重要领导，在这样的合作发布会上，很多细节都必须要万分谨慎。"下台"这两个字是官场上最大的忌讳。因此，发布会上绝对不能出现"下台"这两个字。

如果真的出现这样的失误，那就属于重大公关事故，她这个公关副总裁可以直接滚了。

"请主持人认真看一下你手中的卡片，最后一句话怎么写，你就要怎么念。一个字，也不能差。"说到最后一个字，罗素素将音调拉得很长，声音仿佛一直飘荡在会场上。主持人仿佛陷入短暂性凝固之后，忽然明白了错误所在，连忙说了几声"抱歉"。

"发布会当天，千万千万不要出现这个致命的错误了。谢谢。否则，后果很严重。"罗素素降低了说话分贝，然后转过头看向身边的钱振兴："振兴，和领导们有关的地方，你帮着仔细确认一下，别再出差错。"

钱振兴点头示意，要了一份领导名单过来，然后径直走向前两排的座位，逐一检查起来。他看了一眼 J 领导的座位被安排在了第二排核心位置，满腹疑惑，不知道为何要将这位如此重要的 J 领导安排在第二排。

钱振兴喊罗素素来到前排，将情况说了一下。前排座位都是在核心部门工作的领导，虽然这位 J 领导是外地领导，但已是部级干部。在职位上，实际要比前排的几位领导职位还要高。因此，必须把这位 J 领导安排在第一排。罗素素对于官场并不熟悉，当时这个名单座位排序，也由高层进行了确认，并没有人提出异议。罗素素认可钱振兴的提议，便再次与高层领导们进行了确认，最终将 J 姓领导名牌安排在第一排的核心位置。

这次彩排出现的意外情况，让罗素素意识到，不用像以前考虑如何获得更好的传播效果，能做到"不求有功，但求无过"，就算是成功了。

从现场布置到各个环节，罗素素团队与主持人、活动执行人员再次过了一遍，中间又发现了一些意想不到的小问题。就这样，来来回回演练之后，众人认为基本没有什么问题了。此时的室外，已经是夜色降临。

距离发布会倒计时1天，罗素素剩下的最重要的一项任务，就是要把修改了多遍的通稿以及深度组合稿件，全部确认下来。最麻烦的就是新闻通稿，涉及主要人员讲话的内容，得反复修改，就连标点符号也不放过。负责撰稿的王潘和新新都有些烦躁，因为白天时各对接人的反馈时间都较长，囿于讲话人的身份，也不便频繁催促对方。直到晚上，相关对接人还没有把内容确定下来。尤其是负责通稿的新新，已经处在情绪爆发的临界点。

王潘也没有太清闲，罗素素将可以确定下来的稿子进行了第一遍签字，然后交给CEO姜维进行二签。孰料姜维又临时提出了一些修改建议。罗素素心中纵然有微词，也只能按照姜维的意见来执行。所幸，王潘的笔杆子很快，不到半小时全部调整完毕。与此同时，新新也完成了其他稿件的全部调整，打印出来交给姜维，半小时后全部完成最终签字。

整个工作是一环套一环，在稿子确定下来之后，进入媒介环节。李丰梅根据邀请的媒体数量，将通稿打印出来，并将已经清点完毕的车马费以及定制的小礼品，一同装进文件袋中。众人忙完已经是后半夜，直接在附近的酒店住下。

二十四　再起风波

次日的发布会,如期举行。罗素素提前两小时来到发布会现场。随着时间的点点流逝,领导及嘉宾陆续到场。距离发布会还有半小时,罗素素和李丰梅确认了到场的媒体,最重要的电视台媒体记者和摄像也已经到场。罗素素知道,只要他们到来完成采访,这次的发布会传播就算是成功一半。

当主持人的开场词响起,罗素素一直悬着的心终于放下。她站在会场边的一个黑暗无人处,这里可以看到整个会场的情况,距离舞台也比较近。在明暗交错之处,是大屏幕的电源控制装置,一般情况下,走过的人如果不仔细看,可能都注意不到这个装置的存在。

而与该装置相隔大约两米距离的地方,又出现两个熟悉的身影——赵常与思加。罗素素此前已经给赵常发了邀请函,让其带思加过来帮忙,不过由于繁忙,并没有注意到二人的身影。

随着现场音乐的响起,发布会正式开始。领导和嘉宾全部出席,没有出现座位的问题,罗素素高度紧张的神经稍微放松了一下,因为发布会只要进入预定轨道,通常都不会出现太大的纰漏。

这时对讲机中突然传来一阵急促的声音："素姐，素姐。"罗素素皱了皱眉头，然后尽力用平缓的语气回复："什么情况？"对讲机另一端的声音来自李丰梅，她负责媒体接待工作。理论上，媒体这块儿不会出现什么大问题了。

　　当然，这只是理论上。李丰梅的语气中带着几分焦急："素姐，兰笑嵩的经纪人临时通知，他不能来了。"听到这个意外情况，罗素素忍不住大声"啊"了一声。兰笑嵩作为当下跨界娱乐圈和互联网的网红人物，在这场发布会上，扮演着话题流量的角色，如果他不能来，发布会的传播效果在一定程度上就要受到影响。

　　罗素素立刻前往媒体入场的地方，找李丰梅问清楚究竟什么情况。发布会现场人满为患，就连会场周边没有座位的地方，也有不少来来往往的人。罗素素见缝插针地朝会场入口处走去，偶尔轻微的身体碰撞，也是在所难免。

　　罗素素着急穿过会场，不料与一名男子迎面相撞。对方穿着工作制服，肩上挎着一个工具箱，头上戴着一顶帽子，看样子是一名电工。现场光线昏暗，罗素素无心留意对方的样子，听到对方接连说了两句"不好意思"之后，便径直离去。

　　罗素素找到李丰梅详细询问了缘由，原来兰笑嵩在来时的路上，突然接到记者的电话，被问及是否要离婚。关于离婚的事情，兰笑嵩此前只和李丰梅聊起过，想要借着发布会"无意"中泄露消息，从而给双方带来媒体的关注度，也借此宣布自己离婚的事情。

　　这个事情，只有李丰梅、罗素素以及琳达知道。最后，琳达和罗素素一致认为可能对发布会本身没有太大帮助，便拒绝了这个提议。兰笑嵩方面倒也无所谓，承诺依然会正常参加活动。因此，当兰笑嵩接到娱乐记者电话时，第一反应觉得是鲲鹏的人泄露了消息，愤怒之下就拒绝出席活动了。

不过，李丰梅坚决不承认是自己泄露了消息，"我和他一直在沟通，其间没有和其他媒体说过这个事情。"李丰梅反复强调自己没有泄露这个消息。

罗素素上网检索这件事情，发现果然已经有不少网友在讨论兰笑嵩离婚的消息。消息的源头来自一个普通用户，评论量很多，而这个网友的内容平时几乎无人关注。

在罗素素看来，要么是李丰梅泄露了消息，要么是兰笑嵩自己泄露的消息，都有可能。不管是谁泄露的消息，原本嘉宾们与兰笑嵩进行对话的环节，是无法进行下去了。不过，现在还来不及追究到底是谁的责任。罗素素紧急联系钱振兴，去告知各位嘉宾，临时取消了与兰笑嵩互动这个环节。

在行业内，企业与政府部门合作的会议活动，本来就很难做出传播亮点，兰笑嵩这个特别安排未能如愿进行，也不算什么大事。罗素素只好安慰自己，只要不出重大差错，就算是烧高香了。好在，几家重要媒体全部如期到场，争取让领导多出镜几秒钟，也能够交差了。

处理完毕，罗素素又走向原来所在的位置，那里能够看到会场的整体情况，能够掌控全场才会让她安心一些。这时，大屏幕上播放起了对这次合作进行讲解的动画视频，节奏明快的音乐飘荡在会场中。

罗素素绕过站立围观的人群，就快要回到原本所在位置的时候，看到光线明暗交汇之处，有几人似乎在争吵，有肢体接触动作。不过，在音乐的掩盖之下，这争吵的声音又无法听清楚。

罗素素靠近时，眼前的一幕让她大为惊诧。只见赵常和思加同一个陌生人在理论什么，二人拽着对方想要往外走。而这个陌生人，罗素素又感觉似乎在哪里见过。

等等，在哪里见过呢？

罗素素忽然想起来，眼前的这个陌生人就是自己刚才见到的那个身穿工作服的人，他手上拿着的工具箱令人印象深刻。

"素姐，素姐，赶快打110，把这个人带走。"赵常声音急促，一边拉扯着对方，一边和罗素素大声解释，"我原以为他是要检查设备，可他是要破坏设备。"

"你不要血口喷人，我就是来检查设备的。"工作服男人激动地说。

"你就是破坏设备的，什么也别说了，去派出所里讲去。"思加和赵常拉扯着工作服男子边往外走边说。

罗素素一时愣神，跟着三人往外走。快到门口的时候，工作服男人越来越激动，大声嚷嚷着自己就是来检查设备的。罗素素见状，怕影响到会场的秩序，急忙让三个人都停下来。

"别吵了，都安静。你到底是来干什么的？"罗素素用犀利的眼光，狠狠盯着对方。

工作服男子双臂一抖，挣脱了赵常和思加的双手："我就是过来检查电路设备的，领导让我过来的。"

罗素素想了想，如果这个人真是检查线路的，那应该是活动执行公司的人，便继续问道："那你的领导是谁？"

"我的领导……领导……就是上面的领导让我过来，我接到通知就过来了，我也不知道……"工作服男子支支吾吾，说不出他的领导是谁。

罗素素看他的样子，心生疑问，就通过对讲机呼叫活动执行团队的人："呼叫呼叫，现场执行负责人过来一下，在出口这里。"

就在罗素素说完最后一个字,只是一眨眼的工夫,工作服男子以迅雷不及掩耳之势,从三个人眼前拔腿离去。

思加反应迅速,刚追出几步,就听罗素素喊他回来。

"素姐,怎么不追了?"思加喘了几口气,双手掐着腰描绘着当时的情形,"那个穿工作服的男人,拿着工具,眼看就要把电源线切断,正巧被我和常哥看见,还是常哥反应快,吼了一嗓子,那个男的才停手。"

罗素素没有直接回答,而是回头看了一眼会场,一切都在平稳进行,领导在台上的演讲没有受到影响,这让她一直怦怦乱跳的心,多少有所缓和。

"人跑了就跑了吧,当务之急是确保发布会继续顺利进行。赵常、思加,辛苦你们二位帮忙报警说明一下情况。尽量在会场外面处理,低调一些。我和公司内部通报一下。"

这边交代完,罗素素思考了几分钟,把刚才的事件编成简短文字,发布在公司高管与发布会的两个沟通群中。

紧急通知:

各位领导、同事:

刚刚,一个不明身份人员携带工具箱,冒充发布会现场工作人员,意图在后台破坏现场屏幕与音箱设备,幸亏被外协工作人员及时发现,迅速制止。在与该不明身份人员沟通过程中,对方趁机逃跑,现已经报警。

接下来,还请公关部同事以及现场工作人员全部提高警惕,务必确保发布会顺利进行,不能出现任何事故。如发现可疑之人,请立即上报确认。

罗素素这条消息发布出来之后,鲲鹏内部仿佛炸开了锅,众人你一句我一句地讨论着。

CEO姜维回复了一条消息,让罗素素务必确保发布会顺利进行,其他各部门做好配合工作。

几分钟之后,罗素素接到琳达打来的电话:"确定是来搞破坏的吗?能猜出来是谁在背后搞事情吗?"

罗素素以十分肯定的语气回答琳达,并把赵常和思加如何发现的过程叙述了一遍。罗素素刻意把赵常作为外协的身份,着重强调了一下。

"至于是什么人,竞品的可能性最大了吧。"罗素素一边盯着发布会现场,一边思索着琳达的疑问。

"你是说鸿鹄科技?如果真是对方,未免太缺德了。不,这已经是违法行为了。"

"我实在想不出,谁还有这个动机。"在和琳达交流完之后,罗素素的疑虑还没有完全解除。

难道真的是那个人指使的吗?罗素素在心中画了一个大大的问号。

回想发布会发生的这一幕,罗素素冒出一个想法:是不是今天没有看皇历,忘记了选择一个好日子,要不然也不至于接二连三出现这些意外。

但她也知道,这不过是自己的一点心理安慰。再严密的计划也会有疏漏,该来的总是要来的。

随着时间一点点流逝,各个嘉宾演讲结束,最终的合作启动仪式也顺利完成。领导们在闪光灯的持续照耀下,依然能够保持各自招牌式的笑容,看起来那么从容而自信。

在主持人宣布发布会结束之后,罗素素与钱振兴等人迅速引导众人进入会场后面的会议室接受专访。专访媒体除了电视台之外，还有传统纸媒与自媒体到场。整体而言，这场专访四平八稳，没有哪个媒体故意提出尖锐的问题让领导们为难。领导们在回答过程中反而没有说什么套话，也讲了很多非常务实和有建设性的内容。

专访结束，罗素素带着李丰梅一起将媒体送走，一阵寒暄客套之后，没忘叮嘱媒体注意把握报道尺度，发稿前一定要再和鲲鹏确认。尽管该说的话都已经说了几遍，但兰笑嵩临时不来的事情始终悬在罗素素心头，眼皮跳个不停。

媒体的稿件陆续反馈给李丰梅确认后，鲲鹏科技和某地政府共建大数据基地的新闻开始对外传播。就在李丰梅认为发布会总算告一段落的时候，微信群弹出舆情监测公司发来的链接。一篇名为"鲲鹏产品中心负责人公然拉踩友商，称竞品玩十年前旧把戏"的文章中，洪恩对鲲鹏大数据平台的介绍，提及近十年来平台技术迭代的发展历史，而评价行业内十年前使用的技术为"旧把戏"这句话被移花接木到介绍当前行业产品矩阵部分，本应分两段介绍的文字被拼成一段，本应使用句号的地方用逗号"偷梁换柱"！

李丰梅瞬间"一个头两个大"，立即将链接转给罗素素。看到链接的时候，罗素素反而长出一口气："总算来了。"她一边安排舆情公司持续全网监测，一边将脱敏版本的速记和演讲PPT同步给绿表，协助李丰梅联系媒体做解释说明，争取修改稿件。

对于李丰梅能否处理好这一波极有可能扩大的舆情，罗素素心里是打了问号的。罗素素私下把链接发给赵常："安排一下产品横评，第三方角度，客观，避开鲲鹏合作这个话题，多说技术方面的。"言简意赅，没有废话。赵常收到微信时，一种熟悉的感觉漾成嘴角上扬的弧度。

果不其然，舆情监测公司很快发现有大量的科技垂直媒体在转载这篇"拉踩文①"，并开始在各大平台扩散，多个负面话题蠢蠢欲动。罗素素立即安排王潘和新新撰稿来指出这篇文章中明显故意"错误"的地方，要他们在文章中加入洪恩演讲PPT的截图作为配图，并用相近但较为中性的标题。稿件写好后，罗素素立马安排绿表公司在科技媒体做对冲发布，同时安排在各大平台做话题分流，削弱负面话题冲热搜榜的力度。

赵常那边的文章很快出炉。罗素素亲自与技术同事确认细节后，安排赵常重点推送，并通过权重高的科技自媒体扩散。思加也开始在一些极客群分享："纯干货，各位大佬给加个热度吧！"

李丰梅一边与参加发布会的媒体保持沟通，一边与难缠的"拉踩文"首发媒体扯皮，对方顾左右而言他，显然是不打算改稿，即便李丰梅表达了后续合作意向，对方还是死不松口。

此时，舆情群里又弹出的一条链接，让李丰梅本不富裕的精力更显得捉襟见肘："兰笑嵩疑似准备高调官宣离婚，没想到半途跑路。"社交平台上八卦号关于兰笑嵩的消息爆料中，明晃晃带出了"鲲鹏发布会"。

刚刚交完稿的王潘准备起身活动一下，突然看到监测群里的八卦消息，一个没忍住喊了一声："我去，这是明星蹭我们还是我们蹭明星啊！"办公室瞬间炸了锅，而同时炸锅的，还有思加的极客群。

罗素素看到八卦爆料之后，立刻把李丰梅叫到办公室。只

---

① ［拉踩文］网络用语，指通过贬损他人来吹捧自己支持的人的文章。

有两个人的办公室里，罗素素开门见山："兰笑嵩的事情你打算怎么处理？"李丰梅心里盘算，按说这个负面属于正常发布会连带出来的，但是罗素素问的是"你"打算怎么处理，而不是"我们"，那"割席"甩锅的意味就很明显了。

李丰梅倒也不想直接接这口锅："素姐，我还要处理拉踩的那个负面，要不看看其他人能不能协助处理一下八卦的事情？或者让公关公司那边维护一下评论吧。目前这个事儿也没有实锤，都是捕风捉影，应该闹不大，就算闹大了也是娱乐圈的瓜，我们不理就好了。"

"OK，那拉踩文的原发稿件修改好没有？"罗素素看似退了一步。李丰梅如实汇报，实际上，罗素素心里早已有谱了，维修工破坏发布会，断章取义的黑稿，娱乐八卦的浑水，绝不可能是偶发，如此看来，拉踩文原发帐号一定是"自养"的，靠合作是公关不掉的。也正是出于这种考虑，罗素素才安排了王潘和新新跟进。

"注意监测艺人那边的动态，这个事情要有个交代。你先出去吧。"罗素素没有明说要怎么交代，李丰梅也揣摩出这个可进可退的含义，出了办公室。

还没摸清李丰梅的路子，罗素素的电话就响了。洪恩收到助理发来的拉踩文链接，质问为什么内容会出现这么明显的错误。

"洪总别急，这个事情我们已经在做修正了，这家媒体不太熟悉大数据的技术细节，内容上出现一些小问题，其他科技媒体都是发布的正确内容，我转您一些链接，这些媒体的权重更高。这种事情很常见的，媒体水平也都参差不齐，咱们还是看大多数权重高的媒体信息。稍后也会有专业的科技媒体内容出来，我一起发给您。"罗素素一边安抚洪恩的情绪，一边用专业解释做

"公关科普"。

赵常的重点文章发过来之后,罗素素才算消解了洪恩这边的不满。当她终于有时间拿起桌上已经凉掉的咖啡喝一口,才注意到已经到了晚饭时间。

晚饭?一个八卦最容易发酵传播的时间段。

罗素素打开手机,浏览了一下兰笑嵩的八卦,确实热度很高,虽然博主提及"鲲鹏发布会"的很多,但是评论中网友讨论的部分仍围绕离婚、前妻等八卦展开。既然实质伤害不大,那避其锋芒是合适的选择。罗素素点开微信联系人列表,给一个昵称为"水哥"的发了一条微信:"去歪个楼,带带节奏,别往发布会上扯。注意不要被盯上。"

简单吃了晚饭,罗素素收到李丰梅的微信,明天有电视台的报道可以如期播出,罗素素在群里通知众人:

振兴,在新闻出来后第一时间发给政府领导。

梁宝你那边,在官微帐号上及时推送,并注意监测扩散情况。

圆圆你和供应商沟通一下,抓紧推进第二轮创意传播,重点围绕鲲鹏大数据平台的技术能力,不要跑偏。

安排好会后的传播节奏,罗素素开始思考复盘的角度以及"泄密"问题。从艺人角度来说,跨界合作是一项风险未知的工作,加减分未知,与艺人本身的素质有很大关联,但无论哪种合作,艺人要的都是关注度以及实打实的利益,这次发布会最大的不可控因素其实正是没能如约出现的艺人。没有与鲲鹏联合"官宣炒作",艺人可能也会选择其他的时机官宣,但是如果艺人出现,并且八卦消息在鲲鹏与政府共建大数据中心的发布会后扩散,那影响的不只是鲲鹏的口碑,还有政府的形象。

"所以这次泄密,从结果上来看反倒是让我们没有掉入坑里。"罗素素暗想。与大客户的合作万万不可剑走偏锋啊,罗素素算是躲过一劫。

从艺人一气之下不来的态度推测,泄密的源头很大程度上来自李丰梅,但是是故意还是无心之举,很可能是个解不开的谜团,但发布会行程临时变故,负面发酵总要有人来担责,原发稿件修改未果还被洪恩追着问,李丰梅已经成为罗素素新官上任要烧的一把火。

二十五　成功立足

第二天下午，电视台与其他专访报道的反馈让领导们极为满意。钱振兴发来各位领导的赞赏截图，成为罗素素向业务部门以及琳达等人及时汇报的重要素材。赵常的评测文章，由于思加在极客群的扩散，很多技术牛人主动分享，进而"渗透"到洪恩自己的朋友圈，对此本来还颇有微词的洪恩，也改变了对罗素素"推脱不愿做事"的初步印象。

复盘会上，罗素素通过清晰的传播脉络规划、张弛有度的节奏以及翔实的数据，将本次"四平八稳"的发布会，汇报得有声有色。而对于艺人引起的小插曲，罗素素并没有避而不谈："我们员工在处理和艺人对接方面可能经验不是很足，给本次发布会造成了一定影响，后续我们会在人员配比上重新优化，这也是接下来我需要规划的团队建设，希望各位领导能多多支持！"

王潘看到罗素素开完复盘会心情大好的样子，便在几个人的小群里通报："新老板似乎站稳了。"

王潘察言观色的判断，得到了肖风的印证。

"恭喜罗总，赏脸吃个晚餐吧？"罗素素收到肖风的微信时,刚要开车。久违的来自工作上的成就感,像春风洗涤过的西湖,又像暖冬窗外的阳光,在罗素素疲惫又轻松的神经上弹出了一曲麦克道威尔的《致野玫瑰》。

坐在前海一家烟火气十足的餐厅里,罗素素看着里里外外都略显违和的肖风,不禁笑了起来:"看肖总选的这个地方,似乎是一点工作都不打算谈喽?"

"听说罗总在新公司适应得很不错嘛,那肯定就不需要多聊工作了,我猜罗总现在的心情适合来这种接地气的地方,感受一下人间。"肖风寥寥数语,一下就戳中了罗素素心中被掏空了的部分。

"感受一下人间",是了,多久没有好好看过这座城,多久没有好好品味过柴米油盐了。架在面具后面的木偶人,是公关副总裁,是经历创业失败又想要重新证明自己价值的罗总,那么罗素素在哪呢?

不同于古堡那次的会面,肖风没有和罗素素谈论任何艺术、文学方面的话题,而是从交通拥堵,谈到房价、美食,上学读书时的趣事。二人一边滔滔不绝地聊一些无关紧要的生活琐事,一边品味来自牛和羊身上不同部位的肉在烤盘上唱出的油盐交响曲。

而同样在感受美食带来的治愈疗效的,还有宋喜乐和方晨。

"晨姐,我觉得这波咱们也不算亏,至少把鲲鹏跟娱乐八卦搅到了一起,以后都能成圈里的笑料了。鲲鹏发布会打算官宣艺人离婚,这样的公司谁还信任他们的产品啊,根本别想再跟政府谈合作了。"宋喜乐一边喝奶茶,一边跟方晨撒娇。

"你安排的人也太沉不住气了。发布会上就不应该跑,留在那儿再找机会就是了,工人就是工人,干不成大事!"方晨显得有些气急败坏,"物理破坏比再大的舆论风波来得都直接,合作谈得再好,没有签约这场戏,他们一个字也别想对外宣传。"

"算了算了，晨姐别生气了，咱们先吃饭吧。今天这家的刺身很新鲜！既然大家好巧不巧地碰上了，那以后机会多的是，还有老刘那边帮咱们呢。"宋喜乐修好跟刺身的合照，在朋友圈排了九宫格点击发送，配文是"刀俎上的鱼肉，还是要趁早吃掉"。

这次发布会的配合，赵常两次立功，罗素素不禁内心感叹年轻真好，敏锐又有战力。罗素素决定趁热打铁，将赵常的公司引入做供应商。

对于李丰梅，罗素素给出两个选择：要么转岗，要么离职。然而在沟通中，李丰梅并不服气，给出自己的理由："艺人爽约本就在意料之中，合同流程没走完，预付款也没打过去，一个发布会对于人家来说本来就是可来可不来的，怎么就要我背锅呢？"

"所以你并不想承认是你走漏的风声？"罗素素直接摊牌，看李丰梅要做何回复。

"这种事情娱乐圈早就有狗仔八卦了，我说不说跟艺人来不来没有直接因果关系。"

"你没有否认，那我可以理解为，至少你存在泄露行程的过失，不论是否有主观动机，你没有保密的行为，很不职业。"

"你……"

"那么接下来我们来说第二点，原发的拉踩文，为什么没有处理掉？"

"编辑不承认有错误啊，我一直在沟通，也发了我们的速记和PPT，但是编辑拒绝修改。后续不是也传播了正面的内容吗？"

"正面稿件是王潘和新新写的，传播是公关公司做的，方案角度是我安排的,请问你在应对这篇明显有错误的新闻稿件中做了哪些有效努力?为什么没有投诉举报这个自媒体内容有问题?"

李丰梅哑口无言。

"所以我的建议你考虑下,转去更适合你的岗位,或者去一家更适合你的公司,我这边都不会设置任何障碍。"

"你这是拿我开刀吗?"李丰梅显然没有耐心继续扯皮,留下一句话摔门而出。

李丰梅回到座位稍微冷静了一下,给琳达发了微信:"琳达总,方便的时候我找您聊一下?"

出乎意料的是,琳达秒回了微信:"现在来我办公室吧。刚好我也有事情要跟你说。"

李丰梅心里一沉。

李丰梅是一路跟着琳达的,李丰梅计划一直抱着琳达这位全公司最年轻的高级副总裁大腿,有靠山,有资源,在鲲鹏就稳了。以前的两任公关副总裁,都因为在和业务的关系处理中冲突明显,而被琳达"洽谈"走人,李丰梅既不用奋进也不用背锅,不管公关部怎么变,李丰梅是铁打的"高薪"媒介。

但罗素素的到来,短短几周就打破了李丰梅这种微妙的平衡。琳达将公关部全权交给罗素素,名义上不再掺和具体业务,但级别上琳达更高一层。罗素素现在摆明了要李丰梅担责,而琳达还能不能挽回这个局面,或者说,愿不愿意为了李丰梅跟罗素素"斡旋",李丰梅心里打起了问号。

"丰梅,罗总是不是找你谈过话了?"

李丰梅听到琳达的开场白,脑子里已经放弃任何盘算了:

"嗯，问我是要转岗还是要走人。"

"她之前跟我委婉地讨论过这个问题，毕竟这次业务线对她评价不错，你也知道鲲鹏一向是技术导向，业务优先，所以她的想法我不太好直接反驳。她的意思是两件事你都做得不够理想，我建议再磨合一段时间，但是她指出的问题也有道理，娱乐营销和TOB的媒介，可能确实不太适合混在一起由同一个人承担。"琳达没有跟李丰梅绕太多弯子，罗素素提出的"扩充媒介组，专人专职"的规划值得支持。

而这也意味着，李丰梅本人或者说李丰梅这个岗位，都是这个规划中要扫除的障碍——因职责不清导致的工作疏漏。

罗素素明白搭建自己的团队首先要有空缺，而这个空缺如果通过员工的工作失职优化出来，那相当耗时耗力，尤其对于一些老员工来说，很可能不是重大违规违纪，都没办法动人，并且新官一来就开人，很难稳固军心，除非是后面有大量自己人能填补进来，目前罗素素还没有这样的信心。

然而从团队架构专人专职的角度来推进，事情就会相对容易。毕竟李丰梅的问题，确实也有岗位职责混乱的原因存在。

李丰梅没想到的是，罗素素打的不是无准备的仗，她已经提前和琳达沟通过，甚至采用的是琳达无法直接拒绝的"岗位扩充"提案，这样一来，不管罗素素单独找她谈话是来软的还是来硬的，结果都不会变。而假设罗素素知道自己和琳达的关系，那先搞定琳达，也确实让李丰梅告状无门了。

罗素素在联系赵常作为供应商入库的时候，也确实了解到李丰梅和琳达的关系，因而从部门规划着手，推动人员架构调整，与琳达谈妥再向李丰梅下通牒。李丰梅着实咽不下这口恶气，暗自发誓一定要报一"贱"之仇。

二十六　财富诱惑

鲲鹏和某地政府共建的大数据中心，投入了公司内最优秀的技术团队，这个项目要被打造成样板项目，继续拓展地级市政府合作市场，进而向省会城市进军。

然而，TOB的合作推进周期长，落地慢，回款慢，鲲鹏的竞争优势并不明显，同时面临着巨大的上市压力，CEO姜维连续开了多次高管会议，讨论接下来的业务模式。洪恩提到，竞品鸿鹄科技最近打造了一款虚拟货币，运用智能硬件+算力[①]共享的模式，给用户发放代币，代币可以用来兑换平台商城奖品，此举快速吸引了大量用户，十分火热。

经过鲲鹏内部各方近一个月激烈的吵架式讨论，姜维最终决定跟进这种模式，从硬件产品入手，与云计算业务相结合推出一款面向个人的产品——云金宝。用户可以通过观看影音娱乐与玩游戏提供算力，也可以直接购买云金宝硬件产品，共享闲时算力。

鲲鹏的模式与鸿鹄科技十分类似，只不过目前鸿鹄科技推出

[①] [算力] 计算机计算哈希函数输出的速度，应用于比特币。

的鸿鹄币，仅通过智能硬件共享算力的方式可获取，打出的卖点就是"10个月回本"，将虚拟币可兑换的商品价值换算成商品价格，10个月就可以赚回来硬件成本，之后就是"躺赚"。

随后，鲲鹏的云金宝又增加了与一些视频和游戏厂家的合作，用户通过观看视频和玩游戏的方式，也可以赚取云金宝，而兑换的奖品模式也更为多样，比如年轻人喜欢的限量版潮玩、手办，还有大量的盲盒。

在成本控制上，鲲鹏的硬件产品每款都比鸿鹄科技便宜数十元不等，这就使得后续传播上，鲲鹏的"回本时间"可以比鸿鹄科技宣传的更短。

罗素素参加了几次高管头脑风暴会，完全熟悉了鲲鹏内部各个部门的狂躁式输出风格，技术喷产品"异想天开"，中台质问销售"别光'跪舔'客户，拿来单子再说话"，市场撑运营"规则设置不好，市场不背锅"。每天下班都仿佛强制关机失败的老式大块头电脑一样，聒噪的声音延续一两个小时才能从大脑中退场，每晚在对第二天可能随机出现的暴躁会议的恐惧中睡去。

而白天这些此起彼伏的声音，仿佛是另一种解药，罗素素已经很久都没有做过那些关于西京寒冷、杂乱、恶心的梦了，偶尔梦到早些年在西京的生活片段，可能是一串糖葫芦，一碗"脏摊"的凉粉，一盒"苍蝇小馆"的铁板烧，也有在胡同里转来转去找不到出口的焦躁时刻，但都不至于让罗素素从梦中惊醒，大汗淋漓。

有关鲲鹏新产品的事宜，罗素素打算找赵常聊聊。

赵常的公司入库成为鲲鹏供应商很顺利，但是由于目前公司缺少一些线下活动的执行人员，主要承担的还是线上传播方面的工作。思加成为对接罗素素这边项目的主力，罗素素在思加身上看到了当年赵常的影子,而思加在对新鲜事物的探索方面比赵常更胜一筹,罗素素甚至忍不住开玩笑:"思加你要不要考虑来我这里?"

赵常坐在罗素素对面,正对着一盘德式猪肘大快朵颐,听到这句话时一口肉停滞在嘴里,默默地望向思加。

一边翻看极客群里大佬八卦一边啃碱水面包的思加,随口回道:"君子见机,达人知命。"又冲着一脸蒙的赵常抛了个"媚眼"。赵常嘴里的肉继续嚼也不是,吞下去也不是。罗素素被这两个人的反应逗得哈哈大笑。

"不逗你了,放心,我不会挖你墙角的,思加现在可是你公司的骨干。"

赵常慌忙嚼了几口肉,看着午后阳光中罗素素熠熠生辉的脸庞,一抹红晕悄悄爬上了眉梢:"素姐,你可是吓死我了,要是想卸磨杀驴的话,杀我好了。"

三个人一起吃了顿氛围轻松的午饭,而思加在极客群里发现的一个动向,也让罗素素对于鲲鹏的新业务信心大增。率先开展智能硬件+共享算力模式的鸿鹄科技,已经吸引了一大批原始粉丝,通过社区、社交网站主动分享"薅羊毛攻略",每月放出的奖品以及下月可预定的奖品都有所区别,按攻略兑换甚至可以提前一个月回本。

这样的玩法在社区传播中产生了很多"自来水[①]",用户分享意愿十分强烈,而思加作为最早一批入手的体验派,觉得这种生态模式完全可以做得更大,涵盖更多类型的产品进来,年轻人有更多新鲜玩法可以探索,用户黏性才会更高。

[①] 指自愿、义务参与推广的用户,又被称为免费水军。

如果鲲鹏在此时下场分一杯羹，不早不晚，既不用自己摸着石头过河，又不用与大批竞品一起在血海厮杀，只要抓住这几个月的空窗期，推出产品和新玩法，吸引新用户，转移鸿鹄的老用户，就可以抓住先机以图后计。

新产品和新玩法的对外传播，就成为罗素素即将扛起的一杆大旗。互联网时代，注意力优势并不在人多，而是在声音大，实际参与的用户不一定有千军万马，但只要在各个渠道的声量够大，哪怕只有几百用户，也能营造出"这才是主流"的印象，这种初印象会吸引更多的人关注和体验。

"大家都在玩这个，我也去看看，不然都不知道明天互联网在说些什么。"

这就是意见领袖和从众心理在群体传播中的所起的作用。

罗素素突然想到前几天偶尔在视频网站上刷到的一个小片段，热播剧中一个带头在朝堂上质疑宰相的朝臣刚刚迈出行列，"臣有本……"的话还没说完，弹幕突然集中霸屏，统一刷起了"营销号你闭嘴！"被网友的机智逗笑的罗素素，也突然意识到，意见领袖这个角色，在哪个行业都值得关注和警惕，方向对了振臂一呼是铁肩担道义，方向错了那就是万死不足以赎买。

公关本是为企业"治未病"的前瞻岗，在企业品牌传播中不可或缺，预见负面舆情，制定解决方案，传导正面声音，获取受众支持。但在实操中，越来越多的同行通过操纵意见领袖，实施一些刻意洗白甚至污蔑对手的手段，这种公关圈内的暗箱操作，恐怕早已和公关的初衷相去甚远。

罗素素没有继续往下想，她从入行以来，和前辈、领导学习到的都是帮助企业"扩大传播""转危为安"的行业方法论。一些很出圈的公关案例，比如某火锅品牌应对食品安全问题的三步声明，让她也看到公关并不能只是"擦屁股"，也需要正视企业存在的问题，帮助企业越做越好。实际工作中，一家公司公关话语权有多大，公关能不能遵守本心服务企业，这并不是罗素素能左右的，与每家企业的文化和发展历程都息息相关。

她打断了自己即将发散的思维，看了看HR送来的媒介候选人简历。

罗素素决定扩充媒介组，一方面是自己的队伍要有得力干将，另一方面是团队内TOB和TOC的传播风格需要所有区分。尽管与政府的合作进展缓慢，但样板项目已经做了，销售后续发力的话，还是需要有足够的声量支持才好推进。

Jessie得知罗素素在鲲鹏有飞黄腾达的迹象，立即前来邀约。

"亲爱的，你太拼了，我们都好久没有一起SPA了对不对。到底什么时候才能赏脸，让我亲眼看一下科技圈里冉冉升起的公关巨星。"

收到Jessie嗲得发麻的语音时，罗素素刚刚结束一场面试。HR筛选的简历，有些看上去经验丰富，实际聊起来对具体执行一无所知，过于依赖乙方，有些媒体资源广而不精，不足以应付甲方与媒体深度合作的需求，罗素素要求HR重新筛选一批媒体出身的候选人。

按摩师轻柔的手法，让Jessie和罗素素非常放松，店内香薰的味道、安静的音乐，以及精油在皮肤上摩擦渗透的滑腻感，使得每一个毛孔仿佛都在畅透呼吸，二人心中高叫这才是生活！

"你接下来是不是要招兵买马了？"Jessie随口一问。

罗素素轻笑："你还真是我肚子里的蛔虫，怎么，有人要安插进来吗？"

Jessie用懒洋洋的嗓音介绍说:"哎呀,就是前几天萱萱找我吃饭,说她在那报社待得没意思,她爸不是托关系给她找了个报社的闲差么,这姐妹儿嫌太无聊,想出来感受一下花花世界呢。"

萱萱是西京本地人,性格直爽。她几年前在一次合作中认识了罗素素,一起吃过几次饭,聊天时发现还是同一个合唱团的成员,慢慢就成了时常一起混场子的"酒肉朋友"。虽然比Jessie小几岁,但萱萱的成长环境把她培养得极其会见人说人话见鬼说鬼话那一套。

"聊聊吧,我觉得萱萱在搞关系上没什么问题,她爹那些老朋友都还指望得上呢,还有她妈,桃李满天下可不是乱说的,是真有两把刷子。"Jessie说起萱萱时羡慕不已。

"好啊,那我最近盛情邀请一下这位萱大小姐。"罗素素觉得,萱萱是个相对匹配的人选,敢拼敢冲的个性与自己刚好互补,何况萱萱的人脉资源也是很大的加分项。

二十七　提前启动

　　鲲鹏与几家硬件厂商达成合作，通过鲲鹏的技术支持以及硬件厂商的生产线支持，联合开发新品，多款智能硬件同时进入研发期。

　　为了抓住窗口期，鲲鹏在智能硬件的技术升级方面采用了最简单的方案，实现效果和鸿鹄科技差不多，但是技术成本更低，因而研发和生产的时间会更短。

　　第一款升级版智能硬件产品发布，是重中之重。

　　无论是琳达牵头的市场部，还是罗素素牵头的公关部，都打起十二分的精神来筹备。肖风偶尔会发来一些日常问候，很少过度关注鲲鹏的工作，最多就是打趣一下："好好干，干好了明年老板们就能换房换车换嫂子了。"罗素素半开玩笑地回复："希望干好了明年我也有机会喜提新男人。"

　　产品团队连续加班已经接近一个月，公关部和市场部也在马不停蹄地跟进产品研发进度讨论主打卖点。罗素素认为，单纯对标鸿鹄"10个月回本"是不够的，必须要凸显差异化，要把重点放在看视频玩游戏也能赚钱的角度上来；销售认为，重新教会用户的成本会比"拿来主义"高得多，市面上已有的"可以赚钱的智能硬件"，是一个相对成熟的概念，用户自发的口碑营销也更容易；琳达则认为，有足够多的玩法、足够多的营销活动才能扩大用户量，并且打破圈层，让产品知名度更高。

可以说，每一方从自己角度提出的观点都是有理有据，但第一炮一定要打响，并且要打得竞品措手不及。罗素素最后决定从用户下手，了解用户感的兴趣和需要是什么，再来排列卖点的优先级。于是联系咨询公司，做出专业的调查问卷，尽快出具调查报告。

萱萱已经正式入职鲲鹏，罗素素还同时招进来一个专门做TOB端媒体关系的小姑娘和一个做娱乐营销的男生小贺。在发布会的环节设计以及传播角度方面，萱萱和小贺贡献了不少脑细胞，而萱萱这个大姐的社交能力着实厉害，梁宝、王潘、新新这种经历领导更迭，与任何同事都看不出亲疏远近的，也被萱萱大小姐成功拿下。

罗素素几次从办公室出来，都能看到萱萱和其他同事谈笑风生。且不管这种友好和谐是表面还是真心，萱萱到来之后，罗素素终于再次感受到创业时期团队应有的轻松氛围和凝聚力。

两周后，咨询公司的调查结果出来了。83%的用户对于能赚钱的智能硬件接受度更高。看视频赚钱和玩游戏赚钱，用户的第一联想是APP返现，而不是购买智能硬件。但69%的用户又对买硬件、看视频、玩游戏都能赚钱的模式更感兴趣，并且希望有越来越多的新鲜玩法，有部分用户填写了心理预期，希望呼吸也能赚钱、走路也能赚钱等奇思妙想不在少数。

市场部与公关部根据调查问卷结果，商讨出方案，以"比你更会赚钱的智能硬件"为第一卖点，重点传播赚钱的多种途径和花式玩法。销售话术也以"躺着赚钱""玩法更多"为核心，直接对标鸿鹄以及其他产品"10个月回本"的口号。

一切准备就绪，一切快速推进。

就在罗素素忙得不可开交的时候，肖风突然约她打一场球并且"不可拒"。罗素素难得在21:00前"提早"下班，到达肖风预定的网球场时一脸疲惫："肖老板，您看我这个状态，像是还能继续体力劳动的吗？"

"相信我，来打一场，保你在发布会之前还能干劲十足。"肖风笃定地说。几个回合下来，到底是疲惫的罗素素坚持不住："休息一下吧，肖总矫健如飞，我可是都要连滚带爬了。"

看着罗素素绯红的脸颊和不停滴落滚动的汗珠，肖风顺势抓起长椅上的水，拧开就要喝，罗素素赶忙拦下："那是我刚打开的，再给你一瓶新的。"肖风一边擦拭额头的汗珠一边连喝几口，差不多半瓶水下肚之后，对罗素素说："美女，真是不好意思，来不及了。"

罗素素恍了一瞬，不知道肖风只是单纯的调侃还是话里有话："肖总说打完这场球我就能继续工作，看样子知道我们啃的是一块大骨头喽。"

"罗总要是再聪明一些，是不是我就可以聘请罗总帮我算算明年的投资回报率了？"

"成功率我算不出来，但是肖总这时候约我打球，肯定是醉翁之意不在球了。说说吧，找我来是什么事？"

"当然是希望罗总能稳住，做好下周的发布会。"

本来发布会的日期是高度保密，连受邀媒体都只是给了几个待定日期，都比已经定好的日期要远一截。虽然不清楚肖风与鲲鹏的哪位高层私交甚密，但发布会就在下周的消息从肖风嘴里说出来，罗素素心里一惊，甚至有些分不清对面是敌是友。

"肖总，来网球场聊工作可不是什么好选择。"罗素素从长椅上站起来，一边擦汗一边做出要走的架势。肖风拉了一下罗素素的小臂，有些谄媚又带些狡黠："有鸿鹄的情报，要不要买？"

罗素素愣在原地，既被鸿鹄的情报吸引住，也是被肖风猝不及防的肢体接触撞晕了头脑。想到之前莫生在KTV的骚操作，罗素素有些生理不适，但肖风生动的小表情与金融大咖身份产生的戏剧效果，又让罗素素想要透过肖风的双眼看到一些什么。

肖风突然站起来，拉着罗素素小臂的手收紧，附身在耳边："鸿鹄知道了发布会的真实日期，新品发布必须再提前。"随后松开罗素素，像什么都没有发生一样，"怎么样，这场球是不是打得恰到好处？伸伸筋骨，准备连轴转吧罗小姐。"

欲哭无泪，恐怕需要人参来吊命了。罗素素暗想，肖风大可不必这般费事，一个电话就好，为什么要这么做？肖风的行为，让人捉摸不透。

罗素素简单收拾了一下，赶回公司，刚好碰见眼睛都要合上的萱萱和其他几个小伙伴下楼。罗素素火急火燎且有些凌乱的样子，让这几个犯困的人瞬间惊醒起来："素姐，出什么事了？"罗素素微微调整了一下情绪："今天以及之后几天可能走不了了，先上楼吧。"

琳达接到罗素素打来告知这个意外情况的电话时，刚刚到地库准备开车回家，饶是身经百战的琳达内心也起了波澜。

"好的我知道了，现在没时间追究泄密的途径，事情越少人知道越好，所有执行层一律保密，场地这边我亲自协调。"

发布会提前两天，所有加班的人都在以"彩排"为目标抓紧赶进度的时候，罗素素偷偷安排萱萱联系媒体更改时间，萱萱没有瞪大眼睛冲罗素素大呼小叫，反而顶着两个黑眼圈默默接受了这个事实:"姐们儿我真是出来感受花花世界了,果真无奇不有!得嘞,姐姐您就等我的好消息吧,什么牛鬼蛇神都能搞定,待我凯旋,姐姐赏我一周假去会会我那些小奶狗。"

鲲鹏新品发布会紧急提前开幕,执行人员前一晚半夜得知第二天的彩排之后马上就是正式活动,晕头转向严重缺觉的脑子都嗡地炸了。尽管琳达和罗素素几个核心领导已经提前安排,但对于具体执行而言,所有的细节都需要沟通核对,临阵磨枪这种事,要执行层磨得好才可以。

"大家打起精神来,今天战斗结束,我们相当于提前完成项目,可以多休息几天,琳达总特批了一笔经费给我们,美食、美景、美酒要什么都可以!"罗素素的话像是一剂强心针,的确,对于已经疲劳过度的员工来说,能提前结束项目未尝不是一件好事,那就让暴风雨来得更猛烈些吧!

琳达和罗素素商量,为了避免个别友商前来碰瓷,特别增加了一队安保,同时要求对进场媒体、观众身份信息进行核实,媒介要尤其注意甄别媒体真伪。钱振兴作为在这场发布会上没有专门的工作安排,但经验又相对丰富的老员工,被罗素素打造成"后勤保障部长",一定要"慧眼识坑"。

吸取了上次的教训,这次经过多番确认的新闻通稿纸质版和电子版,媒介都做了水印,此外为避免媒体在传播中对活动规则描述不清,还特意制作了新品漫画手册,图文并茂的方式更便于理解和转述。

企业的新闻,资料越翔实对于媒体来说越方便,各家媒体的发布渠道要求不同,有些限制图片数量,有些限制内容篇幅,有些相对活泼,同时对于习惯自采的媒体来说,背景资料越多,也越方便他们列提纲。总之,有"大礼包"式的自选服务,很能在媒体圈刷好感。

在准备这些文案和物料的过程中,王潘和新新都感叹:"不说我能把产品介绍倒背如流,反正现在让我去卖场卖货,我肯定能拿优秀员工奖了。"罗素素鼓励道:"优秀!后续媒体的提问采访你俩也要盯紧,媒体不了解产品,但是你们了解产品。能给出一些专业的答复,这是好公关的必备要素。"

全体项目组人员,又是一夜未眠。新品发布会当天凌晨,会场横七竖八地睡了一地搭建工人。

罗素素一早赶去会场,初生的朝阳还只探了一个小脑门,微微橙色的氤氲罩在东方,空气中带着夜晚的凉意和清新。想起以前做乙方的时候,也曾看过这样的清晨,或者是在公司加班,或者是在各种会场踩点,忙碌中几乎从没好好看一看西京的清晨。街道上早早出摊的商贩,准备开门的店铺,上学的学生,拖着行李出差的打工人……看起来,每个人都在这座城市里,沿着自己的路线一步步往前走。

安装工人们看有"领导"来视察,互相吆喝着起来,罗素素长了个心眼,让负责人特地核查了一下工人是不是有不认识的,人数对不对。确认工人没问题之后,罗素素提前检查了设备,做好测试。等其他人员陆陆续续进场,开始唯一一次流程彩排。

由于意义重大,CEO亲自做产品介绍和展示,技术部门做补充,合作厂商也有代表从生态伙伴角度发言。这次的主持,是从公司内部找的有主持经验的员工,本来琳达和罗素素还在要不要请更专业的主持人上纠结,被迫提前开发布会之后,从保密性和稳妥性两方面考虑,选择内部员工主持不仅对产品的介绍更到位,沟通也更安全。

但她在氛围和节奏的把控中,能不能担起重任,琳达和罗素素心里不太有谱。

不过从彩排的表现来看,主持很大气,反应也快,有应变能力。罗素素提醒了一些关键的节点之后,主持也记得很清楚。一边打哈欠一边站在罗素素身边盯流程的萱萱,忍不住夸了一句:"这妹子挺机灵,难得遇上不是花瓶的好看姑娘,不然江湖只有我这么一个才华与美貌并存的,真是寂寞啊。"果真,萱萱在调节氛围方面是专业的。

罗素素紧绷的情绪稍稍舒缓了一些:"注意一下今天的媒体,工人那边目前看没什么问题,我估计对方可能会在媒体这边搞事情。"叮嘱了萱萱之后,罗素素赶紧去和彩排完毕的合作伙伴代表打招呼。萱萱带着新来的媒介小姑娘,等待媒体签到入场,脸熟的媒体,萱萱简单寒暄几句,介绍媒体区位置,安排入场,不太对得上的媒体,萱萱按照要求,客客气气查看媒体证件,核对签到信息,安排入场。

不得不说,漂亮姑娘外加待人接物很有分寸,已经成为媒体悄悄议论的小话题。

"没想到萱萱来鲲鹏了啊,之前见过一次,后来那家公司的媒体活动就没怎么见到过她,还以为不做媒介了呢。"

"听说是去报社待了一阵儿,这姑娘在哪都吃得开,厉害厉害。"

"萱萱是我见过的最优秀的媒体人转型媒介,没有之一。"

接待了几拨媒体,萱萱要去趟洗手间,便交代另一个媒介姑娘小璐:"你不认识的媒体一定要亲自核对信息。"刚走出几步路,又转头回来:"算了,你不熟悉的不要给签到,拖延一下等我回来。"

还没等同事揶揄萱萱的"不信任",萱萱已经拎起裙子踩着高跟鞋小跑起来。没等萱萱回来，又有一位科技媒体记者前来签到。小璐并不认识这位记者，倒是对这家媒体有所了解，本想查验证件之后直接安排签到，随口聊了一句："柳主任最近挺好的吧？"记者看了看签到表，微微迟疑了一下："挺好的挺好的，我们前两天还在一起开会。"小璐本来只是想隐隐表达一下她在"贵媒体"有认识的人，虽然她自己有这位柳主任的微信，但是联系不多，可是柳主任昨天发的朋友圈分明还在国外度假，怎么会和这位记者一起开会？

小璐没有直接安排记者签到，说负责接待的美女同事暂时没在，稍等回来之后安排入座，让记者在休息区等候片刻。见记者暂时离开，小璐迅速给萱萱发了微信："有情况。"没过两分钟，萱萱一路小跑回来先跟小璐通了个气，然后到休息区找到那位正在等待的记者："您是酷科技的记者吧？老张都答应我过来了，这是临时放我鸽子又麻烦您过来跑一趟啊？"萱萱一边跟记者聊，一边引记者到签到台。"哈哈哈哈，是，他说有事让我来了，说这场新品发布会亮点很多，正好我也感兴趣。不过今天来得匆忙，没带名片，我就直接签到吧。"对方道。

萱萱没直接拒绝，先安排记者签了到，记者说想先进去拍拍照，方便配图，萱萱委婉拦下，说已安排工作人员去拿伴手礼，让记者先在休息区坐一会儿儿，领了礼物再进场。萱萱立马联系酷科技的记者老张："你是换人来了？"电话另一端传来一阵汽车鸣笛："没有啊，我堵车呢，一会儿就到，你们发布会太早了，正好早高峰。"萱萱挂了电话之后在心里骂了句脏话，赶紧同步给罗素素这个消息："要么是冒领车马费的，要么就是友商的眼线。"

罗素素没有直接让萱萱赶走人，而是想等"真李逵"记者老张到来之后对质一下,也顺便问问这"李鬼"记者什么目的。于是回复萱萱:"先稳住这人,套消息。"

发布会还有十分钟正式开始,老张气喘吁吁地赶到,见了萱萱赶紧问怎么回事。"你还问我呢,你都要被人冒名顶替了,江湖上以后可有两个老张跑会了啊。"萱萱努了努嘴,老张看到休息区坐了一位不认识的男士。

"不认识,说是我们那儿的?"

"嗯,还说前两天跟柳主任刚开完会。"

"这家伙,为了领这点儿车马费,真是够拼的啊。"

"我怀疑不一定是为了车马费,没准是过来打探消息的。我先带你进去,你不认识的话我心里就有谱了。"萱萱将老张引进会场。

罗素素和萱萱决定去会一会儿那位"李鬼",一起来到休息区跟他打了招呼:"酷科技的老张刚进去了,没跟您打招呼?"罗素素先发制人。

"哎哟,我还真没注意到。他来了啊,也没跟我说一下,这事儿闹的,那我去找他吧。""李鬼"记者丝毫没有被识破的慌乱。

"真是不好意思,咱们这座位和伴手礼都是按人数来的,我们同事刚才也去给您协调伴手礼了,我建议您稍等一会儿,等发布会结束,我们找个安静的地方好好聊一下,您看怎么样?"罗素素直视对方的双眼,但是对方依旧没有退缩的迹象:"也可以,既然来了吃了个闭门羹,总不能再驳罗总的鸿门宴吧。"

罗素素见对方也要摊牌,便请保安带他到独立的休息室等候,要求"看紧了"。同时让萱萱稍后把伴手礼、新闻通稿、产品手册交给这位"李鬼"记者。

发布会稍微延迟了五分钟开始。一开场，CEO 姜维直接推着新品上台："我今天要变身卖货郎，跟大家一起看看，未来双赢的生意要怎么做。"活泼的开场给整场发布会奠定了轻松的基调。

罗素素和琳达一直紧盯进程，随时处理各种细节问题。生态合作伙伴代表介绍合作模式的时候，有几处话语不是很准确，王潘和新新听出来了便及时在工作群同步，主持人随后做了修正。罗素素叮嘱撰稿和媒介，发布会速记要注意调整，后续媒体发稿也要注意这几处细节。

"有记者觉得咱们新品的模式很有意思，非常感兴趣，想做系列报道。"萱萱一边在媒体堆里跟记者们低声聊天，一边把套来的反馈同步到群里。

"开局一张图，后面全靠编。"钱振兴在群里调侃了一句，"后边的故事怎么讲，还得公关部好好筹划啊。"罗素素见大家的情绪不再那么紧绷，也开始在群里发言："故事当然是个好故事，毕竟咱们还有间谍戏份呢，下一场谍战剧就要开演了。"

"老虎椅、辣椒水有没有？"
"我建议糖衣炮弹吧。"
"别太过分，还是招安吧。"
"这种人敢来听墙根，就不怕直接被狙掉吗？好好扒一扒，搞不好能送进去呢。"

大家在群里开始献计献策，而罗素素的第一直觉，是这个人不好搞定。

二十八　双雄对决

发布会后,琳达带着团队直接去聚餐了,而悲惨的公关部还在加班加点沟通传播事宜。罗素素和钱振兴、萱萱简单沟通了一下,决定一起去找"李鬼"记者探探口风。三人来到休息室,"李鬼"记者正玩手机游戏玩得不亦乐乎。

"罗总好,看来发布会结束了。"

"劳烦您久等了,咱们一起吃个饭还是喝个咖啡?"

"我都可以,看各位的时间吧。"

四人来到一家安静的饭店,"李鬼"记者毫不含糊地点了几道贵菜。萱萱当下判定,这人成不了大气候。

"正式自我介绍一下,我叫朱力,准确地说现在无业,下个月入职鸿鹄科技公关部。之前专门跑科技口,大家都是一个圈子,不用太见外,多个朋友多条路嘛。"

"您真是爽快,那这次来是想围观一下我们的新产品吗?倒也不差这一时半刻吧。其实通稿我们也给您提供了,既然您是圈内人应该也知道,首发新品亮点不会做太多,后续迭代的空间要留出来,不然技术怎么吃饭,销售怎么吃饭,是不是?"罗素素对于朱力的虚晃一枪直接"抢断",让他直说假冒其他媒体来发布会的真实目的。

"哈哈，罗总说得没错，但是呢，行里有句话是这么说的：于公来说，我来看看友商怎么玩并不为过；于私来说，万一将来鸿鹄失败，鲲鹏上位，我与各位也算有个交情。"朱力用表面看上去合理的话术继续伪装。

"您也太客气了，您虽然要入职友商，但是对我们鲲鹏的未来还是十分看好的嘛！冲您这个希望，我们也得好好努力！不过这趟您除了通稿，还得拿点儿别的料回去才好交差是不是？只要我能说的，您尽管问吧，这圈子绕这么大，来回不就这么点儿事儿吗。"萱萱表现出一副如你所愿的样子。

"美女，您这么说我都不好意思了，我看了贵司的通稿，下一步打算玩生态是吧？我个人观点，这种方式好是好，但是也太容易被赶超了吧。虽然鲲鹏抄了鸿鹄的硬件玩法，但是生态这种伪概念，那还不是商务多吃几顿饭的事儿吗？要没有真枪实弹，这也太容易把自己玩进去了，到时候不说行业老大的商务吸引力更大，就是鸿鹄多做几本赔本买卖，用户就跑过去了，这恐怕不是可持续发展吧？"朱力剔了剔牙。

"所以这次是来建立一下联系，准备釜底抽薪？"钱振兴问道。

"您可真是高看我了！我哪有那么大的能量。不过合作方的伙伴，万一嘴上没把门的，说出一两句比较有深意的话，我们也好推动合作嘛。既然各位没给我这个机会发展一下，那就完全没什么好担心的了吧？"朱力仿佛在示好。

但罗素素听出来，鸿鹄这个对手应该是打算从合作伙伴下手做文章，这个朱力既没明确表示对鸿鹄的忠心，也没直接拿到发布会的什么把柄，且不管他能不能交差，目前并不可以直接树敌。

罗素素给朱力倒了一杯热饮："您非说这顿饭是鸿门宴，也是高看我们几个的水平了。大家都是打工人，现在又要在一口锅里吃饭，就像您说的，多个朋友多条路，和气生财嘛。"

"罗总通透，要不是我转行，一直在媒体的话，其实少不了打交道，所以咱们吃个饭，认识一下，就当'相见恨晚'了吧。"朱力举杯，打算给这顿饭收个尾。萱萱忍住内心的恶心，招呼罗素素和钱振兴一起跟对面的朱力碰了杯。

新品发布后，鲲鹏开始大力推广，市场部琳达牵头各类广告投放，同时开启多城市的路演推广，运营的线上玩法也重磅出击。公关部配合这两大前锋部门进行传播，而思加作为公关公司的对接人异常忙碌。

"常哥，我天天写相似的稿子，整个人都要废掉了，能不能再加两个小伙伴给我？"思加顶着黑眼圈跟赵常要人。

"加，鲲鹏那边都是大手笔，不差钱。我先给你加一个人，你先带一带，毕竟你对项目最熟悉，而且手快。鲲鹏目前急活儿多，实在来不及的我帮你，那边不能出乱子，现在素姐是我们最大的金主。"

赵常有时候想，如果当初罗素素来了自己这边，公司能不能像这样风生水起还真不一定。

思加在极客群里发现有人在讨论小道消息，说鲲鹏这次发售的新品，成本比鸿鹄低，玩法也多，虽然定价跟鸿鹄差不多，但是利润肯定更高，预计鸿鹄不会坐以待毙，后面应该会出大招，用户可以坐等薅羊毛了。

鲲鹏公关部日常忙到火花带闪电，萱萱和几个同事只能趁中午吃饭的时间闲聊一会儿。

"新品发布之后，鸿鹄没来搞一把太不正常了，那个奸细不是来套消息了吗？什么都没套到也得胡编乱造地来一些负面，证明一下他的实力吧？新入职不得使劲儿秀秀肌肉吗？"王潘提起了这个话题。

"嗨，就那个抠脚大汉，我看他也没什么真本事，而且现在黑我们一波，不痛不痒啊，又搞不起来什么大火花。负面不会有那么大效果的，毕竟市场部跟运营那边力度很大，正面声音那么多，用户玩都玩不过来。"萱萱对朱力嗤之以鼻。

"突然羡慕有些公司，根本不差钱，有啥负面直接删不掉就谈合作。我要是有预算，我也想当一掷千金的媒介，给你两千万，全网删负面。没有什么是钱搞不定的。"小璐为日常口干舌燥沟通的职场舔狗经历鸣不平。

钱振兴不以为意："你真是年轻，虽然说钱是必须的，但是真想全网搞定，有钱也不一定能行啊，就跟走后门一样，你有钱也得送对地方，光有钱拜不上真佛照样不行。而且关系这种圈圈绕绕的，你有钱，结果别人有亲戚，你钱是一锤子买卖，人家亲戚可是常来常往的，你说钱打得过权吗？"

"老钱，就我这浅薄的工作经验来看，做公关可不只是钱和权就能搞定。要说日常的，钱和权是必备的。但要真是危机公关，全平台捂嘴，那是急诊紧急止血而已。现在这舆论情况，捂得住媒体捂不住自媒体，捂得住自媒体捂不住网民啊！网民是谁？那可是门口菜市场买菜的王大妈和赵大爷，天天七嘴八舌地吃瓜，出点儿负面就要来论个长短，谁都想站在道德高地上指着别人骂娘。"萱萱这个时候，认真起来，"骂的声音大了，来个所谓的领导巡视，各打五十大板。谁委屈谁不委屈，买菜大妈可不在乎，人家就会说，他们家被查了，就是问题户。都说公关有二十四小时黄金时间,我觉得现在根本到不了二十四小时,还得更快,要不然买菜大妈光唾沫星子就能反转剧情十遍八遍了。"

萱萱缓了缓接着说:"不过呢,买菜大妈一向都是想看个热闹而已,谁管你们家厂子是真的污水管漏了还是被隔壁泼粪了,买菜大妈胜在嗓门大,看见什么就广播什么,比大喇叭可好使多了。不管什么舆情负面,处理的时候真能抓住人心的才能算好公关。但是抓人心这一套,黑公关可比我们玩得还溜,人性的恶总是比善更好利用。"

"听萱大小姐一席话,胜我读十年书啊。"王潘的彩虹屁立马跟了上来。

"潘啊,萱大小姐是白叫的吗?萱大小姐说她工作经验浅薄你还真信啊?人家大公司大媒体都待过不说,从小跟着爹混的饭局比你写过的稿子都多,那可都是半仙斗法,萱大小姐什么没见过,是吧?"小贺殷勤地给萱萱剥了个水果。

"本来我这正儿八经地谈工作心得呢,你非拉我爹出来遛街。这家伙,万一哪天我爹退了,你们还不得把我当落魄贵族一样抨击一顿呗。姐们儿可不是光拼爹的主儿,虽然有时候还得仗着家里疏通疏通,我这盘儿靓条儿顺的,还得有我老母亲的功劳呢。"萱萱作为组里的"名门望族",也懂得适时自我调侃才能拉近与大家的距离,尽管她不一定用得上这些同事,但是她也不想给自己添堵,听人背后嚼舌根。

"不过话说回来,鸿鹄接下来还得搞点儿啥吧?"新新问。

"我觉得差不多要开始正面回击了,毕竟发负面只是公关上两家互相扯头花,咱们这边合作方那么多,他们肯定也得跟进。看看他们产品方面有什么动作吧。"梁宝做创意策划已经快做到江郎才尽,"巧妇难为无米之炊,他们产品不跟进,公关能做个什么传播。"

就在罗素素团队摸不着对手将如何再出招的时候，方晨团队也在发愁。

由于产品掣肘，很多重复的话术来回说，传播效果并不好，用户在产品反馈论坛也时常抱怨。方晨在承受内部会议对宣传效果的质疑压力下，几经抗衡，终于推动产品持续再次迭代。

不过，产品部门考虑到当前在市场上的领先地位，并不急于跟进鲲鹏的合作模式，认为鲲鹏的生态合作只是小打小闹，还需要研究出一种更吸引人、更有回报率的模式，让用户死心塌地留在平台，不管主动还是被动，一定要套牢，要做出对付鲲鹏的必杀技来，也让其他小竞品跟不上、抢不走。

朱力正式入职鸿鹄之后，方晨虽然对他没有从发布会套来有效信息可供追击略有微词，但从鸿鹄自己的产品进度来看，即便当时有所作为，对自己的工作也算不上加分项，便没有多说什么。当前最主要的就是在鸿鹄币推出新的赚法之前，把传播做出声量来。

方晨明白，传播做得大不大，在领导面前汇报很重要，数据水不水，只要不出大乱子，没人会抠这种细节。而线下活动总比线上传播容易出彩。

方晨决定让供应商来比稿，做一些节日类的线下营销。宋喜乐给库内供应商发了邀请通知，要求各家一周内交提案。各家供应商熬夜加班做了多款创意方案，静待开标。

而最终，方晨选择了A公司的方案，交给价格更低的B公司来做。也就是，骗了A公司的稿。等到A公司项目组发现鸿鹄执行的方案跟自己当初提报的方案有多处雷同时，一时间陷入纠结之中。维权得罪金主，不维权实在咽不下这口气。

在内部会议上听到产品要加码的时候，方晨有种马上可以大刀阔斧上大项目的快感。因为鸿鹄币即将与多个理财平台联手，将代币与真金白金直接关联，用互联网金融红利吸引用户。

二十九　鸿鹄加码

在鲲鹏科技的云金宝发布两个月后，鸿鹄科技正式宣布，鸿鹄币与十大理财平台携手打造共生生态。鸿鹄币可以兑换理财产品额度，还可以转换为借贷额度，年化20%以上的"稳健"收益产品，秒杀市面上同类收益，借贷审核也相对宽松。一时间，对于"鸿鹄币真的能当钱花"的话题讨论热度居高不下，方晨几乎不用费心联络，媒体邀约主动采访就已经络绎不绝。

思加对此评价："抓住了年轻人的痛点。"赵常则疑惑不解："你给详细说说。"

思加进一步解释，年轻人挣得少花得多，又能借钱又能赚钱的平台，非常吸引人。很多人炒币都要登录外部网站，而且代币主场在海外，真能赚一笔小钱就已经算幸运的了，各种新品还层出不穷，时间长了年轻人也有厌倦期。

"天天想当时代弄潮儿的那拨人也得吃饭啊，炒代币天天亏掉底裤，家里有矿还是有印钞机？现在鸿鹄币这种玩法就相当于改变了币的属性，从代币变成了红包，兑现成本降低不说，产品竞争期用户最能薅羊毛的道理，互联网已经教会大家了。风险不风险的，跑得快就行。"

思加正说在兴头上，手机突然响了，看了一眼来电号码，直接挂掉并且把手机重重摔在桌子上，情绪发生了一百八十度大转弯。赵常吓了一跳："怎么了，突然这么生气？"

"没什么，家里的电话。"赵常劝思加有什么事儿好好沟通，家人的出发点都是好的，没想到这一句反而点燃了思加的情绪。

"天天都说为我好为我好，我都长大了，我没有独立思考的能力吗？非要把我拴在裤腰带上才算完？我出去留学做交换生，她们极力反对，一定要我考家里的公务员。请问现在是什么年代，我们有那么多机会尝试新鲜事物，我非要回家当一个基层公务员吗？我养不活我自己吗？"思加咆哮着吼出这些话。

思加与家人在择业上的分歧，其实是大部分毕业生都会遇到的问题，家长总是从个人经验出发来给予指导，缺乏生活经验的孩子，却总是想先看看大千世界。一个没有接通的电话就能让思加崩溃成这样，赵常猜测双方的争执应该已经持续一段时间了，并且难以调和。

"你先别激动，缓一缓。这种事情急不来，不是你这一次说服她们，就能彻底改变她们的看法。"赵常试着安慰思加。

"真的没办法沟通，大家对世界的理解都不在一个频道。天天念叨养儿防老那一套，指着我当家里的顶梁柱，我现在就是不忠不孝的代表，让她们抬不起头，比不过隔壁家的王二狗！常哥，你不知道我们家有多压抑，我妈每天都在说她一个人带大我们姐弟有多不容易，不管什么事情，只要不顺她的心，就是我不对，我不知道感恩。是，她是辛苦，但是我也不是木偶，我有我自己的人生啊。你懂不懂，我真的太需要逃离了。"思加说到这些，眼圈已经红了。

"那你有没有想过，以后有什么合适的方式，能让冲突不这么严重呢？"赵常引导思加想一些乐观的情况。

"我想去灯塔国，走得更远一些。不管我是继续读书，还是找工作，我觉得至少可以多看一看这个世界，看看我们立足于什么样的环境，看看我们还有什么可以继续变好的地方。我不是崇洋媚外，但是我觉得出国是唯一能让我远离她们打扰的途径。她们连小镇都很少出，天天聊的都是鸡毛蒜皮的那些事，我不想在那样的环境中度过一生，那真的是悲剧。"

"嗯，我支持你的想法，年轻就要多看多经历。但是也不用觉得你妈跟你姐的生活方式就是悲剧，很多时候，我们看着前方还有很多台阶要走，以为我们是这个世界的底层，很悲观。但是回头看看，我们后面还有很长的台阶，还有人在从更低的地方往上走来，你站的地方可能是他们想要达到的终点。"赵常拍拍思加的肩膀，试图继续安慰他，"这个世界不是只有一条路一种生活方式，每一种生活都是值得尊重的。偏安一隅的人，也许知足常乐，也许像你家人一样，看你幸福她们才幸福，这都是每个人选出来的，也是每个人成长经历锻造出来的。毕竟这个世界有那么多人，不可能都是跟你一样的想法，我这样说你能明白吗？"

思加试着平复自己的情绪："常哥你说的我懂，我不能强迫她们支持我，但是我不想被干涉，我已经二十二岁了，我是成年人了，我能为我自己负责。"

赵常让思加休息休息，工作的事情他来安排："找朋友聊聊天，吃个饭，别自己憋着。"

"嗯，我自己能想明白，这种事也不是第一次发生。常哥，给你添麻烦了，今天没控制好情绪，我调整好了再来公司。"思加跟赵常说声"抱歉"，提前下班离开了公司。

赵常想了想思加对鸿鹄这一波产品迭代升级的判断。他自己持相同看法，对方是走了一步险棋，短期内可能吸引一大批拥趸，但是同时风险也增大了。鲲鹏如果想可持续发展，不能盲目跟进鸿鹄这种形式。但是可想而知，鲲鹏的传播压力会立马变大。

"素姐几乎没有喘气的时间啊。"赵常在心里默默念叨了一句。

罗素素已经拒绝了N次Jessie的邀约，从新品发布开始，白天上班脑子就没停下来过，嘴也几乎闲不住，下班只想大脑关机，不想说话不想动。"素素你这样不行呀，人都没有活力了，过两天我组个局，你出来休息一下吧。工作是干不完的，你再这样容易出问题！"Jessie再一次发来微信。

罗素素有时间回Jessie的时候，已经是23:00点："我不会抑郁，工作使我忘却了烦恼。"

"你不知道抑郁的表现之一就是人失去活力吗？你要关心你的心理健康！快跟我出来散散心！"没想到Jessie还是秒回。

Jessie在周末组了局，强行拖着罗素素出了门。出乎意料地，Jessie还没有换新的男朋友，袁野充当Jessie和罗素素的专职司机及拎包侠。

"带你去个地方，顺便替你约了肖总，免得你抱怨要当电灯泡。"

罗素素大吃一惊："我可没说要约他啊，不过你组的局，你想邀请谁是你的自由，我今天最大的目标就是放松、休息，凡是让我操心动脑子的事情，都不可以。"说完赠送给Jessie一个大白眼。

"知道知道，东郊外有个环境非常好的小院，包您满意！"

阳光甚好，微风拂面，这是罗素素下车之后的第一感觉。她一下从疲惫紧张的节奏中突然跳脱出来。摘下墨镜，闭着眼朝着太阳的方向，深吸一口新鲜空气："真好。"

"嗯，我也觉得挺好。"在门口迎接的人，正是肖风。

"事先声明，今天我只想休息！今天你是老肖，我可以不捧你的场，不接你的话，我的脑子今天说它不要思考。"罗素素在会客厅看中一只软绵绵的懒人沙发，整个人蜷了进去，室内的轻音乐与温暖的光，明快得让人觉得心里没有阴影。

Jessie和袁野识趣地没有去吵罗素素，环顾了一下这座造价不低的小院，决定去外面走走。肖风在会客室的茶艺桌前，选了一款普洱。待普洱茶浓郁的香气飘散出来，罗素素忍不住睁开眼，过去品尝一口："香醇浓厚，但是喝着有点儿苦，没有想到是这个味道。"

"这个普洱，还有一个别名叫追寇。就是'宜将剩勇追穷寇，不可沽名学霸王'。茶的名字，可能跟做茶人的故事有关。不过我觉得这名字也只有与这醇厚的普洱才配得上，有种大张旗鼓的霸气，不拖沓，瞬间征服你的口鼻。"

"这茶有故事？"罗素素问。

"没什么特别的。这个朋友在云南做茶，遇到一棵很有缘分的野生古树。茶农手工做出来的茶，他第一口品的时候，想到的竟然是之前做生意的失败经历，就当笑料给我们讲过。后来等他做出来这款茶，也不讲之前那些事了，可能释怀了吧。"肖风随口说了几句。

"看来他被打击得挺严重啊，他完全转行去做茶了？"罗素素对这个故事似乎很有兴趣。

"当时挺难的，很久都没跟我们这些人联系过，我们想帮也找不到人，后来他开始做茶，应该也是在自我调整。细节我没问太多，只知道他挺过来了，现在跟我们也重新在合作一些项目，毕竟能力和资源还在。"

"那看来我比这位朋友幸运得多啊，感谢老肖提携！"罗素素举杯表达感谢。

"穷寇不追，早晚能翻身的，是不是这个道理？"肖风问。

"江湖这么大，总要给人口饭吃嘛。不过老肖你聊这个故事，是不是有什么想法？"

肖风赶紧解释："没有啊，就是闲聊，这不是你问这个故事我才讲的嘛。"

"你可不像这种随便讲故事的人。不过我不想深究你的用意，毕竟我是来放松的。"罗素素又坐回到懒人沙发。

对于多数打工人来说，能够在紧张的工作中学会放松调节自己并不是一件容易的事情，如果无法即时排遣，就容易产生心理问题。当罗素素等人忙里偷闲时，一个年轻的生命，正在被抑郁吞噬。

三十　思加失联

思加再回到公司上班的时候，赵常觉得他的状态并没有明显好转。赵常想要找他谈谈，刚到工位要伸手拍拍思加，瞥到思加袖口下若隐若现的红痕。赵常收了手，私人的事情，领导或者同事，都不方便干预太多，而且思加之前在各方面都表现得非常上进、得体，想必也是不想让同事了解他家里的情况。

不窥私，不探听，是赵常默认的职场安全距离。"工作还能正常推进吗？有需要帮助的我来协调。"赵常站在工位旁，轻声询问。

"没问题的常哥，不会影响工作。"

鸿鹄科技加码引入理财平台打造互联网金融模式之后，一时用户量暴增，而作为深度体验者的思加，发现鸿鹄币的另一种玩法：从平台借钱出来买理财赚收益，积攒的鸿鹄币还可以增加理财收益率。思加初步估算了一下，只要他手里有一万能灵活周转的资金，满足借贷平台每个月的最低还款额度，就可以在各大平台"击鼓传花"，用钱生钱，借出来的钱越多，他的月收益就会越高，只要计算好不同平台的还款日期，他很快就可以存够再次去灯塔国深造的费用。

思加还制订了详细的时间表，共享到极客群里。在大家集思广益做了完善之后，思加获得了一份进阶版时间表，并迅速开始执行。

鲲鹏方面发现鸿鹄这一波大动作在数据上效果非常明显，尽管鲲鹏智能硬件上市初期，用户转移十分明显，但鸿鹄币与理财产品结合，又开始让用户向鸿鹄方面回流，监测显示，目前大部分用户同时使用了鲲鹏和鸿鹄的产品。

鲲鹏CEO姜维组织了多场高管会议，专门探讨鸿鹄这次的动作是不是要跟进。业务认为，要先把当前的生态做大，影音游戏方面的"吸金"能力不比理财产品差，联合更多头部产品增强吸引力，进而吸引其他行业的头部产品加入，不用跟着鸿鹄屁股后面跑。琳达通过最近做城市推广的经验发现，三四线城市的潜在用户量很大，推广也更容易，应该集中火力攻下更多三四线城市。法务则从风险评估方面直接拒绝跟进，认为同时引入多家理财平台，用户承担的风险过大，一旦出问题，作为合作方，法律责任和品牌口碑都会受牵连。

姜维又从业务部门调取了近段时间与鸿鹄的数据对比，最终决定深耕娱乐生态，接下来主打"好玩又好赚"，要求琳达带领BD团队①多谈头部产品的合作，并且搞定三场以上大型年度晚会的广告植入。

鲲鹏的云金宝，城市推广和娱乐营销多头并进，传播做得风生水起。罗素素团队的工作量持续增加，赵常那边也就自然承担起更多的项目任务。

思加作为项目对接人，一方面要绞尽脑汁贡献创意和文案，

---

① ［BD团队］商务拓展战略团队，BD是英文Bussiness Development的缩写。

另一方面还要总结一些竞品的新动态与用户反馈。赵常越来越频繁地发现思加暴躁地接电话、挂电话，再洗洗脸回到工位继续工作。他偶尔会默默地在思加桌上放一杯饮料，这个举动，赵常觉得也是徒劳。毕竟对于思加来说，没有人能真正对他的苦恼感同身受，赵常只能在工作对接群中多帮思加分担一些。

而思加在工作上的尽职尽责，也让赵常暗暗思考：这么优秀的小男孩，是不是给自己的压力过大了？他和家庭的根本冲突，也许正是他自己越走越好，却日渐发现家庭的"不堪"，反而难以忍受，况且思加正处于刚要步入社会的年纪，青春、热血，都会加剧这种原生冲突。赵常不知道思加都经历了什么，但他认可，原生家庭带来的伤痕，需要用一生去治愈。

鸿鹄币成为思加逃离的一线生机。赵常每个月发完工资，都会默默地重新计算资金分配比例。增加借贷额度，成功增加一笔理财的时候，是思加难得会开心的时刻。但这种开心过后，思加感受到的是更大的黑暗，他距离成功逃离更近一步，他的家庭反而会把拉扯他的线绷得更紧。

思加出现无意识自残行为的频率更高了，一度头脑清醒之后，他才发现他的手臂、小腿已经被自己用各种随手可抓到的工具、器物伤得不堪入目。思加怀疑自己病了，但是他内心另一个坚定的声音说：不能病，不可以病，只要成功逃出去，一切都会好的。

一切都是命运

一切都是烟云

一切都是没有结局的开始

一切都是稍纵即逝的追寻

一切欢乐都没有微笑
一切苦难都没有泪痕
……

在一个普通又难熬的夜晚，思加茫然地一遍又一遍默读北岛的《一切》，极客群里弹出的一条消息，猛然打破了这个夜晚的寂静。

"鸿鹄币有一个理财好像出问题了，提现时间延长，怀疑是这个理财要跑路，大家有买的赶紧自查一下，能提赶紧提了。"

思加突然蒙住了，他几乎买了鸿鹄币合作的所有平台的理财，不管哪个理财出问题，他精心计算的借贷还贷链条就断了，他手里仅留的一万元流动资金，根本续不上这条链。

思加双手止不住地抖了起来，点进APP查看，一款收益18%的理财产品，赎回延期。排队赎回或折损赎回两种方式，折损赎回几乎要亏掉一半的本金，而思加预估，排队赎回可能期限会不断延长，他的理财链条照样会断掉。而折损赎回，凑合着能够还上一笔贷款的最低还款额。折损的这部分本金，几乎是他这段时间赚到的全部收益。

而这个理财平台，不到一周的时间，就真的暴雷跑路了。思加眼睁睁地看着群里越来越多的消息，甚至加了维权群，看大家七嘴八舌地想各种讨债的办法。文字和图片像从手机里飞出来一样，不少群情激奋的中年人，发语音抱怨、吐槽，甚至骂街，思加的大脑像过载一样，所有的消息都进入大脑处理，但全部又没能成功处理又及时飘出去。

第二周，鸿鹄币的另一个合作理财平台也出现了赎回延期的情况。

思加明白,此时再想办法已经晚了,只有尽快把所有理财都赎回,尽快还贷,才能减少损失。而大批量的用户涌入赎回,反而加剧了理财平台的资金流困境。风声鹤唳,草木皆兵,用户纷纷提现赎回,与鸿鹄币合作的理财平台运营正常的也被用户冲得出现提现卡顿,造成恶性循环。

思加这条先借贷后理财的链条彻底断了。而他在各个平台高达近百万的借款额,打破了他逃离家庭束缚的幻想,成为横在他喉咙的一根铁链。

一个普通的周三,思加失联了。

一向按时到公司的思加,中午还没有出现,赵常用微信、电话都联络不上,按员工信息表拨打了紧急联系人的电话发现是空号。赵常赶紧报警,跟随警方来到思加租房处。当警方打开房门时,躺在床上的思加早已经失去了生命体征。

警方在思加的住所发现了不少与抑郁症相关的书籍,还找到一张写有处方药名字的纸条,但没有查询到就医记录。此外,思加手机中的多个理财APP引起了警方的注意。不过,由于没有明确的就诊记录确诊是抑郁症患者,所以无法判断究竟是抑郁症还是负债问题导致的自杀行为,只能等待法医检测。

与此同时,就在警方调查思加死亡的几天时间里,鸿鹄科技合作的理财产品暴雷跑路的消息已经热度大涨。

对于赵常而言,自从在出租房见到思加的那一刻开始,整个人就陷入了恐慌和自责的情绪中。第一次经历身边人的突然离世,赵常猛然间不知所措,面对警察询问的一些问题,赵常也需要很长时间冷静、思考才能回答上来。他甚至认为,是自己一直坚持不打扰、不谈论思加的私事的原则,忽视了思加可能早已经出现的心理问题,才错过了挽救思加的时机。

三十 思加失联

在警方的帮助下,赵常联系上了思加的母亲。在接站之前,他已经设想了N种可能的状态,但是没想到见面之后,赵常先控制不住情绪,一直道歉,说对思加关心不够才没能及时发现异样。思加母亲的表现截然相反,她并没有号啕大哭,反而是开导赵常:"我自己的儿子我了解,他不喜欢和别人说自己的事情。我就想知道,他究竟欠了多少钱,到底是怎么发生的,他怎么能欠这么多钱?一定是这些债逼死了他啊!"

旁边的一位年轻女性搀扶着思加母亲,说:"我是思加的姐姐,警方已经通知我们,思加是死于服用过量药物,是自杀,已排除了他杀的可能性。通过技术手段,对思加手机破解后发现,思加欠下了巨额贷款。这很有可能是他自杀的直接原因。"

对于这个结果,赵常一时语塞,他第一时间想到的,是很有可能与鸿鹄有着密切的关系。这一猜测,后来也从警方后续的调查中得到证实,多个理财平台背后都指向了鸿鹄科技。

赵常在安顿好思加母亲和姐姐之后,把思加去世的消息和原因告知给罗素素。

罗素素前几天收到赵常安排对接人变动的消息之后,并没有多想,仍然正常推进鲲鹏以及云金宝生态拓展的公关传播。当思加去世的消息从罗素素手机上弹出来的时候,她端着咖啡杯的手猛地抖了一下。

下班后赵常和罗素素相见,整个人都很颓废,显然是强打着精神:"素姐,我觉得我害了他。他一直在搞鸿鹄币,我没拦着。鸿鹄这波搞理财和贷款,我早就觉得风险大,他跟家里的矛盾我多少知道一些情况,我也关心不够,我其实才是罪人啊!不管这两条哪个是压倒他的最后一根稻草,我都纵容了这种结果的出现。他才二十二岁,他不应该承受这么多。"

"事情已经发生了,我们先冷静下来。"罗素素安抚着不断颤抖的赵常,"首先公司方面,应该给家属一定的照顾。再就是,思加身上的债务问题,你说有上百万的贷款,他妈跟他姐肯定无力偿还。可是互联网借贷最近被爆出大量暴力催收的问题,如果那些理财平台来追债,后续肯定也是家属来承受这些。咱们要是想帮忙,得想一些合理的办法。你不要陷入无端的自责当中,这样下去,事情反而没办法解决。"

罗素素先把最需要解决的问题摆了出来,这是多年公关形成的职业素养,也是她自己的人生阅历锻造出来的。

"我们现在要做解决问题的人,而不是发泄情绪的人。当然你这个状态我很能理解,总得有个情绪出口。思加肯定不是想要让你活在道德绑架的牢笼里,你说对吧?"

赵常慢慢平复下来,跟罗素素聊起思加的点滴,从抑郁症又到鸿鹄币的策略问题:"素姐,我真的有些不甘心,思加那么好的孩子,说没就没了,鸿鹄搞这种生意实在过于激进。如果再有类似的事情,那很难说鸿鹄这家公司的价值观是不是有问题了。"

"确实是,咱们这段时间一直对标,我们生态策略打得好是有足够数据支撑的,他们从金融方面搞,内部不可能没有讨论。要么是老板强势,要么就是业务部门过于逐利。打完这一针强心针,后面估计要转衰了,我觉得这次暴雷对社会的影响会很大。"罗素素分析道。

"素姐,谢谢你。"赵常看着罗素素认真思考的脸,脱口而出。

罗素素莞尔一笑:"我倒是比较担心你的状态,毕竟我是过来人,你们还都年轻,有些事是要经历才能成长的。"

临走时,赵常对罗素素说:"素姐,真心谢谢你,能不能,请你……"

"给你一个拥抱吧,希望你能快些好起来。"罗素素像安抚小朋友一样抱了抱赵常。对于赵常来说,这一瞬间所有七零八碎的情绪同时聚拢上涌,感觉时间似乎停止了。

而在见面地点的另一侧,有人好巧不巧地拍到了这一幕"热情相拥"。

三十一 火力全开

罗素素跟团队同步了思加的消息,全体愕然。萱萱忍不住破口大骂:"干他们,靠,不说这孩子是不是个好苗子,被鸿鹄逼死是事实啊,谁能咽下这口气!"

钱振兴在一旁煽风点火:"这事儿要是推动一下,鸿鹄肯定有的吃了,但是在法律方面有没有直接责任不好说,毕竟他们跟那些理财平台是合作引流的,应该规避了这方面的风险,不然他们自己没有执照是不能做理财产品代售的。"

新新一时不知道说什么,她跟思加对接比较多,突然出了这么档子事,脑子都蒙了,过了一会儿,她说道:"工作上看不出来思加有什么心理问题。他思路比较清晰,做事也稳妥,压力这么大吗?不过理财暴雷也是大事,就算一般人也承受不住啊。"

王潘也热血上脑:"素姐,我们不能坐视不理啊!鸿鹄这是玩出人命了,要继续让他们这么搞下去,咱们圈子的名声都臭了,用户骂的可是整个行业,可不管你是哪家公司。鸿鹄币不停下来,将来谁也没肉吃。"

"我明白,但是我们要不要出击还需要等领导们来决定。公关做事要以业务为导向,我的意见是先看看业务的数据反馈,看我们有没有必要打这一仗，如果要打，从哪个角度切入，还要预判一下鸿鹄会怎么回击，做好充足的准备，不能靠热血只想报仇。我们和思加本身也是甲乙方的合作关系，明牌出头也轮不上我们，所以要考虑好我们的身份以及这件事的必要性。我会去汇报这个事情，大家先不要着急。"罗素素跟团队沟通后，先约了业务部门私下了解这段时间与鸿鹄的实际竞争情况。

鸿鹄币与云金宝的竞争，从合作方的类别不同开始，就已经出现了差异化，但本质上销售的都是智能硬件，抢占的用户层还是一样的。销售此前认为三四线市场大有可为，便重点突破，鲲鹏的销售额确实比较乐观，但鸿鹄并不落后，双方胶着态势明显，并且已经持续一段时间。

如果要打破这种情况，要么鲲鹏产品发力，要么鸿鹄出现失误。

罗素素看完数据，大概预判到事情的走向，但具体要做到什么程度，她心里没谱，还需要高管会上看老板的意思。萱萱悄悄向罗素素打探，到底要不要开干："素姐，不说别的，人命啊，活生生的一条命，路边的阿猫阿狗也不能这么被逼死。干他们天经地义，就算我不在鲲鹏，这事儿我也会当键盘侠突突他们的。"

"萱萱你先稳住，不要急。我们现在没有合理的理由出面，我们只是思加的甲方之一，如果一开始就冒头的话，出师无名。所以先看看高管们的意见，要是真的开战，也不是我们来抛这个话题。这样吧，你先联系几个关系好的媒体，吃吃饭，聊聊八卦，顺便提一提这事儿，别暴露是我们乙方的情况，先让记者在圈内传一传。后续我们做好两手准备，做与不做，都有发声的办法。"罗素素安排好萱萱，决定去找琳达。

琳达在鲲鹏高管中是一个奇妙的平衡点，老板信任有话语权，与其他高管也都能维持表面的和谐。

但实际上，据罗素素这段时间的观察，琳达不会跟任何一个人站队，况且她跟琳达之前还有过李丰梅这个过往，虽然在云金宝的推广中两个部门合作很顺利，罗素素依旧不确定琳达会不会透露一些额外信息给自己。

琳达听完罗素素简要的说明，揉了揉太阳穴，说道："这个情况确实比较棘手，如果要战，公关时机很重要，如果老板们不想掺和，那公关就不要有任何出格的动作。我的判断，出手的概率在七成吧，但是要做成借势，顺应社会事件、社会新闻来发声，我们前期肯定不能露头，这个一定要注意。可以先做准备，老板们总要看到一些事情，才能在会上讨论。"

罗素素接收到了有效信息，下班后去见赵常："大概率是要推动的，所以要制造个由头，不然媒体也不会过度关注这种事。虽然对我们来说是大事，但是媒体每天关注的新闻尤其是社会新闻实在太多了，需要先造出舆情来，给媒体喂个料。"

"好，那我联系思加的母亲，做个小采访。"

第二天，《谁杀了我的儿子》的血泪控诉长图开始在多个微信群传播，被暴雷理财逼死的少年成为热议话题。

"这是哪个理财平台？"

"看起来不止一个，应该是有引流过去的，不然刚毕业的孩子怎么能知道这么多理财平台呢？"

"是哪里的事情啊？"

"听说就是西京的。"

"这也太惨了吧，这个母亲描述的孩子是个品学兼优的好孩子，真可惜。"

"这种平台就是急功近利,不然怎么接连暴雷都让这孩子赶上了!平台不能不承担责任吧。"

"暴雷的是不少,都是卷钱跑路,谁管用户的死活啊,我觉得应该深挖一下行业乱象。"

下午,有一些地区逸事类自媒体跟进,开始传播扩散这一消息。

是日半夜,一个名为"道德显微镜"的公众号,就朋友圈截图内容展开深度分析,探讨野蛮生长的互联网理财到底是不是在吃人血馒头,并发布了一张手机照片,十多个理财APP以及"鸿鹄币"被特别强调出来。

隔日上午,这篇公众号阅读量已经到达10万+,罗素素转给萱萱:"发给放过风的那几家媒体看看,愿意跟进的就说你可以找到当事人母亲的联系方式。"

"我保证有人愿意跟进!"

等部分媒体的简讯出来,罗素素将链接转给琳达,随后二人一起去了高管会。四小时后,姜维最终决定要出手,并且要打击到鸿鹄。琳达悄悄和罗素素耳语:"这就是默许一些行为,最终我们要达到的效果就是销售数据好看,用户量拉开差距。"

罗素素会后紧急找到萱萱安排电视媒体和财经媒体报道,相关费用由鲲鹏承担,采访画面和文字要提及鸿鹄币,又一再叮嘱千万不要提及鲲鹏:"火力要集中,围着目前亲属爆料出来的内容打,不能分散,先把声音都搞出来,让赵常配合你进行扩散。"

由于采访思加母亲的长文截图发酵在社群,裂变速度很快。在媒体报道后,各个社交平台都形成了热度,除了鲲鹏安排重点扩散的渠道,一些媒体以及自媒体大号也在自发跟踪报道。

思加母亲接受不同的媒体采访，重复着同样的话，向世人撕扯着自己的丧子之痛，控诉无良的互联网公司。

萱萱推进各大媒体跟进之后，罗素素突然想到一个旧相识："Tom，思加的遭遇你听说了吗？"Tom很快回复："真的太可惜了，思加是个很好的小伙子。我看最近媒体也在关注这个事，就我个人经验以及对鸿鹄的了解，我认为鸿鹄的商业模式风险很大，且不说我跟思加的交情，即便是其他的用户遇到这种事儿，我也认为鸿鹄需要反思。"

"于公来说，鲲鹏和鸿鹄是竞品，我这里不能直接举旗讨伐。但是于私来讲，思加不能白白没了命啊，我们作为朋友，至少在能力范围内，要让用户和业界看明白他们正在刀尖上行走。"

"我明白你的意思了，我也知道你的顾虑，我会用我的方式来跟进这件事的。"

一石激起千层浪，《全球金融时报》中文版对鸿鹄商业模式的深度报道，将一条社会新闻成功发酵到各大财经频道。

一家公司，一旦扯上财经负面，在资本市场投资者和那些对投资者有重要影响的人士心目中，品牌形象和价值定位就会大打折扣，非常影响他们的投资信心。从某种程度上来说，企业上市前的财经负面舆情，是极为致命的打击，而鸿鹄正处在这个阶段。

三十二　战况胶着

短短几天，鸿鹄就被推上了舆论的风口浪尖。从"用户自杀的幕后黑手"，到"吃互联网理财黑利蘸人血馒头的黑心厂家"，种种帽子被扣到了鸿鹄头上。网友评价以及用户论坛都被一片骂声淹没，甚至投资方也不断问责。

鸿鹄科技变成了人人喊打的过街老鼠。

此时，方晨团队像热锅上的蚂蚁。"事情发生得太快了，肯定有推手。"方晨看到铺天盖地的新闻报道，以及社交媒体上各种带节奏的KOL，明白这事一定是有人在推波助澜。

方晨在紧急会议上，被老板指着鼻子大骂："出了这么严重的事情，公关部究竟在干什么？你们天天关注舆情都关注到哪儿去了？理财平台的问题又不是刚出现，一点应对方案都没有吗？！"

"老板，理财平台的问题我们一直在对外解释，平台暴雷跑路跟我们没有直接关系，我们只是合作方，他们跑路我们也是受害者，这些澄清的话术我们一直在传播。"方晨耐着性子解释。

"你传播了，效果呢？用户知道吗？用户现在都在说是我们害死了人，你们发声都发到哪儿去了？公关部花那么多钱都花给狗了吗？怎么现在一点正面的说法都看不到？还有财经方面扒皮的，投资人的电话都打爆了，你们公关到底在干什么？不干事儿的直接走人！"老板已怒不可遏。

"我们一直在监测，但是发酵得太快了，在媒体和社交平台扩散得非常集中，是计划好的、有预谋的。"方晨想说明这并不是一起突发的负面。

"人家有预谋地来打你，你就光看着人家出手，然后说，你刚被打了一顿别再打你了？是这个逻辑吗？我们要反击啊，坐着挨打等过几天关注度不在这里就算躲过去了？那以后还不是接着被人追着打？公关部赶紧拿出方案来，揪出来是谁在搞鬼！"老板给公关部下达了最后通牒。

方晨认真梳理了一下目前发生的信息传播路径：推手把理财平台暴雷的问题转嫁给鸿鹄，让鸿鹄承担导致用户自杀的道德审判，而实际上，跑路的理财平台才是导致用户自杀的直接原因。如果鸿鹄过于强硬和理财平台切割关系，影响到合作伙伴的业务进展不说，对用户而言，鸿鹄更是会成为卸磨杀驴、过河拆桥的代名词。但反过来，鸿鹄不和理财平台撇清关系，那就一定会承担用户自杀的连带后果，毕竟自杀的用户是理财平台的用户，也是鸿鹄的用户，"这是势必要让暴雷的平台和鸿鹄择不清关系了，真是好手段。"方晨将手指攥得咯咯直响。

既然从理财平台这方面进退两难，鸿鹄就一定得找出其他能有助于和用户自杀减轻关联的说法来，这样才能在舆论中有新的突破口。

方晨叫来宋喜乐："让老刘那边安排人去扒一圈，这个自杀的用户有没有其他问题，最好是心理或者生活上已经有自杀苗头了，尤其是鸿鹄币推出之前的信息。另外，把用户从接触鸿鹄币开始的收益做出来，让业务给出详细曲线图，一定要直观。"

宋喜乐等业务部门做好了详细的数据图，找到几个关键的时间节点，给老刘发了需求。

商场如战场，战机转瞬即逝，谁先人一步，胜算的可能性就多一分。

在鸿鹄展开行动的同时，罗素素也在抓紧筹划，让舆情监测公司加派人手，随时同步鸿鹄的动向，从鸿鹄目前发的声明以及澄清话术来看，显然鸿鹄是被打得措手不及，被动接招。不管什么平台，热搜、热评永远是最能带节奏的，大部分受众在接收信息时首先是看热搜发生了什么事，再看热评KOL们都是什么态度，潜意识就会被预设立场，进而站队。

对于鸿鹄的动作，罗素素安排新新和水哥对接，强调要做好控评，不管鸿鹄从哪个角度来做解释，热评的方向一定要专注于"人命"和"母亲"这两个关键词，从人性最柔软的地方出手。新新作为内容组的笔杆子，提供的不少"神评"自带吸引力，再加上水哥的数据支持，热评几度被道德风向霸占。

罗素素突然收到肖风发来的消息："看起来，鸿鹄似乎棋输一着了？"

"肖总真是对我司关爱有加，什么风吹草动都逃不过你的耳目。"罗素素心中疑惑的事情，像即将烧开的热水咕嘟咕嘟地冒出来。

从她入职鲲鹏，肖风总在关键时刻出现，每次见面的谈话似乎都不纯粹。每一个关键时刻，肖风对于鲲鹏的节奏把握极其精准，她开始思考肖风把自己推荐到鲲鹏来的目的，以及肖风和鲲鹏的关系。

"关心你的工作嘛，毕竟这又是一场硬仗，不知道你还顶不顶得住。上次见你就已经很疲惫了,这种工作强度恐怕还要持续呢。"肖风的一番话,让罗素素越发好奇他的目的和身份。

"我还行,习惯了。怎么又有什么情报要免费送给我?"罗素素开门见山问道,"今天是休闲局还是工作局?"

"都可以啊,谈情报就是工作局,不谈就是休闲局。"肖风带罗素素来到一家私人会馆,点了几道特色菜,二人看似有一搭没一搭地聊起来。

"比起情报,我有更好奇的事情。"

"看来这一仗你是胜券在握?"

"不能保证赢,但肯定不会输,伦理道德以及商业模式,我们都在上风,老板也授意了,尺度可以稍微大一些,这样的情势没有输的道理。况且目前鲲鹏还没有现身。"

"除了受害者和你有一些私交,跟方晨的过节,是不是也是你这么拼的动力?"

听到肖风这么问,罗素素心里咯噔一下。思加的身份也许不是秘密,但她和方晨的过节,她从来没有跟肖风透露过。

罗素素警惕地看着肖风:"肖总在试探我?"

"我知道你好奇什么。"肖风给罗素素夹了一块外婆粉蒸肉,"尝尝看,不腻。"

罗素素没有直接落筷,自己夹了一块肉汁烧萝卜,隐隐表达对肖风的不满。

罗素素这个举动引得肖风哈哈大笑,没想到罗素素会用这种幼稚的举动抗议。肖风看着罗素素说:"鲲鹏是我的公司,对这个答案可还满意?"

罗素素一口萝卜含在嘴里,瞪大双眼看着肖风:"如果是真的,那我倒放心了。毕竟你知道得太多,防备你比防备敌军更难,而且你还潜伏了这么久。既然你是真老板,那就是自己人。"罗素素彻底放松了,"原来是给你打工,怪不得拼死拼活地压榨我呢。生怕我在关键时刻掉链子吗,肖老板?"

肖风没有接这个话题:"鸿鹄不会没有后招,而且可能更狠,你要做好心理准备。"

"既然你知道我跟方晨之间的过节,就应该知道我了解她的风格吧。我觉得你有时候把我想得过于软弱。公关混的就是人脉和资历,能用的手法大家都相差无几。"罗素素放下筷子,身体向后倚靠,"我原来的创业公司出问题,方晨从中作梗并不是直接原因,从工作角度来说,我跟她没有任何恩怨,甲乙双方的不同身份而已。但是现在不一样,思加出事、鸿鹄的商业模式,这些都是既定的事实,总会有媒体跟,总会有网友讨论,她们屡次搞小动作暗中下手,就应该想到没有人会甘心挨打。"

"在这个圈子,甲乙方的关系可不是恒定的,现在我们也都是老板的乙方而已。"罗素素说出这番话的时候依然是平和的,但肖风听出了她内心的压抑与不甘。

"那个出事的男孩,可能会被拿出来做文章。毕竟现在从理财平台那边,鸿鹄已经折腾不出什么花样了,进退维谷,捞不到好果子。"肖风说。

"这次的新消息?"

"差不多吧,有什么对策吗?"

"你说鲲鹏是你的,这话我还无从查证,现在就来套我的对策。老肖你要是个反派,肯定是电视剧里没到三集就自爆的那种吧。"罗素素笑着中止了这个话题。

三十三　人血馒头

宋喜乐拿到老刘发过来的一些资料，忍不住冲进方晨的办公室："晨姐，那孩子大概率有抑郁症，而且跟他妈关系不好，老刘那边都扒出来了。他妈现在还出来叫冤，问谁杀了她儿子。她自己逼死的好吧！真是无语。"

方晨看了一些思加生前在海外社交平台发的内容，与国内帐号的内容完全是两个风格。一个是阳光上进的大好青年，一个是戾气极重的厌世分子，言语之间充满对原生家庭的怨恨、不满，并且关注了很多与抑郁症相关的话题和内容。

看完这些材料之后，方晨让宋喜乐立刻准备："先做一个说明，鸿鹄在努力取证，已经拿到相关资料可以判断身亡用户的真实诱因，让利用此事刻意抹黑鸿鹄的黑公关尽快停止造谣，否则将采取法律手段维权。然后把这些资料分批散布出去，先发海外帐号的内容截图。"

宋喜乐开始在社群扩散声明以及思加海外帐号内容的时候，方晨亲自联系了一些媒体，同步了思加对原生家庭的怨恨发言，希望媒体可以对这件事保持关注，坐等"反转"。

"赵主任，好久没联系了，我有个朋友最近在做报道，有一些心理方面的问题可能需要专家出镜,您看您有没有时间啊?"方晨给西京某知名医院的心理科主任打了个电话,约好时间,然后又联系上电视台记者:"专家时间协调好了,可以安排采访。希望李大记者能客观报道啊,不然鸿鹄真是可怜死了,要蒙受这种不白之冤,我天天被老板骂呢。"

"我们先和专家聊聊看,具体真相如何肯定也不是我们媒体说了算的,我们只能尽力多提供一些信息出来,当然也得看领导的审核意见。方总后续有其他新的资料可以继续同步给我们。"

对于李记者这番回复,方晨明白,对方并不确保可以播出,同时也委婉拒绝了站台,必须再找一些助力。

"喜乐,小范围联系几个心理专家的KOL,让他们出一些专业的分析,关注已故用户可能存在的心理问题,尤其在视频网站也推一下。"方晨继续安排宋喜乐跟进,有了新进展之后,开始熬夜出方案准备向老板做汇报。

距离西京一千公里之外的浅圳市,伟鸿在刘总的授意下继续深扒思加生前的信息。不枉费大海捞针的工夫,伟鸿在思加偶然露出的工卡的一角,发现了一家公司的水印:"刘总,这个自杀的小伙子,应该在公关公司上班,这还跟咱们是同行呢。"

"大公司还是小公司?要是大公司,就有得搞了。"刘总询问。

"我查了查,是一家创业公司。"伟鸿发现思加所在的公司规模并不大。"那这条线先不用继续摸了,看看别的信息吧。"刘总接受鸿鹄方面扒人信息的需求,本来就心存不满,这种活儿不好走账,费时费力还需要有一些技术手段辅助,要是找不到有价值的信息,白忙一场。

尽管方晨承诺这类费用会通过软文投放进行结算,老刘可以通过一些自养帐号的广告推广方式来做差价赚回来,但对于有人脉在甲方,还需要想办法做账的情况,老刘贪心不足,巴不得宋喜乐能直接给搞过来现金。

罗素素的舆情监测公司,迅速发现了思加生前的一些言论截图在传播,抛出信息的是一些看起来很"干净"的帐号。

罗素素明白,这是鸿鹄开始反击了。

萱萱也接到一些记者的询问:"怎么又有传言说出事的这个孩子本来就有心理问题,而且家庭关系很差?你之前知道这些信息吗?可不能误导我们啊,这个事儿前期的报道都已经发出去了,要是本来就有问题,这可是打我们的脸了。"

"这人生前没有心理科的就诊记录,不能证明有抑郁症,传言的那些截图,也都只是猜测,咱们得以事实为依据啊,我的记者大人。还有家庭关系那种,要是严重到能逼死人,何必非得挑个被迫欠一身债的时机?咱们都是依据当前确凿的事实来报道的,后面要是再出现新的证据,咱们再继续跟进,我这儿肯定不会亏待的,您就放心吧。"萱萱把记者安抚好之后,去找罗素素商量:"素姐,鸿鹄应该是把人肉到的一些信息给媒体了。"

罗素素似乎已经预料到了这一点:"我知道他们会抓这个切入点,但可以肯定的是,抑郁症方面没有实据。至于家庭关系,这点很容易扯皮,要是纠结在这个点上,就麻烦了,而且我们的目的也不在这里,不能被对方牵着鼻子走。"

罗素素把这个风向同步给赵常,后者也比较头疼:"思加与家人的关系确实不是很好,这一点如果被放出来,会很麻烦。我再跟思加的母亲联系一下,看看能不能再准备一下发声。但是这一次,预计我这里不太可能继续隐藏了,也有可能被翻出来。"

赵常和思加的母亲做了一番沟通,告诉她现在鸿鹄公司想通过思加的家庭关系不好来撇清与思加去世的直接关系。

"思加总是跟我们反着来,让他回家踏踏实实考公务员,他非想着往外跑。我跟他姐都是过来人,我们能害他吗?都是走过的弯路啊。他不听劝,那我也不能不劝啊。你们年轻人不理解,以后养了孩子就知道了,哪个家长舍得孩子出去闯得一头灰再回来呢。"

说到伤心处,思加母亲忍不住落下眼泪:"唉,我们劝他,他总觉得我跟他姐是井底之蛙,我们是没什么大见识,但是我们不可能害他呀。我就想着,说不通就多说几遍,他总嫌我唠叨,人老了就是会唠叨一些,谁想得到他能被逼到这个份儿上。还是欠债的问题啊。他是我一点一点带大的,我了解他的,要不是有解决不了的大难题,他不会走上这条路。小常啊,你想想,跟自己妈有什么矛盾能到解决不了的程度呢?那些钱才是逼死他的凶手啊。"思加母亲声泪俱下的诉说,让赵常内心翻腾不已。

"但是现在鸿鹄就是要把这件事捅出来,咱们还是得说点儿什么,您有没有一些能证明跟思加关系和睦的东西,我可以联系媒体再来采访一下,如果鸿鹄要搞大这个事,咱们不能平白吃亏。"思加母亲让老家的亲戚找到了一些思加留学时候寄来的明信片照片,以及逢年过节送的礼物,拍成照片之后发给了赵常。

收到这些,赵常立即安排同事准备了一篇标题为"不道歉不反思反怪悲情母亲?鸿鹄做的是甩锅科技?"的文章。

罗素素想到后续的两方对垒,如果只针对用户身亡,对鲲鹏的业绩来说并没有任何促进作用,鸿鹄的产品不行,用户不一定就会跑到鲲鹏这里来,也有可能转而选择其他产品,也有可能放弃同类产品。要想转化并且留住用户,鲲鹏还需要在产品策略上做调整。

CEO姜维也给业务部门下达了新的任务，在电商大促节期间，销售额要达到去年的三倍。合作的影音娱乐与游戏平台，也都纷纷推出了云金宝的新玩法。罗素素看到BD团队发来的方案后，决定借力打力，在赵常公司或者鲲鹏暴露之前先把活动传播的高度提升起来，以打造行业内良性发展的"代名词"来应对。

果不其然，和肖风预警以及舆情监测到的动作一致，鸿鹄开始将思加的心理问题以及家庭关系抛出来做回应。

一些心理专家的分析帖子和分析视频也开始出现，对思加生前在社交平台发布的内容进行解读，初步判断思加存在抑郁症，而亲子冲突以及对原生家庭掌控的逃脱欲望，在网络上被解读为思加选择自杀的根本原因。

一家权威电视媒体对一家医院的知名心理科主任的采访，也成为鸿鹄的背书，尽管采访中并没有提及鸿鹄科技的任何信息。但鸿鹄科技通过对电视媒体报道的二次传播，将澄清分析杂糅在对电视报道的文字转述中，开始大幅铺稿传播。

新新看到这篇新闻后，在办公室大呼："要不是仔细对比，真以为电视台帮鸿鹄说话呢，他们这么贱的二次传播不会得罪电视台吗？这种招数也太能打擦边球了吧。"

"癞蛤蟆趴脚面，不咬人硌硬人。也就放了几张截图，混淆视听，找的都是便宜的媒体和频道给发，就算电视台真看到了，也懒得追责，这种不好说清楚的事儿，睁一只眼闭一只眼了。"萱萱见惯不怪，还摆出一副职场导师的姿态，"新新也算是学了一招是不是，哈哈，洗稿不光能洗同行，还能洗电视画面哟。"

在这波新舆情出来之后，赵常迅速帮思加母亲注册了一个社交帐号，发布了已准备好的新文章，附上针对鸿鹄发声的反驳与控诉。帐号关注度很低,但赵常需要的就是当事人家属的发言佐证,以此为配图,添加到准备好的大V帐号文章中进行扩散发酵。

新新以鸿鹄的几次动作为基础,结合鲲鹏云金宝的推广活动,从行业分析的角度出发,撰写了一篇对比双方的文章,正式将鲲鹏引出。

当方晨看到鲲鹏开始"蹭热度"的时候,暗笑一声:"这是要明牌了吗?"

三十四　授人以柄

　　方晨不是没有怀疑过鲲鹏在背后搞事情，但行业竞争，往往一家出事多家下手，除了鲲鹏的嫌疑，其他"友商"也不一定就是干净的，浑水摸鱼趁乱踩踏的事情比比皆是。现在鲲鹏主动跳出来，想必是不打算只在幕后黑一把了。

　　老刘接到宋喜乐要求继续扒思加信息的电话时，忍不住开始骂娘："你们方总就没有正儿八经的活儿安排过来吗？天天扒皮扒皮，找几个闲得没事儿的网友干不行吗？这人就是个在小公司打工的，还能有什么大老板指使他去死嫁祸给鸿鹄吗？"

　　"你就再翻翻呗，说不定有什么有用的东西呢。我们现在觉得鲲鹏在背后推，你找找有没有关联啊。这要找到了，后边的大活儿不就来了吗？"宋喜乐开始利诱。

　　"你一说我倒是想起来了，前两天伟鸿好像发现了这人的公司，也是个公关公司，但是太小了，不知名。好像叫'常盈咨询'吧。"老刘顺便把伟鸿找到的工卡水印照片发给宋喜乐。

　　宋喜乐一听名字，总感觉特别熟悉，绞尽脑汁后突然拉开抽屉翻出一张名片。定睛一看，竟然是赵常的公司，马上打电话给方晨："晨姐！自杀的那个人，竟然是赵常公司的，就是之前跟罗素素一起给北极熊汇报过的那个！天哪，这是闭环了吗？他们自己公司员工出了问题，甩到鸿鹄头上，真是打了一手好算盘。"

方晨没有想到这是一场"熟人"之间的较量。当她听到罗素素名字的时候，立刻确定赵常公司与鲲鹏肯定存在合作关系，只要坐实这一点，再加上自杀用户的心理状况本来就存疑，那鲲鹏"公报私仇"恶意构陷同行的名声，就会比她们想要的"行业良性发展代表"的名声更响。

宋喜乐开始找前同事私下打听，虽然很多人对她"敬而远之"，但总有一两个口风不严的。一来二去，宋喜乐获悉赵常在罗素素入职鲲鹏后不久，就接了鲲鹏的业务。

随同自杀用户是鲲鹏供应商的消息一并被爆出的，还有公众号"道德显微镜"的实际运营方正是赵常的公司。

互联网时代，网友对一件事的关心程度不会超过三天，而延迟的真相，再次吸引了网友的注意力。鲲鹏为供应商员工出面打击同行，蓄意引导舆论，将鸿鹄定义为致人身亡的凶手，联合受害人家属隐瞒事实的消息开始扩散。鲲鹏大促活动相关传播的评论，也都被"恶意竞争""贼喊捉贼""误导消费者"等话术覆盖。

"萱萱，带着小璐开始干活儿吧；明显的黑稿处理掉，不好解决的直接发函。"

"王潘和新新，准备一些对冲的稿件，赵常那边自己运营的帐号不太适合再发第三方角度的了，换一批号不要被删，费用我们可以追加，注意大促新闻稿持续铺，做好评论维护。"

罗素素考虑到口水仗不宜持续时间过长，否则鲲鹏在大促期间的销售额肯定会受影响，需要有更正面的活动将鲲鹏的传播重点带到产品和销售上来。

"老钱,最近有没有适合的活动,能安排领导露面的?最好可以有主题演讲。"罗素素和钱振兴商量,需要由业务线或者公司高层,在行业活动中将"良性发展"的概念传播出去。钱振兴翻看备忘录,认为都不太合适:"大的活动有个大数据的展会,但是偏B端[①],跟硬件不太搭得上。人工智能方面倒是还有几个小的论坛,规模都不大,而且估计鸿鹄也有可能参加。"

"小论坛也合适,最好不要碰上鸿鹄,但是即便碰上了也是业务探讨,我们专注报道鲲鹏方面的内容就可以。那就对接一下业务部门,我们注意传播产品理念以及长期可持续良性发展的生态合作方向,不要提鸿鹄。"罗素素让钱振兴筛选合适的论坛协调业务部门争取领导出席,为正向传播提供素材。

网络上,关于鸿鹄科技逼死用户的话题讨论,开始进入鸿鹄被竞争对手恶意构陷的方向。

不过,由于鸿鹄没有直接证据指明是被竞争对手黑公关,部分参与讨论的用户保持观望态度,一部分人则更为激进,直接发言表示做这方面的几家公司都有或大或小的问题,最好避雷这类产品,维护好自己的财产安全。

这类发言对鲲鹏和鸿鹄来说,都不是好事,影响的是智能硬件这一细分领域的口碑,因而当CEO姜维看到这个舆论分化,开始向业务部门要最新销售数据,看大促期间鲲鹏具体表现如何,得到的回答是:"没有预想中那么好,但鸿鹄确实在这一段时间落后了。"

---

① [B端]指的是企业用户商家,是面向商家、企业级、业务部门提供的服务产品,是间接服务于用户的。B是英文Bvsiness的缩写。

姜维看完数据叫来琳达和罗素素，要求尽快推进赞助事宜，要在老百姓都能看得到的地方发力做宣传，网络上的口水仗毕竟只是部分人参与，线下口碑和营销能直接和消费者产生联系。

萱萱每天疲于应付源源不断来询问的媒体，正抱怨重复的话说了一万遍马上要变成人工智障的时候，新新把近期参加论坛的新闻，以及年度晚会预热新闻稿发了过来。看到这些，萱萱忍不住说道："我的天，本大小姐终于要玩点儿阳间的活儿了，无意冒犯思加，但是最近每天都在聊到底是理财平台还是原生家庭的祸水，我都觉得人间不值得了。哎，活着的人还是得好好活着。"

"萱姐，咱们赞助的晚会有不少明星呢，给你安排个好位置，保你满意。"小贺见缝插针接话，表情有些谄媚，"现在有几个二线的男星可以参与我们产品的互动环节，还在协调，萱姐要不要钦点几位，小的也好领旨干活儿啊。"

"哎呀，说到明星，我还是喜欢明艳的大美女，男明星嘛吃青春饭的没味道，老的又容易油腻。而且你想想，我们是科技公司，肯定请女明星来互动更能吸引男性消费者的眼球啊。在公司内部也比较容易传播，直男多的地方一定要有美女！"萱萱一边补妆一边跟小贺聊。

小贺连忙把萱萱的建议记录下来："那我做几个备选跟素姐汇报去了。"

"去吧去吧，要给我留个VIP位置见我爱的女明星呀。"萱萱特意嘱咐。

如果鲲鹏按照这个正向营销节奏推进下去，很有可能甩开鸿鹄的追击。不过，一场新的风暴即将到来。几张萱萱与供应商以及媒体的对话、付款转账截图，鬼使神差般传到了方晨手里。

难得周末休闲,萱萱回到爸妈家发现有几个父亲的老友也在,跟一群老头子们寒暄几句,便钻到厨房给母亲帮忙,顺便调侃道:"这帮老爷子还真是够硬朗的,隔三岔五就聚会,也不知道国家大事够不够他们关心的了。"

"这些老头子除了关心国家大事,还关心你的婚姻大事呢。王叔叔想着给你介绍一个他们系统里的警官,好像是叫安心,人好又正直。你们还见过一面呢,你肯定看得上。"母亲趁机探听萱萱的个人问题。

"打住,别聊。"萱萱扯着脖子冲外喊,"王叔儿,别给我介绍小鲜肉,我喜欢大叔类型的。"

饭后,为了堵住老爷子们再提相亲这个话茬儿,她使出十八般武器,把他们逗得心花怒放。在喝水的间隙,她习惯性看了一眼手机,此时恰好一个陌生电话打进来:"雇佣兵出事了,赶紧走。"对方说完,立刻挂掉了电话。

"靠,这帮孙子!"萱萱忍不住,爆出一句粗口。

母亲注意到女儿脸色煞白,关切地问:"萱萱,出什么事儿了?你一个女孩子,在社会上可要小心啊。"坐在一旁的王叔,收起笑容,说道:"萱萱,遇到什么困难,千万要说出来,别让你爸妈担心。"

为了不让长辈们担心,也不敢告诉他们,萱萱故作镇定解释称,就是对接的业务线出了点问题,任务紧急,需要去外地出差几天。简单收拾好行李,萱萱匆匆离去。

萱萱表面波澜不惊,内心实则惊涛骇浪。因为,她最不想看到的事情终于发生了。

做公关这一行,尤其是做"黑公关"传播企业的负面新闻或虚假消息,从法律上来讲,已经属于违法行为。萱萱当然明白这一点，之前也听说过行业里某某被警方抓走调查，但这类事件属于极个别案例。

只是，她没有想到，这次还真发生在了自己的身上。好在她人脉广，第一时间听到风声，便立刻买了一张飞往国外的机票。

在登机前，萱萱找到一个无人角落，先极力让自己镇静下来，然后打电话给罗素素，压低声音说道："素姐，现在我在机场，可能要出事了！我猜是咱们的B供应商推波助澜已经暴露，鸿鹄那边估计要报警抓人。这帮丫的，干什么都不利索，还能做点什么！？"

"嗯，看来是狗急跳墙了。安全为重，你先出去避避风头，落地后报个平安。"罗素素和萱萱通完电话，立刻通报给公司高层，并紧急商讨应对方案。

困于口碑逆转的鸿鹄科技，突然在官方社交帐号上发了一份声明：

> 感谢广大用户一直以来对我们的支持与信任，我们始终保持对善意建议和监督的感激，但对于近日网络上有计划有组织的恶意抹黑行为，我司已向公安机关报案。我们也有足够的信心和底气，依法保护我司合法权益；我们对于用户的不幸离世深表惋惜，并已联系家属进行慰问，在此也呼吁大家不信谣、不传谣。鸿鹄科技将继续拓展合作生态，与更多行业翘楚联合，为用户提供优质服务。

声明最后，鸿鹄科技还附上一份调查说明，将自己遭遇网络黑公关的传播链接做出详细介绍。

很快，多家媒体开始跟进传播鸿鹄科技的"实锤"声明，但并不表态，部分自媒体人开始表达持续吃瓜的态度。

为配合这份声明，鸿鹄科技的公关团队自然也会有所行动。几乎是同时，思加母亲此前被采访的视频和文字被翻出来，开始有一些声音质疑思加母亲和所谓"黑公关"联手，另一些质疑"黑公关"就是思加母亲找来的，转嫁自己的罪恶。

而思加母亲的社交帐号也开始被各种恶评攻击，一些身边的亲戚、朋友、同事，了解了网上的舆论后也开始指指点点，现实生活中风言风语的传播在互联网的辅助下，开始加速升温。

"小常，你看看这是怎么了，突然之间怎么有这么多不认识的人来骂我？咱们这事儿不是说清楚了吗？不是我逼死我儿子的啊！都指指点点说我黑心，还想讹大公司的钱，我们一直也没有这种想法，这都是谁说的啊！"思加母亲完全不能理解现在的状况，她只能一遍又一遍地问赵常，到底发生了什么事。赵常尝试跟思加母亲解释清楚，但小镇妇女对互联网以及厂商竞争的环境无法想象，只是不停重复是鸿鹄害了她儿子，不是她自己。

小常啊，你看看这些人在我们家门口，泼粪的，写大字的，还有贴的这都是什么啊。

你不能不帮我啊，当初采访也是你找的，说能找出真凶，现在人家都天天戳我脊梁骨。

现在我没法出门，我也活不下去了，你得解决这个事儿啊。

小常，你能不能回一下我的微信啊，我真的受不了了，我没找你做黑公关，我也不想要钱，你们能不能还我个清白啊。

萱萱突然休假，在鲲鹏内部也引起了猜疑，项目关键时期怎么反倒长期休假？"萱姐不还想见女明星吗？这年度晚会都快开了，她怎么还休假呢？"小贺几乎每日一问，巴不得从大家嘴里打听出什么最新动向。

一时间，仿佛乌云压境，空气里弥漫着一股不同寻常的味道。

鸿鹄的一则声明搅得各方不安，而随后的另一则声明，几乎要将鲲鹏直接揪到台前对垒。鸿鹄表示警方立案侦查后，已经有部分黑公关操盘手被抓捕，希望友商及时收手，还行业一个正常的竞争环境。

鸿鹄官博发布后，评论纷纷直接点出鲲鹏的名字。"鸿鹄爆料黑公关，疑剑指鲲鹏"的新闻，也配上了这则声明图。

"难不成萱姐是进去了？"小贺看完声明胆战心惊，这番话碰巧被刚从办公室出来的罗素素听到。罗素素立马说道："别瞎说，她去国外参加发小儿的婚礼了。动脑子想想，谁进去她也不可能进去的。"

三十五　死亡威胁

　　罗素素为力证鲲鹏清白，也跟随鸿鹄表态向"黑公关"宣战，让公关行业回归本心，以服务企业正向经营为目的。鲲鹏与鸿鹄的对峙已经进入胶着状态，从盲目扩张致用户身亡，再到恶意竞争黑公关，双方在舆论场上的角力很难再进一步。
　　僵局之下，罗素素绞尽脑汁思考如何推动后续工作。反倒是Jessie的一句话，点醒了局中人。
　　自从鲲鹏和鸿鹄之间开始公关斗法，Jessie就一直保持吃瓜态度："我觉得这些都很没有意义嘛，吵来吵去，也没见谁家产品做出名堂来，要臭一起臭了，把钱花在刀刃上不好吗？"
　　"那你觉得什么是刀刃呢？"
　　"比如给员工放个带薪假，大家一起吃吃喝喝，人开心，活就好干了啊。干什么不是以人为本呢？"
　　Jessie的一句"以人为本"，戳中了罗素素。确实，要想推动僵局，还是要从人下手。既然思加一人难撼大树，那就要发动其他受害者，鸿鹄不承认商业模式有问题，那就让用户说出来。
　　"赵常，思加之前是不是进过一些维权群？你看看能不能联系上那些人，看看他们的态度。网上维权不行，就要想一想线下的办法。"罗素素提醒赵常，可以从其他理财平台暴雷的受害者身上"集结力量"，受害者们自发的力量如果太渺小，不妨再搞大一些声势。

很快，鸿鹄大楼前隔三岔五就出现一些身穿写有讨债字样服装的人散发传单，保安赶走一拨，过几天又来一拨。

这一日，恰逢鸿鹄投资人过来，一下车就看到维权代表与前来驱逐的保安起了争执："你们公司做这种坑人钱财的生意，就不怕遭报应吗？人死了你们不管不顾，现在我们这些活着的来讨公道，你们还要接着逼死我们吗？来啊，逼死我们看有没有人收拾你们！人在做天在看！"更有难听的污言秽语夹杂其中。投资人从开会到出公司，外面的争吵就没停止过。

方晨再次被老板耳提面命的时候，窝了一肚子火，心想不知道理财合作方到底怎么做事的，讨债的全都跑到鸿鹄来，冤有头债有主，该找谁不找谁。

"老板，我们会安排人去解释的，这本来跟我们也八竿子打不着。"

"早干吗去了？现在投资方都看到了，连楼下骂街的话都原封不动说给我听，你们公关部和行政马上开会，把这些人都清理干净！"

"好的，马上办。"

方晨嘴上说着马上，但回到办公室并没有立即执行，她觉得这是行政应该负责的事情，不管是安抚还是报警，轮不到她公关部出方案。直到行政领导亲自来敲方晨办公室的门，她才职业假笑堆上脸，不痛不痒地给出了几个主意。

等维权人员再次试图在鸿鹄楼下行动时，一群非公司保安打扮的壮汉出现，将几个带头人围了起来："你们再闹就让你们死无全尸！该找谁找谁去，别天天来这楼下哭丧，谁欠你钱你去找谁要，谁杀了你爹你去找谁报仇，别让我看见你们这种蛆虫，赶紧收拾东西滚！"

维权的人没想到鸿鹄敢搬出一群不知黑白的人来武力威胁，灰溜溜地撤了。有个人跑出来后和同行者低语："差点儿吓尿了，这不是黑社会嘛。还好老子机灵，给他们都录像了，不给我们赔钱他们公司别想好过，反正我是一穷二白，他们这么大公司不要脸，那小爷就陪他折腾折腾吧。"他走到一个无人的拐角处，四处望了望，把视频发到维权群里。

赵常看完视频，内心一口恶气哽住无处发泄。经过精心构思，一篇名为"鸿鹄暴力驱赶维权者，这就是打不过黑公关的"黑社会"？"的檄文出炉，再次将矛头对准鸿鹄。

思加母亲看到这篇文章，也再度通过朋友圈和社交媒体发声。

不是只有我儿子是被逼死的，看看这些人都是怎么被对待的，他们也都是受害者啊。我一个家庭妇女，不懂什么是黑公关，但是那么多人过来骂我找黑公关对付鸿鹄，鸿鹄是大公司，他们想往我身上泼脏水轻而易举。

我没钱没势，但是我懂道义，懂正义。

你们财大气粗，一时能捂住人嘴，但是你们捂不住人心，做错事就要承认，害人的生意就要停止，我一个家庭妇女都懂的道理，我不信你们大公司不懂。

你们诬陷我，让我在家里出不了门，那么多人在我们家墙上涂大字，说我贪心骗财，说我逼死儿子。我没贪图过你们的钱，你们不能这样做事。

到底是公关闹剧，还是暴力成性？关于鸿鹄公司价值观的指责，又被推上话题榜，甚至还有知名画手对这件事做了复盘漫画《递刀》，讽刺鸿鹄盲目扩张的商业模式和死不认账的甩锅行为。

在新的一波舆情攻击之下，鸿鹄的口碑出现雪崩式坍塌，尤其是智能硬件业务，几乎无法继续开展。

鸿鹄智能硬件合作方纷纷停止下一步合作，尤其是互联网金融方面的合作伙伴陆续减少推广引流。思加母亲看到消息后，抱着儿子的遗像大哭一场。然而，一个电话打断了思加母亲充满不甘与遗憾的情感倾诉。

"如果你再继续发表任何关于鸿鹄公司的言论，就让你女儿到火葬场领你的骨灰吧。"

思加母亲听到电话另一端阴沉的威胁，瞬时吓傻了。她曾看过那些威胁维权者的彪形大汉的视频，她知道想要弄死她一个老太婆真的是轻而易举。她赶忙给赵常打电话，说自己也被那些黑社会的人盯上了。

赵常询问有没有电话录音，思加母亲由于害怕根本没想到录音，再说她也不会用手机录音，只有对方的电话。赵常尝试打回去，结果却是一个虚拟网络号码，根本查不到来源。"阿姨，最近您先别发声了，现在看鸿鹄那边确实业务受损，我怕他们狗急跳墙，有需要的事情我来做，您要注意安全。"赵常嘱咐。

和所有坐立不安的人相比，肖风却是最为春风得意的人。

"罗总，现在是不是快开庆功会了？"

"肖老板，鲲鹏的业绩好了才叫庆功，我受之无愧。鸿鹄的业绩不好,没必要举杯相庆吧?"罗素素难得轻松地回应道。

"打下江山的是英雄,潜伏敌后的也是好汉。"肖风用了很直白的比喻。

"潜伏的不是我,我还损失了两员大将,要不是一个后台够硬、一个承受能力强,恐怕现在我就成孤家寡人了。"罗素素确实在萱萱逃亡的日子里,十分想念她。

"你们那个美女媒介,应该快返岗了吧?走账走得很隐蔽,不然供应商抓了,她也逃不掉的。"肖风问道。

"萱萱是个人精儿,她的起点就是好多人怎么也追不到的终点。黑的白的灰的,她最拎得清,知道怎么做。不过鸿鹄真是被惹急了,已经打电话威胁思加母亲了。"

听到这个消息,肖风格外感兴趣:"这倒是符合他们的风格。有录音吗?保留证据了吗?"

"没有,思加母亲不会录音,电话号码又查不到来源,只是猜测,毕竟他们暴力驱赶维权用户的事刚发生不久。况且,就算找到谁打的,那人也不会承认和鸿鹄的关系。这种威胁很难抓到把柄。让她那边暂时停一停就好了。"

"我觉得这倒是个好机会,毕竟黑社会的帽子已经给鸿鹄扣好了,要是思加母亲这边能再助力一下,鸿鹄的风评彻底没办法逆转了。这种不入流的手段最受鄙视,搞得低级又下作,还擦不干净屁股,没人愿意冒风险跟这种公司合作,你明白吧?如果思加母亲需要钱的话,我可以解决。"肖风试图说服罗素素继续推动。

罗素素有些愕然。在她看来,鸿鹄现在已经一地鸡毛,也不差思加母亲出不出来说这件事。接下来,鲲鹏要抓住时机把自己的业务做好,圈子里又不是只有鸿鹄一家竞品。况且她一个快六十岁的老妇人,天天卷在这件事里,死掉的又是她的儿子,她什么时候才能走出来呢?

肖风继续追问:"你认为是大仇得报更容易走出来,还是自我说服更容易走得出来?"

"不管哪一种,本质上都是放过自己。现在一直让她出面,就是不给她放过自己的时间和空间。况且警方给的死亡证明就是自杀。逝者已去,活着的人总得继续往前走吧?"

听出罗素素话语的弦外之音,肖风没有放弃:"你觉得她后面的人生,还有什么指望吗?"

罗素素一时语塞。出于安全考虑,她不想思加母亲再继续出面,而是希望她从丧子之痛中恢复过来。但肖风说的也不无道理,她一个人辛苦拉扯大两个孩子,二十多年来一直被当作顶梁柱的儿子竟然自杀身亡,她还有什么指望呢?

"记得上次喝茶吧?那款茶的另一个名字叫追寇。生意场上,最忌妇人之仁,你给对手喘息的机会,保不准将来他站在你身后捅上致命一刀。"肖风提醒。

"所以你那个朋友,并不是放下了恩怨,而是卧薪尝胆?他起名的意义是鞭策自己他迟早会杀回来。"罗素素之前以为做茶人起这个名字,是用以纪念自己那段被围追堵截的往事,诉情于茶自我治愈,没想到,他图谋的是君子报仇,十年不晚。

"在商言商,就像你说的,谁都能有口饭吃,但是给对手留个碗,将来威胁的就是你自己的锅。"

三十六　匿名举报

　　罗素素不太认可肖风的理念，但她也不想这一次公关虎头蛇尾，甚至将来再度面对被逆转的风险，她希望这是自己职业生涯中一个具代表性的优秀案例。尽管她已经从创业和婚姻的双重失败中站了起来，但她确实需要有在圈里拿得出手的大型案例来证明自己，否则离开人脉的推荐，她靠什么说服其他老板认可自己的能力呢？

　　肖风想要打掉一个竞争对手，罗素素不管作为员工还是作为朋友，都可以做顺水人情。但她更需要鲲鹏的成功，她不能只是舆论风向的背后推手。优秀的公关案例是服务于己方的，因而她更想分出精力来做好鲲鹏的推广，用数据为自己增彩。

　　罗素素没有继续对鸿鹄做什么行动，精力主要放在了年度晚会的传播项目上。萱萱回国返岗时还给大家带了礼物，佯装一副休假归来的样子。

　　"萱姐，我都怕你玩得顾不上见大明星，我可磨破了嘴皮子跟人家谈下来的。"小贺又想念萱萱，又按捺不住八卦的心。

　　"哎哟，劳逸结合嘛，就算古代打仗，也得让士兵有个喘息的时候吧。"萱萱边说边飞了个媚眼，让小贺更加相信她是假借参加婚礼之名实为度假。见堵住了同事们八卦的嘴，萱萱去和罗素素当面吐槽："真折腾死我了，鸿鹄真狗，差点儿就栽了大跟头。"

"账上没问题就不好查，我之前就在财务上栽过跟头，后面咱们还得注意。"罗素素提醒，"不过现在更麻烦的是，有人想要再进一步，把鸿鹄打到爬不起来，我还没想好。正好你回来了，问问你的意见。"

"我当然支持啊。有仇报仇，别放过他们。"萱萱咬牙切齿。

"萱妹妹，请你理智上线，客观分析一下。"

"客观分析也是不能放过。我们现在停手，舆论也不会停手，媒体也不会不关注，毕竟我在国外都看到他们暴力驱赶维权人群的事儿了，这不是我们推不推的问题。我们就当通讯员，有消息就往外放，舆论场自有舆论场的发酵规律。我们推一把，是让人更知道这公司做的是什么生意。"萱萱看似意气用事，实际格外清醒，"说真的，要是咱们公司有朝一日做出这种事来，我肯定立马不干了，你干我都不干。这个世界不是非黑即白，我们这行更是，但是有些事要有底线，可能每个人的底线不一样，但总有一些东西是不能突破的。赚钱的方法千千万，鸿鹄非要铤而走险，那姐就赏他一顿啪啪打脸。"

罗素素想再仔细考虑一下，毕竟拉着受害者母亲一直蹚浑水，她于心不忍。就在犹豫之时，稽查部的一封邮件，突然让罗素素有点摸不清方向。

罗总好：

我们收到一份关于您与供应商常盈咨询资金往来存疑的实名举报内容。经初查，常盈咨询确实在我司供应商库内，且与公关部存在实际合作关系，因此针对举报内容的真实性需要进一步调查。

根据领导指示，即日起将对您进行暂时停职安排，您的办公电脑及相关文件请勿带走，调查期间您的薪资正常发放，请耐心等待调查结果。

罗素素打电话给稽查部门负责人，想看一下具体实名举报的内容。出于保密机制对方没有提供给罗素素相关资料，但暗示她可以通过高层侧面打听一下，因为邮件发出之前，他们已经与各位领导知会过。

罗素素在接收内部调查之后，打电话给肖风。肖风没有过多言语，挂断电话之后将举报材料的截图发给罗素素，除了有文字描述，还有几张罗素素和赵常拥抱的照片。

看完这些，罗素素打电话给肖风询问举报人是谁，肖风说："是公司之前的媒介吧，叫李丰梅吧应该是，跟你有什么过节？"听到是她，罗素素倒不意外："对，我把她开掉了，她应该挺不满的。当时我跟琳达也讨论过，给了她两个选择，部门转岗或者离职，她自己选择的后者。"

"我相信罗总不会要那点儿回扣，但是和供应商负责人的那个拥抱，做何解释？"肖风半笑着问。

罗素素却没有开玩笑的心思："是受害人思加刚出事的时候，赵常情绪很不好，我出于对朋友的关心才这么做的。如果我和他有什么关系，我自然会尊重公司的回避机制，不会继续合作。这点儿职业操守我还是有的。"

"所以，他有机会吗？"肖风问了一个莫名其妙的问题。

"什么机会？"罗素素没有反应过来，"你是在怀疑什么呢？如果你真的相信我，根本不需要走停职调查这一步，举报邮件连实质性的账目截图都没有，附件就是一张照片，这种明显的诬陷私下调查就可以了，何必走停职程序？"罗素素已经有些恼了。

"就是个流程而已，你放宽心，休息几天，别想太多。"肖风尝试安抚罗素素。

挂掉电话之后，罗素素开始复盘这件事，为何一个已离职的员工隔了这么久，突然对她进行捕风捉影的举报？鲲鹏年度晚会项目马上就要进入集中传播期，这个时候让她停职，显然弊大于利。李丰梅的举报选在这个时机发过来，明显是针对她个人，不想让她一帆风顺。

那么，公司内部是谁想让她不要太顺呢？领导对这个停职的默许态度就值得一品，罗素素认为这是要"敲打"她，给她一个警告。到底是要警告什么呢？

在对鸿鹄的公关中，她没有重大失误，但也不至于喧宾夺主，毕竟不管公关怎么折腾，鲲鹏的销售业绩上不去也是白搭，况且公关是花钱的部门，销售是赚钱的部门。

有可能是琳达，但她的市场部实际上比公关部的业绩更出彩，敲打罗素素没什么必要，而且如果琳达真的不满意罗素素的工作，完全有可能直接换人，不会只是借机恶心她一下。销售和业务方面，罗素素自认为吸取前几任的教训，和这些部门的关系维护得比较好，这些领导也不至于插手受贿调查。

那就再往上猜，姜维本人更不至于亲自出马来敲打她，而且从琳达的态度来看，这位CEO对她还是相对满意的，更何况萱萱供应商那边连警方都没拿到直接证据，落不下口实。

这些人都排除了的话，那就只有一个幕后者——肖风。

罗素素脊背发凉。肖风授意停职！亏她还直冲冲地打电话去问停职缘由。罗素素想到这里，不禁嘲笑自己自不量力，对于肖风过于信任，一脚迈进圈套还浑然不知。

罗素素和肖风的分歧就在对鸿鹄的态度上。肖风这个时候出手，不管真实意图是什么，只会对罗素素形成一种"认清谁才是老板"的威慑。的确，不管在哪家公司，任何部门都是老板的乙方，乙方不听话，那势必要给点儿颜色看看。而肖风问的那句"他有没有机会"也让罗素素心惊。她不是没想过肖风对她有别的意图，但肖风说话总意有所指的风格，让她始终觉得不够真诚。如果是因为一张拥抱照，肖风就能左右她的正常工作，这种霸道总裁的行事风格，更让人难以接受。

罗素素被这种无端的猜忌和职场动作搞得很烦躁。既然已经停职等待公司进一步调查，她决定断网失联，痛痛快快感受一下真实的生活。罗素素约上Jessie，接连几天吃饭逛街看电影做SPA一条龙。

"Jessie，你知不知道肖风是鲲鹏的幕后老板？"

"没有明确问过，但是有所耳闻，他实际掌控的公司有几家。怎么了，在那边工作不顺利吗？那肖风不得给你撑腰啊。"

罗素素斟酌再三，还是跟Jessie说了自己的观点："我觉得他没有想给我撑腰的意思，我只是他用来对付鸿鹄的一枚棋子。当然，我作为打工人也应该摆正自己的位置，但我心里还是有些不痛快。"

"哈哈，那就是你心里另有所图了，不然不会有这种落差感。他有什么表示吗？"Jessie分析。

"看不出来，而且最近只是聊工作，工作上有一些分歧。"罗素素坦言。

"你看看，你们跟鸿鹄的这个瓜真是吃不完了，鸿鹄还威胁受害者家属。"Jessie翻出一则新闻给罗素素看，标题很能吸引人——"鸿鹄死亡威胁受害者家属，扫黑之下顶风作案？"。在文章中，思加母亲声称："我接到了一个电话，那人威胁我说要是我再继续说话，就让女儿给我收尸。"

罗素素看完后血冲脑门，因为她清楚地记得，之前她曾侧面叮嘱过思加母亲，不要再随意接受媒体的采访，没有保存录音，不要轻易说是鸿鹄所为。

更让她意外的是，即使离开她，肖风也有办法实施自己的计划。

如果说一家公司对维权用户态度恶劣，还存在维权用户手段不正当的可能性，但是对维权用户家属的穷追猛打赶尽杀绝，一定能说明这家公司的价值观存在问题。鸿鹄这一次完全陷入舆论的口诛笔伐当中，媒体评论措辞也日趋犀利，鸿鹄的产品几乎被全面抵制。

这就是肖风穷追猛打，最希望看到的结果啊！眼下，罗素素已经不在意这些，她担心思加母亲的安全。

在和Jessie分开之后，罗素素联系上思加的母亲："阿姨，您那边还好吧？"

电话另一端沉默片刻，说："素素，我很好。这一阵子真的辛苦你了。"

"没什么，这些都是应该做的。"罗素素想了想，还是决定问清楚，"阿姨，最近我因为一些事情没在公司上班，今天才看到新闻。我记得上次您还说，不想再掺和进来了，怎么又被人当枪使了？您知道吗，鸿鹄那边已经被逼到了死角，很有可能对您做出什么出格的事情来。"

"素素，我知道你们都是思加的好朋友，都是好人。上次那件事情，确实让我退缩了，我想和女儿回老家安稳过日子。西京这么大，有那么多大人物，我就是一个家庭妇女，怎么能和他们对抗呢。"

电话里传来思加母亲轻微的哭泣声，罗素素不知该如何安慰。是啊，面对鸿鹄这个"庞然大物"，一个老妇人又能做什么？她不过是一粒微尘。鸿鹄从来没有慰问过，也没有任何善后工作，更是不愿意和思加母亲见面，却能在媒体上颠倒黑白，冠冕堂皇地说着谎言。

"但是，我已经是半截入土的人了，我又有什么好怕的。我要为我的儿子讨个公道啊。"思加母亲的声音开始颤抖，"我的儿子，不能就这么没了。他还没去国外，还没娶妻生子，还有很多事情没做啊。"

罗素素生怕对方过度激动，赶紧劝思加母亲休息一下。

"我无法平静。素素你不知道，思加的父亲很早就没了，我一个人抚养两个孩子。思加长大了，我想让他留在身边，一家人也能有个照应。可是这个孩子要去国外，那么远，我和他姐姐将来怎么照顾他呀。"

思加母亲越说越激动，甚至开始语无伦次，一旁陪伴不语的女儿接过电话："罗姐，我妈她回卧室休息了。无论如何，也非常感谢您，还有思加的领导。你们都是好人。这次的事情，我们也明白了，他们都是大公司，我们奈何不了。可是一个公司，怎么可以这么坏呢？我们这些普通人的命，就不是命吗？我支持我妈。我们想好了，大不了就是一个鱼死网破，赔上我们两个人的命。"

对于思加的母亲和姐姐，罗素素完全尊重二人的决定。

遭遇这样的事，谁也无法完全放下。老人已经没有可牵挂之人、可忌惮之事，唯一还能做的，就是抓住哪怕一丝丝的机会，也要让凶手付出代价。

"那你和阿姨注意安全。我建议，立刻离开西京，也不要回家里，先去其他地方躲躲，避过这阵风头。"

"罗姐，我和妈妈已经离开西京，老家的房子卖给了亲戚，现在住的地址没人知道。思加的领导赵常是个大好人，您帮我再谢谢他，送给了我们这套房子。要不然，我和母亲都没有家了。"

罗素素听到对方已经离开西京，总算是放下心来。不过，一个念头在脑海中闪过，赵常怎么会送一套房子，难道是赵常推动的？罗素素盘算着，以当前的形势，赵常不可能给了人道赔偿金又给买套房子。

"赵常，我听思加姐姐说，他们已经离开西京了。是你给买的房子避风头，以此换来鸿鹄死亡威胁的报道？"

"素姐，你说什么房子？我怎么能给她们买房子？你不在的时候，我这边什么都没做。"

罗素素并没有太过意外，因为谜底已经揭晓。

三十七　向左向右

胜者为王，败者为寇。在这场轰轰烈烈的公关大战中，方晨成了直接责任人。

鸿鹄管理层一致认为公关部应对不利，才导致公司在舆论上腹背受敌。方晨被降职降薪，并且这次没有结算的公关传播费用一律不予批复。老刘不光没有尝到宋喜乐在鸿鹄做内应的甜头，反而损失了一大笔垫付资金，但又不能起诉，因为本身做的就是见不得光的买卖，老刘是哑巴吃黄连——有苦难言。

方晨在公司内部抬不起头，咽不下这口气。宋喜乐不时吹吹耳边风："晨姐，咱们钱付不出去，老刘那边的几十万返点也给不了，现在又背锅，这些可都是拜罗素素所赐。做人留一线，日后好相见，她还真下死手。"

方晨始终未言语，严肃的面容之下，谁也看不透她的心思。

在休息了一星期之后，鲲鹏对罗素素的停职调查结束了，琳达亲自通知她返岗。对于罗素素而言，可以不用心存芥蒂，但是她的心里已有新打算。

在回公司之前，罗素素约赵常见了面，并透露了自己即将离职的想法。赵常一再强调，随时欢迎罗素素加入："素姐，我这边随时欢迎你加入。说实在的，思加这个事情让我觉得，大公司之间的很多斗争都比较虚无，其实传播还是要以业务为中心，踏实做好业务才是正道。"

罗素素揉揉微跳的右眼，说："工作的事情不着急，我现在担心的是鸿鹄那边会再出什么阴招。听说那边的手段挺黑，我总觉得不会善罢甘休。"

二人聊天结束时，已是深夜。西京笼罩在万千霓虹灯之下。

考虑到最近一段时间发生的事，赵常决定送罗素素回家。乘坐的出租车堵在快到家的十字路口寸步难行，原来是有交通事故发生，罗素素索性提前下车步行回去。通往家必经的护城河林荫路上，微弱的灯光被黑夜与绿荫吞噬，形成一个个黑团。

罗素素快步前行，未曾注意到身后不远处有个尾随的身影。

赵常一个人坐在车里一动不动，他听了罗素素对于肖风的不满，听了罗素素讲述与他拥抱的照片引起的误会，心里不是滋味。赵常犹豫是不是应该和罗素素表白内心的真实情感，毕竟现在时机恰好，原来总是欠缺那么一点儿动力。他想过一百种如何开口的方法，但每次看到罗素素的时候，脑子里又变成一片空白。

十字路口的拥堵依旧没有缓解的迹象，赵常内心的压抑渐渐达到一个极限。嘭！随着车门被重重关闭，赵常夺门而出，快速转过石桥之后，远远看到罗素素还未消失的身影。

赵常加速跑过去，距离十几米时，突然看到一个身影从阴影中蹿出来冲向罗素素。

一个微微泛白的物体，在黑暗中若隐若现。

"站住！"赵常大喝一声。

前方二人都被这突如其来的声音吓了一跳,几乎同时扭过头来。

"素姐,快跑!"受到惊吓的罗素素还没有反应过来,泛白的物体已经刺向她。出于本能,罗素素将挎包横挡在胸前,并用另一只手死死抓住对方的手腕,混乱之中,手臂和肩膀等处仍被划伤。

一切只是在电光石火之间。赵常拼尽力气冲上去一把抓住黑衣人,几番拉扯中,自己的身体也多处受伤。行凶者未能得逞,最后趁机逃跑了。

回想起发生的一切,罗素素感觉像做了一个梦,这种狗血的情节竟然会发生在自己身上。然而,自己与赵常手上、身上、头上都绑着的绷带,又证明事情的确已经发生。

躺在病床上,赵常的脖子不便转动,只能一直目视前方。尝试几次后,他忍着疼痛扭头看向躺在另一张病床上的罗素素。

而罗素素也刚好睁开眼看向他,二人彼此相视一笑。

这时Jessie从病房外推门进来:"这一晚可吓死我了。你们可得好好养一养,抓凶手的事交给警察。哎哟我的小可怜。"见二人醒来,Jessie像个老妈子一样絮絮叨叨了好久才慢慢平复下来。

"知道是谁干的吗?抓到行凶者了吗?"赵常在一旁急切地想知道答案。

Jessie看着罗素素毫无血色的脸,揪心不已:"目前还没听到什么结果,我听警方说,那条路上只有一个监控,昨天晚上天很黑,你们出事的地方又恰好在一个死角,看不清那人长什么样。"

闲来无事，三个人分析谁才是真正的幕后黑手。是鸿鹄指使自然不用说，可到底是鸿鹄高层还是方晨呢？三人的意见无法统一。赵常和Jessie倾向于鸿鹄的老板，而罗素素认为方晨的可能性更大。

"不至于吧，她有这么大的胆子吗？再说，她受牵连也只能赖她自己无能。"Jessie说这句话时，仍然一副咬牙切齿的样子。

答案，可能不会轻易找到，对于罗素素而言，现在一切平安就是最好的结果。

过了两日，二人的伤势有所好转，已经可以缓慢行动了，Jessie抽空回了一趟家。病房里被无声笼罩。赵常率先打破沉默："素姐，你说咱们这次帮思加做的事，到底对不对呢？"赵常小心翼翼地提起这个话题。他不确定罗素素是不是想谈下去，便选择了一种相对安全的问法。

"我这几天其实也在想，我们是不是距离一开始的初衷走得太远了，忘了为什么出发。"罗素素没有拒绝讨论，"思加自杀，是受到了鸿鹄方面造成的刺激，这是直接原因，但是他的家庭、他的心理问题，都是客观存在的，也很可能是导致他自杀的深层原因，这三个因素的合力，让思加难以承受。而我们永远也没办法知道思加到底是怎么走上这条路的，哪一个因素带来的影响更大，这几方面的比例是怎样。鸿鹄是竞争对手，也是思加自杀的推手，我一直觉得有限的罪恶承担有限的责任，从鸿鹄角度来说，思加的死，他们需要发声，需要认错，需要反省，甚至业务也需要整改，但是现在的结果，对于他们的过失来说，确实过大了。"

罗素素沉默片刻，然后仿佛自言自语般继续说道："我们作为公关从业者，手里比他人拥有更多的舆论指挥棒，我们能为企业很好地发声,这是社会赋予我们的优势。但是我们是不是也应该珍惜羽翼,用好我们的资源?对于竞争对手的舆论讨伐,对于社会讨论的风向引导,都应该有尺度,有原则。"

赵常轻轻点了点头,以示赞同,但没有说话。

"萱萱这次躲出去,没出什么事,如果萱萱不是这样的背景,是不是也要一起被带走拘留?为了讨伐对手,把自己也置于危险位置,这样值得吗?也许每个人的想法不同,但是现在互联网的舆论环境,很容易失控,我们引导了讨论,引导了风向,很多网友就会自然而然地跟着走。从公关角度来讲,我们能左右讨论过程甚至结论,但这是事实吗?这是真相吗?那么多媒体参与到网络舆论中来,在不同的平台发声说话,反应速度越来越快。

"结果如何?你看看现在的舆论生态,媒体被社交平台的流量裹挟,网友被浓厚的情绪裹挟。真相变得越来越不重要。"

罗素素一连串的反问,让赵常陷入沉思。

"你之前说,感觉大公司之间的公关很虚空,确实啊,没有钱的公司连市场部都不会养的,养公关这种花钱的部门,本意是服务产品和业务,实际操作中,更多变成打口水仗、自我欣赏,触达用户的极为有限,意义在哪儿呢?我本来想做完年度晚会再提离职,现在看,可以提前离职了。"

罗素素的眼神,突然暗淡下来。病房里,再次恢复平静。

赵常听罗素素说了那么多,明白她内心矛盾的地方。其实这也是他经常思考的,公关这个行业,现在是不是有太多背离初心的人和事呢?圈内默认的很多操作手法,都在打擦边球,想要干干净净做公关几乎不可能。

赵常费力地坐起来,一边拿遥控器打开电视,一边说:"一个行业的良性发展,需要时间的锻造,也需要政策的指导和规范，但从来有白就有黑。前路漫漫，素姐，我们且走且看吧。"

罗素素十分认可赵常的话，她本以为赵常在见识到行业里很多的不堪之后会失望，但见他还能保持理性的思考，觉得真好。

说出了心里淤堵的话，罗素素如释重负，点开手机邮箱把辞职申请发了出去。

此时，站在病房门口的肖风，透过玻璃看到病房中的情景，准备推门的手又收了回来。

病房内电视里正在播放的一条新闻，吸引了罗素素与赵常。二人都未曾注意到站立在门外的身影。

"本台最新消息，今天下午，公安部召开新闻发布会，通报公安部部署全国公安机关开展净网专项行动的工作举措和取得的成效等情况。

"近年来，随着'流量经济''粉丝经济'的兴起，'网络水军'由最初的简单发帖'灌水'，逐步发展演变为实施有偿删帖、虚假刷评、造谣引流等违法犯罪行为，误导社会公众，严重扰乱了网络秩序。

"尤其是，以一些自媒体为代表的'网络水军'违法犯罪活动日趋活跃，其打着'舆论监督''法律监督''社会监督'等旗号，与不法网站和少数媒体内部人员相互勾结，利用微博、微信公众号等网络帐号以及境内外互联网上的自建网站、通讯群组，频繁组织实施大规模有偿发帖、有偿删帖、有偿公关等网络行为，涉嫌从事敲诈勒索、强迫交易、诈骗、非法经营、寻衅滋事、侮辱诽谤、侵犯公民个人信息等违法犯罪活动。

"对此，公安机关组织发起严打'网络水军'专项会战。今年共侦办相关案件300余起，抓获犯罪嫌疑人3000余名，依法关停'网络水军'帐号800万余个、网站1300余个，解散网络群组18万个，查获大量伪造记者证、单位公章、营业执照等作案工具，有效净化了网络环境。

"公安部新闻发言人李甄表示，打击网络违法犯罪行为，需要全社会共同努力、共同参与，希望媒体记者和广大人民群众积极宣传、携手并进，共筑清朗的网络环境。"

由于恢复较快，赵常比罗素素早出院两天。

Jessie和罗素素办理完出院手续，来到地库刚要上车，在一旁等候的肖风走过来，手中拿着一束鲜花："先向罗总表示歉意。这几天有事情要处理，早该过来看望罗总的。"

罗素素不知如何回答他这句道歉，她不想原谅，但也没怪罪："我已经提了离职，希望以后有更适合的人为肖总冲锋陷阵。"

肖风看罗素素红着眼说出这句话，已经明白她的怨怼和决绝："我明白，我现在说再多也没有用，有些事情可能需要时间来化解，我希望你能慢慢走出来。以后有需要我帮忙的，我一定竭尽所能。"

"肖总习惯在商言商，我们道不同不相为谋。不管是从老板与员工的角度，还是从朋友的角度，都希望肖总和鲲鹏，可以扶摇直上。只是物极必反，有些事情不要那么完美才好。我挨这一刀，就当还了肖总之前下海救人的恩情。"说完这些，罗素素打开车门，快速钻进车里。

"好。"

看着肖风离开的背影，罗素素有些怅然："人与人之间，缘分就是有长有短吧。"

在回去的路上，罗素素收到一条短信通知，显示银行卡有一笔大额转账资金进来。转账附言有五个字：愿一切安好！

　　罗素素抬头看看外面略微有些刺眼的阳光，带着一种劫后余生的幸福感："Jessie，咱姐们儿潇潇洒洒去！辜负什么也不能辜负大好时光！"

　　（完）